Belo SACRIFÍCIO

JAMIE McGUIRE

Belo SACRIFÍCIO

Irmãos Maddox - Livro 3

Tradução
Cláudia Mello Belhassof

1ª edição
Rio de Janeiro-RJ / Campinas-SP, 2016

VERUS
EDITORA

Editora: Raïssa Castro
Coordenadora editorial: Ana Paula Gomes
Copidesque: Anna Carolina G. de Souza
Maria Lúcia A. Maier
Revisão: Raquel de Sena Rodrigues Tersi
Capa e projeto gráfico: André S. Tavares da Silva

Título original: *Beautiful Sacrifice*

ISBN: 978-85-7686-503-2

Copyright © Jamie McGuire, 2015
Todos os direitos reservados.

Tradução © Verus Editora, 2016
Direitos reservados em língua portuguesa, no Brasil, por Verus Editora. Nenhuma parte desta obra pode ser reproduzida ou transmitida por qualquer forma e/ou quaisquer meios (eletrônico ou mecânico, incluindo fotocópia e gravação) ou arquivada em qualquer sistema ou banco de dados sem permissão escrita da editora.

Verus Editora Ltda.
Rua Benedicto Aristides Ribeiro, 41, Jd. Santa Genebra II, Campinas/SP, 13084-753
Fone/Fax: (19) 3249-0001 | www.veruseditora.com.br

CIP-BRASIL. CATALOGAÇÃO NA FONTE
SINDICATO NACIONAL DOS EDITORES DE LIVROS, RJ

M429b

McGuire, Jamie
　　Belo sacrifício / Jamie McGuire ; tradução Cláudia Mello Belhassof. - 1. ed. - Campinas, São Paulo : Verus, 2016.
　　23 cm.　　　(Irmãos Maddox ; 3)

　　Tradução de: Beautiful Sacrifice
　　ISBN 978-85-7686-503-2

　　1. Romance americano. I. Belhassof, Cláudia Mello. II. Título. III. Série.

16-29968　　　　　　　　　　　　　　CDD: 813
　　　　　　　　　　　　　　　　　　CDU: 821.111(73)-3

Revisado conforme o novo acordo ortográfico

Para as minhas embaixadoras europeias:
Jasmin Häner, Katerina Fojtu e Nina Moore

1

Pessoas demais em um salão pequeno soavam muito como o rugido de um incêndio — as inflexões altas e baixas, o sussurro constante e familiar que só se tornava mais alto quanto mais você se aproximava. Nos cinco anos em que servi mesas para Chuck e Phaedra Niles no Bucksaw Café, ficar perto de tanta gente impaciente e faminta dia após dia às vezes me fazia desejar incendiar o local. Mas a multidão da hora do almoço não era o que me fazia voltar. Era o zumbido reconfortante das conversas, o calor da cozinha e todas as chances de sair dali que eu havia desperdiçado.

— Falyn! Mas que porra é essa? — Chuck tentava não deixar o suor cair na sopa.

Ele estendeu a mão e mexeu o caldo em uma panela funda. Atirei um pano limpo para ele.

— Como pode estar tão quente no Colorado? — reclamou ele. — Eu me mudei pra cá porque sou gordo. Pessoas gordas não gostam de calor.

— Então talvez você não devesse pilotar um fogão pra ganhar a vida — falei, forçando um sorriso.

A bandeja pareceu pesada quando a levantei nos braços, mas não tanto quanto antes. Agora eu conseguia carregá-la com seis pratos cheios, se fosse preciso. Recuei em direção às portas vaivém, batendo meu traseiro nelas.

— Você está demitida — soltou ele. Chuck secou a careca com o pano de algodão branco e depois o jogou no centro de sua bancada.

— Eu me demito! — falei.

— Isso não tem graça! — Ele se afastou do calor que irradiava de sua estação de trabalho.

Virando em direção ao salão principal, parei na porta, avistando todas as vinte e duas mesas e doze bancos no balcão com trabalhadores, famílias, turistas e moradores da região. De acordo com Phaedra, a mesa treze acomodava uma escritora best-seller e sua assistente. Eu me inclinei para frente, compensando o peso da bandeja, e pisquei para Kirby em agradecimento quando ela abriu o apoio ao lado da mesa onde eu colocaria a bandeja.

— Obrigada, amor — falei, pegando o primeiro prato.

Eu o pousei em frente a Don, meu primeiro cliente regular e que dava as melhores gorjetas da cidade. Ele ajeitou os óculos de armação grossa e se acomodou na cadeira, tirando seu clássico chapéu fedora. Sua jaqueta cáqui estava um pouco surrada, assim como a camisa social e a gravata que usava todos os dias. Nas tardes menos movimentadas, eu o ouvia falar de Deus e sobre como ele sentia falta da esposa.

O longo rabo de cavalo de Kirby balançava enquanto ela tirava os pratos de uma mesa perto das janelas. Ela estava apoiando uma pequena bacia cheia de pratos sujos no quadril e piscou para mim enquanto passava em direção à cozinha. Ela só se afastou por tempo suficiente para deixar a pilha de pratos e copos para Hector lavar, depois voltou para seu posto de recepcionista. Seus lábios, naturalmente manchados de vinho, se curvaram quando uma leve brisa soprou pela porta aberta de vidro, apoiada por uma rocha enorme, uma das centenas que Chuck colecionara ao longo dos anos.

Kirby cumprimentou um grupo de quatro homens que entrara enquanto eu servia Don.

— Você pode cortar esse bife pra mim, bonitão? — perguntei.

Don não precisava de cardápio. Ele sempre pedia a mesma refeição: uma salada da casa nadando em molho ranch, picles fritos, um New York steak ao ponto menos e o cheesecake de pecã com chocolate de Phaedra — e tudo ao mesmo tempo.

Don obedeceu, ajeitando a gravata entre os botões da camisa e, com as mãos magras e trêmulas, serrou a carne suculenta em seu prato. Ele olhou para cima e assentiu rapidamente com a cabeça.

Enquanto ele rezava sobre a comida, eu o deixei por um instante, para apanhar a jarra de chá gelado doce sobre o balcão do bar. Quando voltei e peguei seu copo, segurei a jarra de lado, para derramar gelo suficiente junto com o líquido marrom-claro.

Don tomou um gole e soltou um suspiro satisfeito.

— Fantástico, Falyn. Eu adoro quando a Phaedra faz chá gelado.

O queixo dele era preso à parte inferior da garganta por um pedaço de pele solta, e o rosto e as mãos eram salpicados de manchas do tempo. Ele era viúvo e havia perdido peso desde o falecimento de Mary Ann.

Dei um meio sorriso.

— Eu sei. Volto em instantes pra falar com você.

— Porque você é a melhor — gritou Don quando me afastei.

Kirby conduziu o grupo de homens até minha última mesa vazia. Todos, exceto um, estavam cobertos de fuligem manchada com o suor do dia. O cara limpo parecia ser apenas companhia, o cabelo recém-lavado comprido apenas o suficiente para cair até os olhos. Os outros aparentavam estar satisfeitos com a exaustão depois de um turno longo e difícil.

Só os turistas encaravam os caras esfarrapados. Os moradores sabiam exatamente quem eram e por que estavam aqui. Suas botas empoeiradas e os três capacetes azuis sobre o colo, com o emblema do departamento ambiental, facilitavam a identificação de sua especialidade: uma equipe de elite dos bombeiros, provavelmente a divisão Alpina do Estes Park.

Os incêndios isolados estavam especialmente implacáveis naquela estação, e parecia que a Guarda Florestal despachara equipes de todos os distritos, algumas vindas de lugares tão distantes quanto Wyoming e South Dakota. Colorado Springs estava enevoada havia semanas. A fumaça dos incêndios ao norte tinha transformado o sol da tarde em uma bola de fogo vermelha. Não víamos as estrelas desde antes do meu último salário.

Cumprimentei os homens com uma expressão gentil.

— O que vamos beber?

— Você tem um cabelo lindo — disse um deles.

Abaixei o queixo e arqueei uma sobrancelha.

— Cala a porra da boca e faz seu pedido, Zeke. Nós provavelmente vamos ser chamados de volta logo.

9

— Que merda, Taylor — disse Zeke. Sua testa franzida foi se virando para mim. — Arruma alguma coisa pra ele comer, tá? Ele fica mal-humorado quando está com fome.

— Posso fazer isso — falei, já irritada com eles.

Taylor me olhou e, por um instante, fui capturada por um aconchegante par de íris marrons. Em menos de um segundo, encontrei algo familiar por trás de seus olhos. Então ele piscou e voltou para o cardápio.

Apesar de geralmente serem bonitos, charmosos e com uma quantidade respeitável de músculos, os homens que passavam pela cidade com cinzas nas botas só eram admirados de longe. Nenhuma garota dali que se desse ao respeito seria vista saindo com um desses caras fascinantes, bronzeados e corajosos por dois motivos: eles eram passageiros e deixariam você para trás, grávida ou com o coração partido. Eu já tinha visto isso tantas vezes, e não só com as equipes de bombeiros, mas também com as tripulações aéreas que passavam por aqui. Para os caras que meu pai chamava de vagabundos, Springs era um bufê de jovens desesperadas o bastante para serem levadas a se apaixonar por alguém que sabiam que não ia ficar.

Eu não era uma delas, mesmo que, de acordo com meus pais, eu fosse a vagabunda mais instruída de Colorado Springs.

— Vamos começar com as bebidas. — Mantive o tom agradável e a mente na gorjeta decente que os bombeiros costumavam deixar sobre a mesa.

— O que você quer, Trex? — Zeke perguntou ao cara limpo.

Trex me olhou por sob os cachos úmidos, sem nenhuma emoção nos olhos.

— Só uma água.

Zeke deixou o cardápio de lado.

— Eu também.

Taylor olhou de novo para mim, o branco de seus olhos praticamente reluzindo em contraste com a sujeira em seu rosto. O marrom aconchegante de suas íris combinava com o cabelo raspado. Apesar dos olhos gentis, a pele dos braços era repleta de tatuagens, e ele parecia ter passado por coisas suficientes para ter conquistado cada uma delas.

— Você tem chá? — perguntou Taylor.

— Sim. Chá gelado. Pode ser?

Ele assentiu com a cabeça antes de observar com expectativa os homens diante dele.

— O que você quer, Dalton?

Dalton estava de cara feia.

— Eles não têm Cherry Coke. — E levantou o olhar para mim. — Por que ninguém no maldito estado do Colorado tem Cherry Coke?

Taylor cruzou os braços sobre a mesa, os músculos dos antebraços deslizando e enrijecendo sob a pele coberta de tinta.

— Já aceitei isso. Você devia aceitar também, cara.

— Posso fazer uma pra você — falei.

Dalton jogou o cardápio na mesa.

— Me traz só uma água — resmungou. — Não é a mesma coisa.

Recolhi os cardápios e me inclinei na direção do rosto de Dalton.

— Tem razão. A minha é melhor.

Enquanto eu me afastava, ouvi alguns deles rindo feito crianças.

E um dizendo:

— Eita!

Parei na mesa de Don a caminho do balcão de bebidas.

— Tudo bem aí?

Don murmurou um "sim" enquanto mastigava sua carne. Ele tinha quase terminado. Os outros pratos, exceto o cheesecake, tinham sido raspados.

Dei um tapinha em seu ombro ossudo e contornei o balcão. Enchi dois copos de plástico com água gelada e um com chá gelado, depois comecei a preparar a Cherry Coke de Dalton.

Phaedra empurrou as portas duplas e franziu a testa ao ver uma família em pé ao lado da recepção de Kirby.

— Tem fila de espera? — perguntou ela. Phaedra secou as mãos no pano de prato amarrado à sua cintura como se fosse um avental.

Ela nasceu e cresceu em Colorado Springs. Chuck e Phaedra se conheceram num show. Ela era uma completa hippie, e ele tentava ser um. Eles participavam de manifestações pacíficas, protestavam contra a guerra e eram conhecidos como os donos da cafeteria mais popular do centro da cidade. O aplicativo Urbanspoon listava o Bucksaw Café como escolha número um para almoçar, mas Phaedra cuidava pessoalmente de tudo quando notava uma fila de clientes.

— Não podemos ter um ótimo serviço e nenhuma fila de espera. O movimento é bom — falei, misturando meu xarope de cereja especial na Coca-Cola.

Os longos cabelos grisalhos de Phaedra estavam divididos ao meio e presos num coque firme, e a pele morena enrugada pesava sobre os olhos. Era um fiapo de mulher, mas não demorava muito para você descobrir que ela podia virar um urso se a irritasse. Pregava paz e borboletas, mas não aguentava merda nenhuma.

Phaedra olhou para baixo ao dizer:

— Não vamos continuar com todo esse movimento por muito tempo se deixarmos as pessoas irritadas. — Ela se apressou até a porta da frente, se desculpando com a família na espera e garantindo que teria uma mesa em breve.

A mesa vinte havia acabado de pagar a conta. Phaedra disparou até eles, agradeceu e esvaziou a mesa, limpando-a rapidamente. Então fez sinal para que Kirby conduzisse a família aos seus lugares.

Enchi a bandeja com as bebidas e atravessei o salão. A equipe de bombeiros ainda estava olhando o cardápio. Resmunguei por dentro. Isso significava que ainda não tinham escolhido.

— Precisam de um minuto? — perguntei, passando a bebida para cada um.

— Eu pedi uma água — disse Dalton, segurando a Cherry Coke e franzindo o cenho.

— Experimenta. Se você não gostar, trago a água.

Ele tomou um gole, depois outro. Seus olhos se arregalaram.

— Ela não estava brincando, Taylor. É melhor que a verdadeira.

Taylor levantou o olhar para mim.

— Quero uma também, então.

— Pode deixar. Para comer?

— Vamos todos querer o panini de peru apimentado — disse Taylor.

— Todos vocês? — perguntei, hesitando.

— Todos nós — respondeu Taylor, me entregando o comprido cardápio laminado.

— Está bem. Volto já com sua Cherry Coke — falei antes de deixá-los para verificar as outras mesas.

As dezenas de vozes da cafeteria lotada ricocheteavam nas janelas e voltavam até o bar, onde eu estava preparando outra Cherry Coke. Kirby contornou o balcão, os sapatos gemendo no piso de cerâmica laranja e branca. Phaedra era fã de coisas aleatórias: retratos divertidos, bugigangas e cartazes desbotados. Era tudo eclético, assim como ela.

— De nada — disse Kirby, ajeitando a blusa dentro da saia.

— Pelo apoio de bandeja? Já te agradeci.

— Estou falando do grupo de bombeiros barulhentos que coloquei na sua seção.

Kirby mal havia completado dezenove anos, suas bochechas ainda eram repletas de gordura de bebê. Ela namorava Gunnar Mott desde o segundo ano do ensino médio, por isso tinha o enorme prazer de tentar me juntar com todos os homens com aparência mais ou menos decente que entravam pela porta.

— Não — falei simplesmente. — Não estou interessada em nenhum deles, então nem tenta essa sua baboseira de formar casal. E eles são da elite dos bombeiros, não apenas bombeiros.

— Tem diferença?

— Muita. Pra começar, eles combatem incêndios florestais. Andam quilômetros com mochilas e equipamentos enormes, ficam de plantão sete dias por semana, vinte e quatro horas por dia, viajam para os locais dos incêndios, além de serrar a madeira caída e cavar para impedir a propagação do fogo.

Kirby me encarou, nem um pouco impressionada.

— *Não* fala nada pra eles. É sério — alertei.

— Por que não? Os quatro são bonitos. Isso torna suas chances bem fantásticas.

— Porque você é péssima nisso. Você nem se importa se eles fazem o meu tipo. Você apenas me junta com os caras para indiretamente poder sair com eles. Lembra da última vez que você tentou me arrumar alguém? Fiquei grudada naquele turista nojento a noite toda.

— Ele era tão sexy — disse ela, fantasiando diante de Deus e todo mundo.

13

— Ele era chato. E só falava de si mesmo, de ginástica... e dele próprio. Kirby ignorou minha resistência.

— Você tem vinte e quatro anos. Não tem nada de errado em aguentar uma hora de conversa chata pra curtir três horas de sexo maravilhoso.

— Eca. Eca, não. Para. — Torci o nariz e balancei a cabeça, imaginando sem querer uma conversa sexual que incluía as palavras "repetições" e "proteína". Coloquei o copo de Taylor numa bandeja.

— Falyn, seu pedido está pronto! — Chuck gritou da cozinha.

Com a bandeja na mão, passei pelo passa-pratos e vi que o pedido da mesa treze estava esperando na prateleira na parede que separava o bar da cozinha. As lâmpadas de aquecimento sobre a prateleira esquentavam minhas mãos enquanto eu pegava cada prato e colocava na bandeja, e então levei rapidamente a comida até a mesa. A escritora e sua assistente mal perceberam quando coloquei o bife e a salada de queijo feta e o sanduíche de frango sobre a mesa.

— Está tudo em ordem por aqui? — perguntei.

A autora assentiu, mal respirando enquanto falava sem parar. Levei a última Cherry Coke para a equipe de elite dos bombeiros, mas, quando me virei para me afastar, um deles segurou meu pulso. Olhei sobre o ombro, fazendo uma careta para o homem da mão ofensiva.

Taylor recuou ao ver minha reação.

— Canudo? — Ele soltou meu pulso. — Por favor — pediu.

Lentamente peguei um em meu avental e lhe entreguei. Depois girei nos calcanhares e verifiquei minhas outras mesas, uma após a outra.

Don terminara o cheesecake e, como sempre, deixara uma nota de vinte dólares sobre a mesa, e a escritora deixou o dobro disso. O recibo assinado da equipe de bombeiros mal foi arredondado para um dólar a mais.

Tentei não amassar a conta e jogá-la no chão.

— Babacas — falei entredentes.

O resto da tarde seguiu acelerada, nada diferente das outras desde que o aplicativo decidira colocar o Bucksaw Café no mapa da comida gourmet. Conforme as horas passavam, servi mais bombeiros e equipes de elite dos bombeiros, e todos deixaram gorjetas decentes, assim como o restante das minhas mesas, mas não consegui afastar a amargura causada por Taylor, Zeke, Dalton e Trex.

Cinquenta e um centavos. Eu devia ir atrás dos caras e jogar o troco na cara deles.

As luzes da rua brilhavam sobre os que passavam pela lanchonete rumo ao bar country de dois andares a quatro prédios de distância. Garotas que mal tinham vinte e um anos trotavam em grupos, usando saia curta e botas altas, curtindo o ar noturno do verão — não que agosto tivesse exclusividade nas roupas que mostram a pele. A maioria dos moradores tirava as camadas de roupa sempre que a temperatura ficava acima de quatro graus.

Virei a placa na porta, para que a palavra "fechado" ficasse voltada para a calçada, mas dei um pulo para trás quando um rosto se agigantou na minha frente do outro lado. Era Taylor, o cara da equipe de elite dos bombeiros e péssimo em gorjetas. Antes de meu cérebro ter tempo de impedir minha reação, estreitei os olhos e o encarei com desprezo.

Taylor estendeu as mãos, a voz abafada atrás do vidro.

— Eu sei. Ei, desculpa. Eu ia deixar uma grana, mas fomos chamados e acabei me esquecendo. Eu não devia ter vindo para a cidade enquanto estávamos de serviço, mas eu estava enjoado da comida do hotel.

Eu mal o reconheci sem as sete camadas de imundície. Com as roupas limpas, ele até poderia ser confundido com alguém que eu poderia achar atraente.

— Não se preocupe — falei, virando em direção à cozinha.

Taylor bateu no vidro.

— Ei! Moça!

Deliberadamente lenta, eu o encarei, inclinando o pescoço.

— Moça? — Eu quase cuspi a palavra.

Taylor abaixou as mãos e então as enfiou nos bolsos.

— Abra a porta para eu poder te dar uma gorjeta. Você está me fazendo sentir mal.

— Você devia mesmo! — Girei nos calcanhares, bufando de raiva, e avistei Phaedra, Chuck e Kirby atrás de mim, todos se divertindo muito com a situação. — Alguém vai me ajudar?

Todos estavam com a mesma expressão presunçosa, e eu revirei os olhos, encarando Taylor mais uma vez.

— Agradeço pelo gesto, mas estamos fechados — falei.

— Então eu te dou o dobro de gorjeta da próxima vez.

Balancei a cabeça para dispensá-lo.

— Tanto faz.

— Talvez eu pudesse, humm... te levar pra jantar? Matar dois coelhos com uma cajadada só.

Arqueei uma sobrancelha.

Taylor olhou para os lados. Os transeuntes estavam começando a diminuir a passada para poder assistir à nossa conversa.

— Não, obrigada.

Ele bufou soltando uma risada.

— Você está agindo como se eu fosse um grande babaca. Quero dizer, posso até ser... um pouco. Mas você... você é... perturbadora.

— Ah, então é culpa minha vocês não terem deixado gorjeta? — perguntei, levando a mão ao peito.

— Bom... mais ou menos — disse ele.

Eu o olhei com raiva.

— Você não é um babaca. Você é um lixo.

A boca de Taylor lentamente se curvou em um largo sorriso, e ele colocou as duas mãos no vidro.

— Você precisa sair comigo agora.

— Cai fora e vai pro inferno — falei.

— Falyn! — gritou Phaedra. — Pelo amor de Deus!

Estendi a mão e apaguei a luz externa, deixando Taylor no escuro. O esfregão e o balde amarelo que eu tinha acabado de encher com água quente antes de ter sido tão rudemente interrompida ainda estavam esperando.

Phaedra soltou um muxoxo para mim e assumiu meu lugar na porta da frente, girando a chave na tranca, antes de guardá-la no avental. Chuck se escondeu na cozinha, enquanto Kirby e eu limpávamos a área de refeições.

Kirby balançou a cabeça enquanto limpava embaixo da mesa seis.

— Você vai se arrepender disso.

— Duvido. — Coloquei a mão dentro do avental e joguei um enorme pedaço de chiclete na boca.

O rosto de Kirby desabou. Não consegui identificar se ela estava com pena de mim ou apenas cansada de argumentar.

Meus velhos e fiéis fones se ajustaram aos meus ouvidos, e a cantora da banda Hinder ecoou pelos fios que saíam do celular enquanto eu passava o esfregão no piso de cerâmica. O cabo de madeira deixava pelo menos uma farpa na minha mão todas as noites, mas eu preferia isso a ter aulas de piano obrigatórias três vezes por semana. Era melhor isso do que ter que dar informações sobre o meu paradeiro várias vezes ao dia ou me arriscar a ser repreendida em público e muito melhor que frequentar a faculdade de medicina.

Eu detestava ficar doente ou estar perto de gente doente, fluidos corporais e fisiologia em sua forma mais básica. As únicas pessoas que achavam uma boa ideia eu ir para a faculdade de medicina eram os idiotas dos meus pais.

Durante a pausa de dois segundos depois do fim de "The Life", ouvi uma batida nos painéis de vidro que formavam a parede da frente do Bucksaw Café. Levantei o olhar e congelei, puxando os dois fios pendurados na minha orelha.

O dr. William Fairchild, ex-prefeito de Colorado Springs, estava na calçada, batendo com os dedos mais uma vez, apesar de eu estar olhando diretamente para ele.

— Ai, merda. Merda... Falyn — sibilou Kirby.

— Estou vendo ele... e ela — falei, estreitando os olhos para a loira baixinha escondida atrás do imponente doutor.

Phaedra seguiu imediatamente até a porta da frente e enfiou a chave na fechadura, girando-a. Ela abriu a porta, mas não deu as boas-vindas às pessoas na calçada.

— Olá, dr. Fairchild. Não estávamos esperando o senhor.

Ele agradeceu, tirando o chapéu de caubói, antes de tentar entrar.

— Eu só precisava falar com a Falyn.

Phaedra colocou a mão no batente da porta, impedindo-o de dar mais um passo.

— Sinto muito, William. Como eu disse, não estávamos te esperando.

William piscou uma vez e então olhou para a esposa.

— Falyn — disse ela, espiando por sobre o ombro largo do marido.

Ela estava usando um caro tubinho cinza combinando com os sapatos. Pela roupa dela e pelo terno e gravata dele, acho que tinham ido ao centro para encontrar alguém para jantar.

Ela deu um passo para o lado, para poder me encarar.

— Você tem um tempinho para conversar?

— Não. — Estourei uma grande bola de chiclete e o deixei voltar para a boca.

As portas duplas se abriram, e Chuck saiu da cozinha, as mãos e os antebraços ainda molhados e cobertos de espuma.

— Dr. Fairchild — disse ele. — Blaire.

Blaire não ficou contente.

— Dra. Fairchild— disse ela, tentando parecer casual, mas sem sucesso.

— Com todo respeito — começou Chuck —, vocês não podem aparecer aqui sem avisar. Acho que sabem disso. Olha, por que não telefonam, na próxima vez? Causaria menos estresse pra todo mundo.

Os olhos de Blaire se voltaram para Chuck. Ela já estava planejando fazê-lo se arrepender de enfrentá-la.

— Tem um rapaz lá fora. Ele veio te ver? — perguntou William.

Soltei o esfregão e passei direto por Phaedra e pelos meus pais até avistar Taylor em pé com as mãos enfiadas nos bolsos da calça jeans, encostado no canto do prédio, logo depois da parede de vidro.

— O que você ainda está fazendo aqui? — perguntei.

Taylor se empertigou e abriu a boca para falar.

William apontou para ele.

— Ele é um daqueles malditos lixos temporários do departamento ambiental?

O rosto vermelho de William e o súbito brilho em seus olhos me encheram de uma satisfação que só a verdadeira maldade poderia provocar.

Taylor deu alguns passos na nossa direção, sem se deter pela raiva de William.

— Esse deve ser o seu pai.

Masquei o chiclete, irritada com a apresentação inesperada.

Blaire afastou o olhar, enojada.

— Sério, Falyn, você parece uma vaca ruminando.

Soltar uma bola enorme e deixá-la estourar de volta na minha boca foi a única resposta em que consegui pensar.

Confiante, Taylor estendeu a mão.

— Taylor Maddox, senhor. Lixo da Guarda Florestal dos Estados Unidos.

O bombeiro ergueu o queixo, provavelmente achando que isso impressionaria o imbecil diante dele.

Em vez disso, William mudou o peso do corpo para a outra perna, irado.

— Um vagabundo. E eu achava que você não poderia chegar mais ao fundo do poço. Meu Deus, Falyn.

Taylor recuou a mão, enfiando-a outra vez no bolso da calça jeans. Seu maxilar enrijeceu enquanto ele claramente tentava resistir à vontade de retrucar.

— Bill — alertou Blaire, dando uma olhada em quem estava por perto para escutar. — Não é o momento nem o local.

— Prefiro o termo "sazonal" — disse Taylor. — Faço parte da Equipe Alpina de Bombeiros, com base em Estes Park.

Seus largos ombros se ergueram quando ele empurrou os punhos mais a fundo nos bolsos da calça. Tive a sensação de que era para impedi-lo de socar o maxilar de William.

O movimento de Taylor fez meu pai notar seus braços.

— Equipe de elite dos bombeiros, é? E, pelo que parece, caderno de desenhos no tempo livre.

Taylor soltou uma risadinha, olhando para seu braço direito.

— Meu irmão é tatuador.

— Você não está saindo com esse aproveitador, está? — Como sempre, a pergunta do meu pai mais parecia uma exigência de resposta.

Taylor olhou para mim, e eu forcei um sorriso.

— Não — falei. — Estamos apaixonados. — Fui até o cara, que parecia tão surpreso quanto meu pai, e lhe dei um beijo de leve no canto da boca. — Saio às oito da noite amanhã. A gente se vê amanhã.

Taylor sorriu e colocou a mão na minha cintura, me puxando para o seu lado.

— Qualquer coisa por você, baby.

William me olhou com desdém, mas Blaire tocou delicadamente seu peito, sinalizando para ele ficar quieto.

— Falyn, precisamos conversar — disse ela, os olhos notando cada tatuagem em Taylor e cada rasgo em sua calça jeans.

— A gente já conversou — falei, me sentindo confiante abraçada a Taylor. — Se eu tiver mais alguma coisa pra dizer, eu telefono.

— Você não fala com a gente há meses. Já é hora — disse ela.

— Por quê? — perguntei. — Nada mudou.

Os olhos de Blaire se afastaram do meu rosto e percorreram meu corpo, depois voltaram.

— Muita coisa mudou. Você está horrível.

Taylor me afastou de leve, me deu uma conferida de cima a baixo, depois demonstrou discordar.

Blaire suspirou.

— Nós demos espaço e tempo para você entender isso tudo sozinha, mas já chega. Você precisa voltar para casa.

— Então a futura campanha dele não tem nada a ver com isso? — Apontei com a cabeça para o meu pai, que inflou o peito, indignado.

Sua audácia de fingir se sentir ofendido tornou quase impossível eu me acalmar.

Meu rosto se contorceu.

— Quero que vocês dois vão embora. Agora.

William inclinou o corpo e deu um passo à frente em um movimento ofensivo. Taylor se empertigou, pronto para me defender, se fosse preciso. Chuck já tinha enfrentado meus pais, mas estar ao lado de Taylor era diferente. Ele mal me conhecia, mas estava ali, numa pose protetora diante de mim, olhando com raiva para o meu pai, incitando-o a dar mais um passo. Eu não me sentia tão segura havia muito tempo.

— Boa noite, doutores — disse Phaedra com seu trêmulo sotaque do sul.

Taylor me pegou pela mão e me conduziu para a área de refeições da cafeteria, passando pelos meus pais.

Phaedra fechou a porta na cara do meu pai e enfiou a chave na fechadura enquanto Blaire observava. Quando Phaedra deu as costas para eles, meus pais seguiram para seu destino original.

20

Chuck cruzou os braços, encarando Taylor.

Taylor me olhou de cima, apesar de eu poder encarar todo o seu um metro e oitenta.

— Você só fez isso para irritar seus pais, não foi?

Alisei meu avental e encontrei seu olhar.

— Ãhã.

— Você ainda quer que eu te pegue às oito? — perguntou Taylor. — Ou isso foi só pra se mostrar?

Olhei de relance para Kirby, que parecia totalmente feliz com a situação.

— Não é necessário — respondi.

— Vamos lá. — Taylor sorriu, mostrando os dentes, e uma covinha profunda apareceu no meio de sua bochecha esquerda. — Eu entrei no jogo. O mínimo que você pode fazer é me deixar te levar para jantar.

Tirei a franja dos olhos.

— Tá bom. — Desamarrei o avental para ir para casa.

— Ela acabou de dizer sim? — Taylor perguntou.

Chuck deu uma gargalhada.

— É melhor você aproveitar a oportunidade e sair correndo, garoto. Ela não diz sim para alguém há muito tempo.

Subi trotando os degraus até meu apartamento no andar de cima da cafeteria, ouvindo a porta da frente depois que alguém levou Taylor para fora. Depois de dar alguns passos até a janela que dava para a Tejon Street, observei Taylor seguir até sua caminhonete no estacionamento.

Um longo suspiro separou meus lábios. Ele era bonito e charmoso demais e fazia parte de uma equipe de elite dos bombeiros. Eu já fazia parte de uma estatística. Não o deixaria me transformar em outra. Um jantar não seria difícil, e eu meio que devia isso a ele por ter entrado no jogo enquanto eu irritava meus pais.

Eu já estava bem treinada na arte de cair fora. Um jantar e estaríamos quites.

2

Meus dedos se moviam rapidamente sob a água fria que escorria do chuveiro. O encanamento entoava uma música triste, se expandindo e tremendo no interior das paredes brancas e finas do meu loft de dois quartos acima do Bucksaw Café. Parecia que estava levando uma eternidade para a água quente sair.

Os carpetes estavam gastos, e o local cheirava a óleo e mofo quando não havia uma vela queimando, mas, por duzentos dólares mensais, ele era meu. Comparado a outros apartamentos em Springs, o loft era praticamente de graça.

Decorações esquecidas da eclética coleção de Phaedra pendiam das paredes. Eu tinha saído de casa sem nada além das roupas do corpo e minha bolsa Louis Vuitton. Mesmo que eu quisesse levar algumas das minhas coisas, meu pai não teria deixado.

O dr. William Fairchild era temido no hospital e em casa, mas não por ser abusivo nem mal-humorado — apesar de ser mal-humorado. William era um renomado cardiologista no estado do Colorado e era casado com a dra. Blaire Fairchild, uma das melhores cirurgiãs cardiotorácicas da América do Norte, também conhecida como minha mãe... e como rainha das vacas do universo por algumas de suas enfermeiras.

Meus pais foram feitos um para o outro. A única pessoa que não se encaixava na nossa família era eu, que era uma decepção constante para os dois. No terceiro ano do ensino médio, fui apresentada à minha amiga preferida, meu consolo secreto, a promessa de um bom momento sem estresse — a cerveja barata. Quanto mais obcecados e conhecidos meus

pais se tornavam, mais eu afogava minha solidão e minha vergonha —
não que eles tenham percebido.

A água começou a ficar morna, me trazendo de volta ao presente.

— Finalmente — falei para mim mesma.

O botão da minha calça jeans se abriu com facilidade, a casa estava gasta e um pouco alargada. Abri o zíper e me dei conta, com os milhões de pensamentos girando na cabeça, de que havia me esquecido de uma parte importante da minha rotina noturna. Xinguei em voz alta enquanto me apressava até o armário do quarto. Eu me abaixei e abri uma caixa de sapatos tamanho 39. Levei a caixa até a cozinha e a coloquei ao lado do meu avental sobre o balcão.

Uma pilha magra de notas de vinte e um monte menor de notas de valor mais baixo escapavam do avental, cuidadosamente dobrado sobre a fórmica salpicada de cinza e rosa. Tirei a tampa da caixa que, em vez de um Adidas, abrigava mais de cinco anos de cartas, fotos e dinheiro. Guardei cuidadosamente ali metade das gorjetas e, em seguida, escondi a caixa no canto escuro do meu armário.

Voltei para a cozinha e coloquei o resto do dinheiro dentro de uma carteira preta que eu tinha comprado numa loja popular pouco depois de vender online a bolsa Louis Vuitton. Cento e onze dólares em dinheiro guardados com o restante da pilha. Eu teria o dinheiro do aluguel no fim do meu turno do dia seguinte. Com esse pensamento, eu sorri e joguei a carteira no balcão, voltando ao banheiro.

Minha camiseta estava grudada na pele por causa do suor do dia. Eu a tirei e chutei com facilidade meu surrado All-Star de cano alto branco e me esforcei para sair da calça jeans justa, baixando-a até os tornozelos e lançando-a no canto.

A pilha alta de roupas sujas me deixava feliz, ciente de que isso nunca teria existido na minha vida anterior. Com uma casa cheia de funcionários — Vanda, a governanta, e três empregadas, Cicely, Maria e Ann —, roupa suja pelo chão no fim do dia significaria a demissão de alguém. Minha cama era arrumada no instante em que eu saía dela, e minhas roupas eram lavadas, passadas e penduradas até o fim do dia.

Deixei a calcinha cair no chão e tirei as meias úmidas com o dedão dos pés. Entrei embaixo do fluxo irregular fumegante. De vez em quando, a água esfriava e então ficava escaldante antes de voltar ao normal, mas eu não me importava com isso.

A lata de lixo estava cheia, a roupa usada estava com uma semana de atraso e havia pratos sujos na pia. E eu iria para a cama sem pensar muito no assunto. Não havia ninguém ali para gritar comigo, para ficar obcecado com a arrumação nem para criticar minhas blusas para fora da calça ou o cabelo despenteado. Eu não precisava ser perfeita aqui. Não precisava mais ser perfeita em lugar nenhum. Eu só tinha que existir e respirar por mim.

O papel de parede amarelo do banheiro estava descascando pelos anos de vapor que enchiam o ambiente, a tinta da sala de estar estava lascada e desgastada, e o teto do meu quarto tinha uma grande mancha de umidade no canto que parecia piorar a cada ano. O carpete era desbotado, os móveis eram mais velhos que eu, mas era tudo meu, sem lembranças e sem obrigações.

Depois de esfregar a gordura e o suor da minha pele, saí do chuveiro e me enrolei em uma macia toalha amarela. Em seguida, dei início à minha rotina noturna de escovar os dentes e hidratar o corpo. Vesti uma camisola e vi exatos seis minutos de notícias — apenas o suficiente para saber do clima. Depois me arrastei até minha cama de casal e li alguma coisa completamente ruim antes de dormir.

O café da manhã no Bucksaw Café começaria a ser servido em dez horas, e eu repetiria meu dia como qualquer outro, exceto aos domingos e alguns sábados em que Phaedra insistia que eu encontrasse outro lugar para ir. Só que o dia seguinte seria diferente. Eu teria que sobreviver ao jantar com o imbecil que trabalhava para o governo, provavelmente o ouvindo falar sobre como machados e tatuagens são legais e sendo irritante o suficiente para ele se manter distante de mim até ele decidir ir para o alojamento em Estes Park.

Uma batida à porta me assustou, e eu me apoiei nos cotovelos, olhando ao redor do quarto, como se isso fosse me ajudar a ouvir melhor.

— Falyn! — disse Kirby do lado de fora. — O Gunnar vai se atrasar! Me deixa entrar!

Gemi ao engatinhar para fora do colchão aconchegante e me arrastei para atravessar a sala de estar até a porta da frente. Pouco depois de eu girar a fechadura, Kirby empurrou a porta e entrou de repente, ainda de avental e segurando um copo descartável de refrigerante pela metade.

— É possível amar tudo numa pessoa, exceto tudo nessa mesma pessoa? — ela rosnou, batendo a porta depois de entrar e quase acertando o meu rosto. Ela tomou um gole da bebida e se apoiou na coisa mais próxima da porta: a lateral da minha geladeira. — É a segunda vez que ele se atrasa na semana.

— Talvez você devesse parar de emprestar seu carro pra ele — falei.

— A caminhonete do Gunnar está na oficina... de novo. — Os olhos de Kirby percorreram minha camisola roxa de algodão, e ela soltou uma risada. — Que camisola sexy você tem, vovó.

— Cala a boca — falei, dando uns passos para encarar o enorme espelho na parede. Era basicamente uma camiseta gigante. Não havia nada de vovó ali.

Atravessei o carpete surrado e a convidei para sentar. Peguei uma parte do meu cabelo ainda úmido, usando distraidamente as duas mãos para enrolar as pontas. Meu cabelo era uma camuflagem, caindo em ondas suaves sobre os ombros, longo o suficiente para cobrir meus seios se um dia eu ficasse presa sem roupas numa lagoa. Ele mantinha minhas mãos ocupadas quando eu estava nervosa ou entediada. Também era um dispositivo para me esconder. Se eu abaixasse um pouco o queixo, um véu castanho se estendia entre mim e um olhar indesejado.

Era loteria dizer se um homem mencionaria primeiro meus olhos ou meu cabelo. Meus olhos não eram tão juntos quanto os de Kirby, mas tinham o mesmo formato, só que levemente velados. Não importa a quantos tutoriais de maquiagem eu assistisse no YouTube, era desperdício de tempo usar delineador. A maquiagem em geral costumava ser um desperdício de tempo, porque eu nunca dominei essa arte, mas por algum motivo o formato dos meus olhos e a cor verde clara era algo que meus clientes regulares sempre comentavam. O que era apenas um pouco mais frequente do que falar das sardas em meu nariz.

Kirby ficou à vontade, sentando em meu sofá e recostando nas almofadas.

— Adoro essa coisa velha. Acho que esse sofá é mais velho do que eu.

— Mais velho do que nós duas juntas — comentei.

O loft fora alugado com todos os móveis, exceto a cama. Dormi muitas noites naquele sofá antes de conseguir economizar para comprar uma cama box e um colchão. Achei desnecessário comprar uma cabeceira. Eu só gastava minhas gorjetas com coisas essenciais.

Sentei na poltrona giratória laranja esfarrapada ao lado do sofá, observando Kirby franzir a testa enquanto bebia pelo canudo.

Ela virou o pulso para olhar o delicado relógio de couro preto, depois soltou um suspiro dramático.

— Odeio ele.

— Odeia nada.

— Odeio esperar. Parece que isso resume todo meu relacionamento com Gunnar: esperar.

— Ele te adora. Ele está fazendo essas aulas todas para conseguir um bom emprego e te dar tudo o que você quiser quando for a esposa dele. Podia ser pior.

— Tem razão. Ele é o cara mais gostoso da cidade, exceto pelo seu novo brinquedinho. Você vai mesmo deixar o cara te levar pra jantar?

— Um jantar de graça? Claro.

— Você pode comer de graça no andar de baixo — brincou Kirby, o minúsculo piercing de diamante em seu nariz refletindo na luz.

O nariz delicado de Kirby combinava com suas outras características miúdas, incluindo a altura de um metro e sessenta e sete. Ela tinha a constituição de uma líder de torcida do ensino médio e sorria como a Miss América. Ela podia ser modelo ou atriz, mas, em vez disso, era garçonete em Springs.

— Por que você ainda está aqui? — perguntei, ignorando o comentário.

Ela fez uma careta.

— Meu Deus, Falyn. Desculpa. Vou esperar lá embaixo.

Estendi a mão para alcançá-la quando ela se levantou para ir embora.

— Não, sua besta!

Eu a puxei para baixo, e ela se sentou franzindo a testa.

— Quero dizer, por que você ainda não fugiu desta cidade?

Seu rosto se suavizou.

— Eu gosto daqui — ela respondeu, dando de ombros. — E o Gunnar ainda está estudando. Os pais dele pagam as contas, contanto que ele fique em casa e ajude no rancho.

— Ele ainda vai se candidatar para o programa de médico assistente em Denver?

— É por isso que ele está ficando perto de casa, fazendo as matérias que são pré-requisitos para o curso preparatório de médico assistente na UCCS, depois ele pode se transferir com facilidade para a CU Denver.

— Você quer dizer que ele está ficando perto de você.

— Só para economizar. Depois vamos nos mudar para Denver. Espero que lá eu consiga algo tão flexível quanto esse emprego, para poder trabalhar enquanto ele estiver na faculdade.

— Aposto que você consegue. Denver é... bom, é Denver. Você vai ter opções.

A esperança arregalou seus olhos.

— Onde foi que você estudou? Não foi por aqui.

Senti minha expressão me entregar sem querer.

— Fiz preparatório para medicina em Dartmouth. Bom, era para lá que eu ia, na verdade.

— Você não gostou?

— Foi um ótimo ano.

— Só um ano? Você age como se fosse há uma vida.

— Só um ano. E, sim, parece mesmo.

Kirby mexeu na ponta da tampa de plástico do copo descartável.

— Há quanto tempo você abandonou? Dois anos?

— Quatro.

— Estou trabalhando com você o ano todo, e você nunca falou disso. Tem alguma coisa a ver com os seus pais, não tem?

Ergui uma sobrancelha.

— Estou surpresa que tenha levado tanto tempo para perguntar.

— Quando achei que éramos próximas o suficiente para eu abordar o assunto, tive medo do que você poderia dizer.

— Não há nada para contar.

— Você só está dizendo isso para eu me sentir melhor? — ela perguntou. — Porque, se alguma coisa aconteceu com você lá, pode falar comigo. Você sabe que eu não vou contar para ninguém, nem para o Gunnar. — Suas feições perfeitas ficavam ainda mais impressionantes quando ela estava triste, o lábio inferior ainda mais carnudo quando ela fazia um biquinho.

— Nada aconteceu comigo em Dartmouth. Já falei: eu gostava de lá, mas as mensalidades eram acompanhadas de exigências com as quais eu não concordava mais.

— Ah. — Ela pareceu um pouco aliviada. — Seus pais.

— Sim. Eles.

Uma nova batida à porta.

Kirby gritou, me fazendo pular:

— Entra!

A maçaneta girou, e um mamute gigantesco com cara de bebê e mais músculos do que sua camiseta era capaz de conter entrou. Com um movimento rápido, ele virou o boné de caminhoneiro para trás, e fios cor de caramelo voaram para todos os lados sob a rede preta, recusando-se a se comportar. Ele se apressou até o sofá para sentar ao lado de Kirby.

— Droga, baby, sinto muito. Porra de aula noturna e porra de trânsito.

Ela se aproximou dele com uma expressão séria, deixando-o beijar seu rosto. Ela piscou.

Kirby não conseguia enganar ninguém. Ele já estava perdoado.

Ele olhou para mim.

— Desculpa pelo linguajar.

Acenei para ele, dispensando seu pedido de desculpas.

— Não há regras aqui. — Olhei ao redor com um sorriso. — Faz parte do charme.

— Como foi o trabalho? — Gunnar perguntou, os olhos se alternando entre mim e Kirby. A língua dele batia nos dentes quando ele falava, provocando um leve ceceio que eu achava inquestionavelmente adorável.

Gunnar era naturalmente educado e atencioso, mas, quando eu me juntava a ele e a Kirby para sair, seu olhar sinistro afastava qualquer atenção masculina indesejada. Em várias ocasiões, Kirby falara sobre como era ser o alvo amoroso de um super-herói, sem nunca sentir medo nem preocupação, porque Gunnar tinha tudo sob controle o tempo todo. Apesar de passar o tempo na academia ou com Kirby quando não estava estudando, Gunnar não tinha o físico de um fisiculturista profissional, mas era alto e musculoso o suficiente para intimidar. Seu único problema era ser simpático demais, tentando ser tudo para todos, o que muitas vezes o fazia se atrasar e ficar sobrecarregado no processo.

Kirby expirou e estendeu as pernas sobre o colo do namorado.

— Foi maravilhoso. A Falyn tem um encontro.

Gunnar me olhou em busca de confirmação.

Dei de ombros.

— Meus pais apareceram. Eles estavam lá quando o cara me chamou para sair. Eu meio que tive que concordar.

Ele balançou a cabeça com um sorriso, já ciente de onde essa história ia parar.

— Coitado.

— Ele sabe — comentou Kirby.

— Ah. Então é culpa dele mesmo — disse ele.

Tirei uma almofada das costas e a abracei.

— É só um jantar, de qualquer maneira. Não vou partir o coração dele nem nada.

— Foi o que eu disse quando a Kirby me chamou pra sair — ele comentou, dando uma risadinha.

Kirby arrancou a almofada da minha mão e a jogou na cabeça de Gunnar.

— Para de falar isso para as pessoas! Elas vão pensar que é verdade.

Gunnar ainda estava rindo quando pegou a almofada no chão e a jogou de leve em Kirby.

— Talvez eu queira que você acredite. Pelo menos essa versão faz parecer que eu não corri atrás de você o tempo todo.

Kirby se derreteu.

Com pouco esforço, Gunnar puxou Kirby para seu colo e lhe deu um rápido beijo na boca. Ele se levantou, a carregando consigo, antes de colocá-la de pé.

— Estou contente por vocês estarem indo embora — falei sem emoção. — Essa demonstração de afeto me deixa enjoada.

Kirby me mostrou a língua, deixando Gunnar conduzi-la pela mão até a porta. Ele parou, e ela também.

— Boa sorte amanhã — ele disse.

As feições de Kirby se moldaram em um sorriso malvado.

— É o cara que precisa de sorte.

— Cai fora — falei.

Estendi a mão por sobre o braço do sofá e peguei a almofada, atirando-a na porta. Ao mesmo tempo, Gunnar puxou Kirby para fora e fechou a porta. A almofada quicou na madeira velha e caiu no carpete bege logo abaixo.

Meu corpo todo parecia pesado quando me levantei da poltrona e me arrastei com dificuldade até a cama. As cobertas estavam puxadas desde a hora em que saí da cama mais cedo. Sentei e enfiei as pernas embaixo delas, puxando-as até o queixo e me aninhando no espaço vazio ao redor.

Respirei fundo, inalando minha liberdade depois de cinco anos lidando com o luto e a culpa nos meus próprios termos. Posso ter deixado meus pais tomarem decisões demais por mim, mas, contrariando toda a razão e os medos, eu tinha me libertado. Apesar de aparecerem de vez em quando, meus pais não conseguiam mais me magoar.

Minhas pálpebras foram ficando pesadas, e eu pisquei algumas vezes antes de me permitir cair no sono sem pesadelos com luzes fortes, paredes brancas, desconhecidos me agarrando ou gritando ao longe. Isso não acontecia desde um mês depois de eu me mudar para o meu loft minúsculo. Agora eu sonharia com omeletes, cheesecakes e chá gelado junto com os xingamentos de Chuck no fogão e a insistência de Phaedra para arrumar mesa para os clientes. *Normal* era algo que surgia com a ausência de expectativas impossíveis e sufocantes.

Respirei fundo e soltei o ar, mas não sonhei com o Bucksaw.

Sonhei com Taylor.

3

O despertador tocou, me tirando da inconsciência, e eu estiquei o braço para bater no botão de soneca com a palma da mão. Os lençóis estavam enrolados nas minhas pernas, e a coberta tinha caído no chão, como acontecia todas as noites.

Eu me espreguicei e sentei devagar, estreitando os olhos para o sol forte que entrava pela janela do quarto. As paredes brancas o deixavam ainda mais forte, mas eu não tinha coragem de pedir a Phaedra para mudar nada. Ela e Chuck já tinham me dado esse loft quase de graça, para eu poder economizar dinheiro.

Vesti uma das cerca de dez camisetas com gola V guardadas no meu minúsculo armário e minha calça jeans preferida, que encontrei na loja popular mais próxima. Eu tinha comprado essa calça skinny apenas alguns dias depois de me mudar para o loft, após o primeiro salário do Bucksaw e depois que Phaedra descobriu que eu estava dormindo no carro, exatamente dez dias antes de meus pais o recuperarem para vendê-lo.

Apesar de eu ter um quarto cheio de roupas e sapatos de grife na casa deles, meu armário ali ainda tinha muito espaço. Além das coisas que eu tinha colocado em uma sacola — artigos de higiene, água, petiscos e a caixa de sapatos — antes de fugir, tudo o que eu tinha era meu carro e as roupas do corpo. Cinco anos no Bucksaw tinham me dado mais cinco calças jeans, três shorts e mais ou menos uma dúzia de camisetas. Era fácil viver com pouco quando você não tinha para onde ir.

Prendi a parte de cima do cabelo com um grampo, deixando a franja cair, o que me atrapalhava cada vez que eu piscava.

Sempre nos meus malditos olhos!

Já tinha passado da hora de um corte de cabelo no Salão da Falyn. Olhei para a gaveta onde eu guardava a tesoura e decidi não fazer isso agora, já que faltava pouco tempo para o encontro com o bombeiro de elite bonitinho, mas decididamente azarado. De jeito nenhum ele conseguiria competir com minha versão perfeita dele no sonho, a que conseguia me fazer gozar só com uma olhada de relance. Então minha mente já o dispensara como uma decepção.

Depois de esfregar o rosto e terminar o resto da minha rotina matinal, peguei o avental e abri a porta. Com uma girada rápida do pulso, tranquei a porta ao sair. Depois de uma curta viagem por um corredor estreito e quinze degraus, eu estava no Bucksaw outra vez.

Chuck estava na bancada e Phaedra estava contando o dinheiro no caixa, o sol matinal destacando-lhe os fios prateados na cabeça.

— É como se eu nem tivesse saído daqui — anunciei.

— Você diz isso todas as manhãs — Phaedra devolveu.

— É como me sinto todas as manhãs.

— Você também diz isso todas as manhãs — comentou Chuck. Ele colocou um prato de panquecas mergulhadas em calda, cobertas com uma pequena espiral de chantili e um morango fatiado, no passa-pratos entre a cozinha e o salão de refeições.

— Apenas para registrar, só consigo pensar em um outro lugar onde eu preferia estar — falei, pegando meu prato.

— Você vai chegar lá — disse Chuck.

— Então, o garoto — começou Phaedra, com um toque de alerta em seu tom de voz. — Ele é muito bonito.

— Nada que eu não consiga encarar. — Minhas palavras estavam envolvidas na garfada de panquecas que eu acabara de colocar na boca.

— Ele vai te pegar aqui? — Chuck perguntou, cruzando os braços sobre o passa-pratos, que ficava pouco abaixo do nível do peito dele.

O espaço era grande o suficiente para acomodar pelo menos cinco pratos de comida quando estávamos movimentados.

Ele olhou para a esquerda quando Hector empurrou as portas duplas que davam na cozinha.

— Bom dia — disse Chuck.

— Olá, sr. Chuck — Hector cumprimentou, sentando em um banco na ponta do balcão. Ele rezou em agradecimento pelo omelete que trouxera da cozinha antes de enfiar um quarto dele na boca.

Cerca de três metros atrás de onde Hector estava sentado ficava a escada que levava ao meu loft.

— O que está olhando, Falyn? — perguntou Phaedra.

— Eu costumava ficar incomodada com o fato de que qualquer pessoa dentro do Bucksaw pudesse subir essa escada.

— Até você perceber que eu não tenho paciência com clientes curiosos. Chuck riu.

— Nem mesmo com crianças. Lembra aquela vez em que você fez o filho do Morris chorar?

— Caramba, Chuck, ele já está quase no ensino médio. Será que um dia você vai deixar isso de lado?

— Não — respondeu Chuck. — Porque eu adoro sua expressão quando toco nesse assunto.

De onde estava, no passa-pratos, Chuck olhou para a frente, encarando o longo balcão repleto de bancos enfileirados. Ele separava o caixa e duas estações de bebidas da área de refeições. Para Kirby e eu, aquele estreito espaço parecia a primeira base, um local onde podíamos ter alguns segundos para nos prepararmos antes de voltar para as trincheiras.

Sentei em um dos bancos do bar, mastigando contente um pedaço de panqueca coberto com calda.

— Você fugiu da minha pergunta, Falyn — disse Chuck.

Eu não estava especialmente apressada para engolir a delícia doce e fofinha na minha boca e responder a Chuck, mas não queria ser grosseira.

— Não sei se ele vem me pegar aqui. Não tive notícias.

— Ele vem, posso apostar — disse Phaedra, fechando a gaveta do caixa. Ela cruzou os braços. — Agora, se ele não for um cavalheiro...

— Eu sei — falei. — Dou um soco na garganta dele.

— Boa garota — disse Phaedra, socando o ar. — Eles odeiam isso.

— Ela está certa — Chuck gritou da cozinha. — Odiamos mesmo!

Dei uma risada, sabendo que Chuck preferia cortar a mão de trabalho do que fazer alguma coisa com uma mulher para merecer um soco na garganta.

Chuck desapareceu do passa-pratos e empurrou as portas duplas. Ele secou as mãos no avental limpíssimo, deixando listras marrom-alaranjadas ali.

— Oh-oh — falei no meio da mastigação, notando a expressão de Chuck. — Você não vai vir com aquele discurso pra cima de mim, vai? Por favor, não.

— E esse garoto? Estou preocupado com as suas motivações, mas estou ainda mais preocupado com as intenções dele — disse Chuck.

Phaedra olhou radiante para o marido, como se quarenta e seis anos de amor tivessem duplicado com uma única pergunta.

Terminei de mastigar e limpei a boca com um guardanapo. Eu o amassei e o deixei cair no colo.

A voz tranquila, porém firme, de Blair ecoou em minha cabeça.

Garfo errado, Falyn.

Não tomamos sopa desse jeito, Falyn.

Endireite as costas, Falyn.

Nenhum homem que valha a pena vai querer você se não se comportar, Falyn.

Não discutimos assuntos vulgares, como a sua opinião, à mesa do jantar, Falyn.

Quando eu me sentia obrigada a usar os modos que me foram impostos à força mesmo depois da minha libertação, eu me comportava mal só para contrariar Blair. Mesmo que ela não pudesse ver, a rebelião me fazia sentir melhor.

Quase cinco anos depois de ir embora, meu sangue ainda fervia porque esses hábitos não morriam, assim como a necessidade dos meus pais de me controlarem, de me obrigarem a me encaixar no molde perfeito de como deveria ser a primeira família do Colorado.

— Falyn? — chamou Phaedra, sua voz confortavelmente grave me trazendo de volta para o Bucksaw e me afastando da minha infância. — Você está bem, querida?

Pisquei.

— Ele, humm... Não importa quais são as intenções dele. Eu só disse sim pra irritar o William.

— Então por que seguir em frente? — perguntou Chuck.

— Porque ele entrou no jogo quando eu menti para os meus pais — falei com um sorriso. — Ele não se importa, de qualquer forma. Só está procurando uma trepada fácil.

Chuck me encarou com uma expressão vazia, depois recuou lentamente pelas portas duplas até sumir de vista.

Phaedra caiu na gargalhada.

— Você vai ser a morte desse homem. Ele te ama como se você fosse filha dele. Deixe-o acreditar que você é virgem. — Assim que as palavras saíram de sua boca, ela congelou, e seus olhos se arregalaram. — Ah, querida, me desculpa.

— Acho que ele já sabe que eu não sou — comentei, fazendo questão de dispensar seu pedido de desculpas.

Claramente abalada, Phaedra voltou a preparar seu mundialmente famoso chá gelado.

Eu me levantei e contornei a ponta do balcão. Eu a abracei por trás, apoiando o queixo na dobra de seu pescoço.

— Está tudo bem — sussurrei.

— Maldita boca grande essa minha — ela fungou. — E maldito cérebro pequeno.

Eu a contornei, esperando seus olhos encontrarem os meus.

— Maldito coração mole esse seu.

Seu lábio inferior tremeu, e ela me puxou para um abraço rápido. Sua mão enrugada deu um tapinha em minhas costas.

— Não temos filhos. Você e Kirby são o que temos. Agora suma daqui. Vá trabalhar, pelo amor de Deus — disse ela, voltando para a jarra de chá.

Estendi a mão para pegar um guardanapo e lhe entreguei. Phaedra o levou até o rosto, secando os olhos, imagino, já que ela ainda estava de costas para mim.

— Eu falei *sai* — disse ela.

— Sim, senhora. — Eu me apressei para contornar o balcão e peguei meu prato. Enfiei os pedaços restantes de panqueca na boca enquanto seguia para a cozinha.

Pete, redondo, careca e de cenho franzido, estava de pé ao lado de Chuck, ajudando com algo relacionado à preparação, como fazia todas as manhãs.

Hector já estava na pia, lustrando os talheres.

— Bom dia, srta. Falyn — ele disse, pegando meu prato. Ele puxou o borrifador e lavou o prato branco redondo de algo entre vidro e plástico.

— Pela centésima vez, Hector...

— Não fale, senhorita. Eu sei. — E deu um sorriso tímido.

Pete sorriu. Ele estava em silêncio marinando um frango.

Os três, além de Phaedra, cujas criações eram responsáveis pela fama do Bucksaw, formavam o staff da cozinha.

Com o olhar vazio e a mente em algum lugar distante, Chuck estava misturando seu molho especial. Ele secou a bochecha molhada com o dorso da mão e continuou cortando. Então me olhou e balançou a cabeça.

— Malditas cebolas — disse ele, secando a outra bochecha.

— Ãhã — comentei, hesitante.

Phaedra não era a única manteiga derretida da família.

Com um sorriso irônico, Pete olhou de relance para o chefe e depois continuou com suas tarefas.

Ajudei Hector a enrolar os talheres. Depois enchi o compartimento de xarope de Coca-Cola na máquina de refrigerante atrás do balcão, limpei as janelas e verifiquei duas vezes se a área de refeições estava brilhando de tão limpa.

Gunnar deixou Kirby na cafeteria às oito em ponto, e ela ficou parada na porta da frente com os braços cruzados, como fazia todas as manhãs. Eu não sabia por que ela insistia em chegar tão cedo. Só abríamos às nove.

Abri a porta e, assim que ela entrou, a tranquei.

— Cheguei! — ela anunciou conforme cruzava a área de refeições, outra coisa que fazia todas as manhãs.

— Vou avisar à imprensa! — brincou Phaedra.

Kirby mostrou a língua para Phaedra e depois piscou para mim enquanto empurrava as portas duplas, deixando-as balançar violentamente depois de passar.

— Um dia você vai quebrar essas malditas portas! — Phaedra gritou.

— Desculpa. — Kirby foi rápida, mas sincera, seu rabo de cavalo escuro balançando enquanto ela carregava as latas de sal e pimenta.

Quando ela começou a encher os saleiros e pimenteiros de cada mesa, as duas trocaram sorrisos conhecidos.

— Conheço essa pirralha desde que ela era uma criança largada — disse Phaedra, balançando a cabeça para Kirby.

— Estou ouvindo — anunciou Kirby.

— Ótimo! — soltou Phaedra. — Eu preparava um panini de frango grelhado, picles e maionese apimentada para mim todo dia, bem na hora em que a Kirby passava a caminho de casa, depois da escola.

Kirby sorriu.

— E magicamente ela sempre perdia o apetite.

— Só porque eu sabia que você estaria faminta quando enfiasse essa cabeça de corvo pela porta — disse Phaedra, num misto de audácia e bobeira. — Ela sempre falava sem parar, de boca cheia, tagarelando sobre seu dia, enquanto acabava com o meu pobre panini, depois nem me agradecia antes de limpar a boca com a manga da blusa e andar alguns quarteirões até a Old Chicago, onde a mãe era garçonete.

Kirby fechou a tampa de um saleiro.

— Isso não é totalmente verdade.

— Tá bom — Phaedra soltou. — Às vezes ela usava um guardanapo.

Kirby balançou a cabeça e deu uma risadinha conforme abria a tampa do pimenteiro.

Quando vi a hora, comecei a abrir as tampas para Kirby, e ela acelerou.

— A Kirby é a única pessoa no mundo, incluindo Chuck — falei, apontando com a cabeça para a cozinha —, que consegue te mostrar a língua e continuar viva pra contar a história.

— Não. Eu tenho duas meninas, e aceito qualquer merda das duas — disse Phaedra, arqueando a sobrancelha para mim.

Engoli o nó que se formou em minha garganta. Phaedra tinha um jeito de me fazer sentir parte da família quando eu menos esperava e sempre quando eu mais precisava.

Ela pegou um pano de prato no balcão quando se aproximou de mim. Colocou o pano sobre o ombro e depois olhou para o relógio. Então me virou para encarar a parede de vidro, em direção aos três carros estacionados, cheios de gente.

Ela ergueu a minha mão com o saleiro aberto ainda ali e começou a recitar seu soneto preferido:

— Mãe dos Exílios! Do farol de sua mão. Brilha um acolhedor abraço universal; os seus suaves olhos comandam o porto.

Depois de cada verso, ela sacudia minha mão erguida, o sal caindo sobre a nossa cabeça como uma nevasca instável.

— Dai-me os seus fatigados, os seus pobres, as suas massas encurraladas!

Quando Phaedra terminou, ela soltou a minha mão, e eu sacudi os pontinhos brancos do cabelo.

Ela suspirou.

— Ninguém mais fala assim.

— Você fala — disse Kirby.

— Meu Deus, como eu amo meu país.

Kirby fez uma careta.

— Qualquer um saberia isso depois de ver sua ficha criminal pelo número de vezes que foi presa por participar de manifestações. O que esse poema tem a ver?

Phaedra pareceu chocada.

— É Emma Lazarus — falei.

A expressão de Kirby permaneceu a mesma.

Continuei:

— Esse soneto está numa placa na Estátua da Liberdade.

Quando a ficha finalmente caiu, a boca de Kirby formou um o.

Phaedra revirou os olhos.

— Querido senhor Jesus, nos ajude.

— Eu pego a vassoura — Kirby falou, se apressando até o quarto dos fundos.

Phaedra saiu resmungando até a cozinha. Não saber partes importantes da história ou ignorar temas de conhecimento geral deixava seu temperamento inflamado.

Kirby reapareceu, a vassoura e a pá de lixo na mão.

— Merda. Estou tentando esquecer essas coisas todas desde a formatura. Estamos nas férias de verão. Ela devia me dar uma folga.

— Vai ser um longo dia — falei, pegando a vassoura.

Kirby e eu limpamos a sujeira, e ela se apressou até a lata de lixo com a pá enquanto eu a abria. As pessoas dentro dos três carros estacionados na frente começaram a se agitar, e, quando Kirby retornou depois de levar a vassoura para os fundos, os clientes já estavam esperando para sentar.

— Não terminei os saleiros — ela sussurrou para mim.

— Deixa comigo — falei, me apressando para terminar seu serviço.

Dei uma olhada no relógio, me perguntando como pudemos nos atrasar tanto. Normalmente, terminávamos com dez minutos de antecedência.

Phaedra não revelou seu humor aos clientes, mas Kirby e eu tivemos de nos esforçar muito para mantê-la sorrindo. Uma jarra de chá gelado caiu no chão, Hector quebrou uma pilha de pratos e eu não fechei direito a tampa de um dos saleiros, então Chuck teve que preparar um sanduíche de filé com o dobro de queijo para substituir o que estava com mais sal do que eu tinha no cabelo.

Kirby arrumou um lugar para a escritora e sua assistente, a segunda visita delas em alguns dias.

— Boa tarde — falei com um sorriso. — Voltaram, hein?

— É tão bom — disse a escritora. — Eu queria experimentar o cubano antes de irmos embora.

— Não foi isso que eu pedi — um homem gritou para Phaedra.

Dwayne Kaufman estava sentado sozinho no canto, lambendo o polegar depois de jogar a parte de cima do pão de seu hambúrguer no chão.

— Oh-oh — sussurrou Kirby em meu ouvido. — O Dwayne andou bebendo de novo. Devo chamar a polícia?

Balancei a cabeça. *Quem fica bêbado antes do meio-dia?*

— Deixa a Phaedra cuidar disso.

— Eu disse sem ketchup! E está frio pra caralho! — gritou Dwayne.

— Sinto muito, meu bem — disse Phaedra. — Vou dar um jeito nisso imediatamente, Dwayne. — Ela pegou o prato dele e passou apressada pelas portas duplas.

— Não sou seu bem! — ele gritou atrás dela. — Cafeteria de merda.

Fui até Dwayne e sorri.

— Posso trazer um café enquanto o Chuck grelha seu hambúrguer?

— Vai se foder — resmungou ele, me enfrentando, mas com os olhos no chão. — Eu só quero uma porra de um hambúrguer do jeito que pedi. É tão difícil assim?

Sua xícara de chá estava pela metade, mas eu queria mantê-lo ocupado até Phaedra voltar.

— Ela está cuidando disso. Vou trazer mais chá — falei, pegando sua xícara.

Ele agarrou meu punho.

— Tira esses peitos redondos da minha cara!

O líquido espirrou da xícara direto para os meus sapatos enquanto eu tentava me desvencilhar dele, e aconteceu de novo quando outra mão masculina envolveu o pulso de Dwayne.

Dwayne congelou, e eu também.

De repente, Taylor surgira ao meu lado.

— O que foi que você acabou de falar para a moça? — Sua voz era baixa e sinistra.

Comecei a falar, mas Dwayne soltou a minha mão e deu uma risada nervosa.

— Não quero mais chá — rosnou ele. — Só me deixem em paz!

Taylor soltou a mão de Dwayne e deu um passo para trás, abrindo caminho para Phaedra.

— Aqui está, Dwayne. Cheeseburguer direto da chapa, sem ketchup. Sinto muito — disse Phaedra, mais alto que o necessário.

Ela pôs seu corpo entre mim e Dwayne, e eu dei mais um passo para trás.

— Como está esse? Melhor? — ela perguntou.

Ele deu uma mordida. Fechando os olhos, mastigou como um animal, com pão e um pedaço de cebola caindo da boca.

— Sim, mas demorou muito.

Phaedra fez um sinal para eu voltar ao trabalho e deu uma olhada para Taylor, mas eu não tinha certeza do que isso significava.

Acompanhei Taylor até a mesa dele. Ele estava sozinho, dessa vez.

— Você está bem? — ele perguntou.

— Estou sim — respondi. — Posso te trazer uma bebida?

— Quero uma de suas famosas Cherry Cokes, por favor.

— Já volto — sussurrei.

— Ei — disse ele, dando um tapinha em meu cotovelo antes de eu dar um passo —, você está chateada?

Fiz uma pausa e dei uma olhada para Dwayne.

— Estava tudo sob controle.

— Eu acredito.

— Então não precisava se meter — sibilei.

— Provavelmente não.

— Fica longe dos meus assuntos. Não preciso da sua ajuda. Nunca.

Ele relaxou na cadeira, inabalável.

— Tá bom.

— Só isso? "Tá bom"?

Ele deu uma risadinha.

— Eu entendo.

Senti que ele me observava enquanto eu ia até o balcão de bebidas.

— Sinto muito — falei, parando na mesa da escritora. — Posso te trazer uma bebida?

Ela balançou a cabeça, os olhos radiantes.

— Eu não me divertia tanto há semanas. Quero um suco de laranja.

— Quero um mango sunrise — disse a assistente.

Eu assenti e segui meu caminho. Dwayne ergueu sua xícara na minha frente, e eu esbarrei nela, derramando chá nele e em mim.

Instintivamente, levantei as mãos, as palmas estendidas, e parei na ponta dos pés, apesar de já ser tarde demais.

— Ai, caramba, pego outro para você agora mesmo.

— Mas que porcaria. Sua vaca! — ele gritou ao mesmo tempo. A cadeira dele bateu no piso de cerâmica quando ele se levantou, assomando-se sobre mim.

— Tudo bem, agora você me deixou puto da vida. — A voz tensa de Taylor ecoou de seu assento do outro lado do salão.

No instante seguinte, ele estava ao meu lado. Ele deu uma gravata em Dwayne e o levou em direção à porta.

— Não! Para! Por favor! — eu implorei.

Cada palavra se misturava aos protestos de Dwayne.

Todos no salão ficaram paralisados, encarando Dwayne agitando os braços e tentando empurrar Taylor, sem sucesso.

Cobri a boca, e Kirby observou, perplexa, de seu posto na recepção. Pouco antes de Taylor chegar à porta, Phaedra deu seu famoso assobio,

41

daqueles que dava para ouvir até num estádio de futebol americano do ensino médio superlotado. Eu me encolhi com o barulho estridente.

— Para com isso! — ela ordenou.

O salão ficou em silêncio. Chuck e Hector estavam observando do passa-pratos. Dwayne parou de se debater, e Taylor soltou seu pescoço.

— Ninguém expulsa meus clientes, além de mim! — Ela marchou até Dwayne, estreitando os olhos. — Você xingou a minha garçonete?

— Ela derramou a porra do chá em mim! — disse ele, apontando na minha direção.

— Este é um estabelecimento familiar, e não dizemos porra! — explicou Phaedra, praticamente gritando a última parte. — Volta quando tiver um pouco de educação, Dwayne! — E se virou. — Quer saber? Nem assim! — E olhou para Taylor. — Leva esse lixo pra fora, garoto.

Taylor cruzou os braços, radiante. Dwayne não reagiu. Em vez disso, saiu envergonhado.

Phaedra encarou o resto da cafeteria com um sorriso iluminado.

— Alguém precisa de alguma coisa?

A maioria balançou a cabeça. A escritora e sua assistente permaneceram em silêncio, parecendo tão alegrinhas que eu achei que fossem aplaudir a qualquer momento.

Voltei para o bar.

Kirby me seguiu.

— Uau. Que merda, isso foi demais — disse ela, virando-se de costas para a parte do salão onde Taylor estava. — Você está repensando seus planos de dispensar o cara antes mesmo de começar?

— Sim — respondi, fazendo a pior Cherry Coke do mundo. Levei o copo para o outro lado do bar e marchei até ele antes de pousar a bebida com força sobre a mesa.

Taylor pareceu se divertir, o que só me deixou ainda mais irada.

— Preciso cancelar hoje à noite — falei.

— Você já tinha algum compromisso importante? — ele perguntou.

Pisquei.

— Não.

— Emergência familiar que pode esperar até você sair do trabalho?

Franzi a testa.

— Não.

— Então por que está cancelando?

— Porque você é um valentão.

Ele levou a mão ao peito.

— Eu sou um valentão?

— Sim — respondi entredentes, tentando manter a voz baixa. — Você não pode simplesmente agredir nossos clientes daquele jeito.

— Acabei de fazer isso. — Ele se recostou, satisfeito demais consigo mesmo. — Você não ouviu sua chefe? Ela que mandou.

Retorci o lábio, irritada.

— E você adorou. Porque é um valentão. E eu não saio com valentões.

— Ótimo.

— *Ótimo?* — Minha voz aumentou uma oitava.

— Você me ouviu. — Taylor cruzou os braços, o oposto total de chateado, ofendido ou irritado.

Eu esperava que minha rejeição pública roubasse aquele sorriso convencido de seu rosto.

— Então por que você está sorrindo?

Ele levou o polegar até o nariz, os músculos do braço enrijecendo com o movimento.

— Acho que você vai mudar de ideia.

Dei um passo à frente e mantive a voz baixa ao dizer:

— Nem se eu quisesse e, nesse momento, com certeza não quero. — Virei de costas e fui cuidar das minhas mesas.

O movimento aumentou conforme a tarde avançava, e, quando verifiquei a mesa de Taylor, percebi que ele tinha ido embora e deixado uma nota de vinte para trás. Eu a levantei. Ele tinha pedido apenas a Cherry Coke ruim, o que significava uma gorjeta de dezessete dólares.

Engoli a surpresa e a gratidão e enfiei o dinheiro no avental antes de limpar a mesa. Levei o copo para Hector e lavei as mãos.

— Você não acha que foi meio dura? — perguntou Chuck.

— Com quem? — indaguei.

— Você sabe com quem.

— Ele é um babaca. Eu falei que estava tudo sob controle e ele fez um drama.

Ele acenou para me dispensar.

— O Dwayne mereceu. A Phaedra queria expulsar esse homem daqui há anos. Pouco antes de você começar a trabalhar aqui, ele virou uma mesa.

Fiquei boquiaberta.

O borrifador ficou em silêncio, e Hector falou:

— Não combina com a sra. Phaedra deixar alguém fazer isso e voltar sempre.

Chuck deu de ombros.

— Nem sempre ele foi assim. A esposa dele foi embora alguns anos atrás. Desde então o cara começou a beber. A Phaedra aguentava os ataques dele porque tinha pena, eu acho.

Hector e eu nos entreolhamos.

— E você não acha que o Taylor é um valentão por expulsá-lo daquele jeito? — perguntei.

Ele balançou a cabeça.

— Eu sempre sonhei em fazer exatamente isso.

— Mas ela é sua esposa. Você só estaria protegendo a honra dela. Eu entendo — falei.

Ele pressionou os lábios.

— Você está certa, mas está errada.

Franzi a testa, confusa.

— Não acho que aquele garoto, Taylor, está procurando alguma coisa fácil. Pelo contrário. Acho que ele sabe que já encontrou.

— O que isso quer dizer? — perguntei.

— Significa que é melhor se acostumar. Caras como ele não desistem facilmente quando encontram uma garota como você.

Não contive uma risada.

— Ele que experimente.

Chuck forçou um sorriso e voltou para seus afazeres no fogão.

4

— *É melhor você correr, mocinha* — disse Phaedra. — *Você tem que se aprontar, não tem?*

Dei uma olhada nas minhas roupas.

— Pra quê?

— Você vai sair de avental com aquele garoto?

— Não. Eu não vou a lugar nenhum com *aquele garoto*.

Phaedra balançou a cabeça e atendeu a última mesa da noite. Apenas algumas cadeiras ainda estavam ocupadas. Já haviam passado alguns minutos da hora de fechar. Kirby já tinha varrido o chão e agora estava desmontando a máquina de sorvete.

O pessoal da última mesa pagou a conta, e Phaedra acenou enquanto a pequena família saía em direção ao carro estacionado bem em frente. Sentei no banquinho na ponta do balcão, contando minhas gorjetas. Kirby aceitou feliz um pequeno monte de notas — sua comissão por levar as pessoas às mesas e pelas excelentes habilidades de recepcionista — enquanto passava por mim para encontrar Gunnar na porta. Ele se curvou para abraçá-la e beijá-la, envolvendo os braços gigantescos em torno de sua minúscula estrutura.

— Boa noite! — exclamou Kirby.

— Boa noite — falei, o volume um pouco mais alto que um sussurro.

Phaedra e Chuck acenaram para o casal antes de Gunnar segurar a porta da frente para a namorada. Ela passou por ele, e os dois seguiram juntos até a vaga onde ele estacionara o carro dela. Pensei nos dois andando sozinhos no beco atrás do restaurante e em como Kirby não hesitaria em fazer isso.

O sino da porta tocou outra vez, e eu levantei o olhar, meio que esperando ver Kirby e Gunnar. Não seria a primeira vez que ela esquecia alguma coisa. Em vez disso, vi Taylor parado ao lado do balcão da recepção.

— Por que você está aqui? — perguntei.

As portas duplas balançaram algumas vezes antes de pararem, sinal de que Phaedra tinha ido para a cozinha.

— Vim te levar pra jantar.

— Eu cancelei — falei, guardando as gorjetas restantes no bolso do avental.

— Eu sei.

Abaixei o queixo, irritada.

— Qual é a de vocês, bombeiros civis? Vocês acham que só porque as mulheres andaram romantizando um pouco a profissão de vocês, automaticamente têm um encontro garantido?

— Não, só estou com fome e quero passar um tempo com você enquanto como.

— Já fechamos.

— E daí? — ele perguntou, de um jeito verdadeiramente inocente.

— E daí que você tem que ir embora.

Taylor enfiou as mãos nos bolsos do jeans.

— Confia em mim, eu quero mesmo. Sei que você meio que me odeia. Mulheres bravas por natureza não me atraem.

— Certo. Você prefere as fáceis, que fingem ser moderninhas dividindo a conta e depois ficam ansiosas para seguir o estereótipo de fãs de bombeiros de elite no fim da noite, na esperança de conseguir de alguma forma te prender com seus boquetes impressionantes.

Taylor engasgou, parando bem perto de onde eu estava sentada, e apoiou as costas no balcão.

— Você me decifrou todinho, não é, sra. Ivy League?

— Como é?

— Você era estudante de psicologia? Ou está tentando me abalar um pouco analisando meu temperamento violento e depois jogando umas citações de Freud como brinde? Tentando fazer com que eu me sinta inferior com sua destreza acadêmica? Deixa eu adivinhar. Você estudou na Brown? Yale? Grande merda. Posso não ter um diploma, mas eu fui para a faculdade. Você não me assusta.

— Dartmouth. E faculdade comunitária não conta.

— Discordo totalmente. Tenho bacharelado em administração e mestrado em estudos femininos.

— Isso é um insulto. Você não chegou nem a cem metros de um curso de estudos femininos.

— Isso não é verdade.

Soprei a franja do rosto, irritada.

— Estudos femininos? — Ele não recuou. — Por quê? — perguntei, com raiva.

— Porque é relevante.

Meus lábios se separaram, mas fechei a boca de novo. Ele estava falando sério.

— Tá bom, eu estava brincando em relação ao mestrado, mas fiz alguns cursos voltados para estudos femininos. Descobri que o material de leitura está no lado certo da história. — Ergui uma sobrancelha. — Posso ser um bombeiro, mas sou instruído. Estudei na Universidade Eastern, em Illinois, e é muito boa, para o tamanho dela.

— Espera. Você disse Illinois? — Engoli o aperto súbito na garganta.

— Sim, e você tem razão. Também tenho doutorado em baboseira e te reconheci a um quilômetro de distância.

— A que distância fica a Universidade Eastern da cidade de Eakins? — perguntei.

Taylor fez uma careta, sem saber aonde eu queria chegar com o interrogatório.

— A ESU fica em Eakins. Por que quer saber?

Meu coração disparou, batendo com tanta força que minha cabeça começou a latejar. A respiração não estava mais no piloto automático. Inspirei o ar e o soprei, tentando me acalmar.

— Então você vai lá com muita frequência? Para reencontros, talvez?

— Sou de lá, então volto o tempo todo. Você não respondeu à minha pergunta.

Pela expressão dele, eu podia dizer que ele sabia que alguma coisa estava acontecendo. Todo o tom da nossa conversa tinha mudado, e a minha atitude também.

Eu o observei me observar. Tentei manter a expressão normal e impedir que a verdade transparecesse em meus olhos.

Todo o dinheiro na minha caixa de sapato no andar de cima era para pagar uma passagem de avião até Chicago, alugar um carro e um quarto de hotel em Eakins, Illinois. Não podia ser só uma coincidência esse cara ter entrado de repente na cafeteria e se interessado por mim.

— Só estou curiosa.

Seus ombros relaxaram, mas um brilho ainda ardia em seus olhos.

— Eu te conto tudo. Vamos.

— Não vou a lugar nenhum com você esta noite — falei. — Você está se esforçando demais. Até onde eu sei, você pode ser um serial killer.

— A Guarda Florestal não emprega serial killers.

— Como posso saber se você trabalha mesmo para eles?

Taylor suspirou, colocou a mão no bolso traseiro e pegou a carteira. Tirou a habilitação e a identidade da Equipe Alpina de Bombeiros de Elite.

— Isso é suficiente? — perguntou.

Tentei não ser rápida demais nem parecer muito interessada antes de dar uma olhada na identidade e depois na carteira de motorista, emitida em Illinois. Ele era mesmo de Eakins.

— Você nunca transferiu sua carteira de motorista?

— Ela expira no mês que vem. Aí eu tiro uma do Colorado. Meu chefe também está pegando no meu pé por causa disso.

Prendi a respiração enquanto dava uma espiada em seu endereço. Ele estava falando a verdade.

— Merda — sussurrei.

O endereço dele era na North Birch. Estendi as identificações, devolvendo-as lentamente.

— O que foi? — ele perguntou, pegando-as dos meus dedos.

— Sua foto na carteira de motorista é horrorosa. Você está tão horrível quanto um bando de babacas por aí.

Taylor riu.

— Não importa. Sou foda.

Soltei um muxoxo.

— Quem te disse isso precisa sair mais de casa.

As sobrancelhas de Taylor se uniram, e ele baixou o queixo.

— Você é mentirosa ou é lésbica. Qual das duas?

Taylor era minha passagem para Eakins. Reprimir a vontade de gritar, rir, chorar ou dar pulinhos era parecido com agarrar um animal selvagem coberto de graxa.

Pigarreei.

— Preciso fechar a lanchonete.

— Tudo bem. Eu espero lá fora.

Eu tinha que fazer tudo certo. Taylor só estava atrás de mim porque eu estava fugindo dele. Eu não podia parecer ansiosa demais.

Suspirei.

— Você simplesmente não vai embora, né?

Um canto de sua boca se curvou para cima, e uma covinha surgiu em sua bochecha esquerda.

Taylor era atraente, sem dúvidas. Não dava para negar que eu sentia borboletas no estômago quando ele me olhava, e eu queria odiar o modo como me sentia, ainda mais do que queria odiar os homens. Os lábios carnudos deliciosos, um acessório desnecessário para as feições já perfeitas, eram só algo a mais naquele todo ridiculamente lindo. A simetria do rosto era impecável. O queixo e o maxilar tinham a quantidade certa de barba por fazer — nem muito espessa nem muito rala. Os olhos aconchegantes cor de chocolate eram intermitentemente escondidos por uma fileira grossa de cílios. Taylor tinha todos os requisitos para ser um modelo de cuecas, e sabia disso.

— Você está curtindo, né? Você gosta de me ver analisando sua aparência para decidir se vou deixar isso ofuscar o fato de que você é um completo babaca.

— Não sou tão ruim — ele emendou, tentando reprimir a estranha diversão que as palavras provocavam nele.

— Qual é o nome da última garota com quem dormiu? Só o primeiro nome.

Ele remoeu minha pergunta, depois seus ombros despencaram.

— Tá bom, eu sou meio babaca.

Olhei para os seus braços. Ambos cobertos de tatuagens neotradicionais. Cores fortes e grossas linhas pretas formavam uma bola oito, uma mão aberta de ases e oitos, um dragão, uma caveira e o nome de uma mulher.

— Eu vou embora, mas não quero ir. — Ele olhou, a sobrancelha ativando seu charme com força total.

Qualquer outra garota poderia ter se derretido, mas eu só conseguia pensar em como o destino me dera um baita tapa na cara.

— Quem é Diane? — perguntei.

Ele olhou para os pés.

— Por que você está perguntando?

Apontei com a cabeça para seu braço.

— Uma ex-namorada? Você foi chutado e dorme com qualquer uma para compensar a dor de cotovelo?

— Diane é minha mãe.

Minha boca ficou seca na hora, e parecia ter um monte de areia quente na minha garganta. Pisquei.

— Merda.

— Prefiro merda a um pedido de desculpas.

— Não vou pedir desculpas... não mais.

Ele deu um sorriso forçado.

— Eu acredito. Escuta, a gente começou da forma errada. Sou meio superprotetor quando se trata de homens agressivos com mulheres. Não posso prometer que não vai acontecer de novo, mas posso prometer que não vai acontecer hoje à noite. Então — ele me olhou, os cílios exalando a força total de seu charme magnético —, vamos nessa.

Pressionei os lábios. Agora que eu precisava dele, o jogo tinha se tornado especialmente arriscado. Eu precisava ser teimosa, mas não impossível.

— Não.

Seu rosto desabou, e ele se afastou, mas depois voltou, frustrado e confuso.

— Que maldição, mulher, para de me encher o saco!

Ergui uma sobrancelha.

— Por que quer tanto que eu saia com você? É uma aposta ou coisa parecida?

— Porque você fica me dizendo não!

Dei um meio sorriso.

— Então, se eu for, você vai me deixar em paz?

— Por que eu te chamaria para sair de novo? Você acha que gosto de ser rejeitado?

— Devia.

— Isso simplesmente... não acontece... comigo. — O pensamento ficou cozinhando. Ele estava infeliz. Estava claro.

— Agora eu realmente quero te mandar catar coquinho no asfalto.

— Moça — ele disse, se esforçando para controlar o temperamento —, só toma uns drinques comigo. Eu nem te levo pra casa depois. Juro.

— Tá bom. — Estendi a mão para trás, desamarrando o avental com um puxão. Enrolei os fios ao redor das gorjetas e o coloquei atrás do balcão. — Vamos curtir nossa última noite juntos.

Ele estendeu a mão.

— Já era hora, porra.

Deixei minha mão se encaixar de um jeito aconchegante na dele, enquanto ele me conduzia até a porta da frente. A pele dele na minha fazia eu me sentir completamente quente, ensopando os meus poros, derretendo uma parte de mim que estava fria havia muito tempo.

Com uma rápida olhada sobre o ombro, vi Phaedra e Chuck acenando, com um sorriso diabólico no rosto.

Taylor me puxou para atravessar a rua, sem mencionar o meu jeans barato nem o fato de que eu estava cheirando a lanchonete. Subi no meio-fio e continuei por meio quarteirão até uma fila que aumentava em frente ao Cowboys, o bar estilo faroeste.

— Sério? — reclamei.

Taylor apontou para um cara na entrada e depois me puxou para ultrapassar mulheres mais bem-vestidas, que não tinham sorte suficiente de conhecer o segurança.

— Ei!

— Não é justo!

— Isso é palhaçada, Darren!

Segurei a mão de Taylor, forçando-o a parar.

— Darren Michaels — falei para meu ex-colega do ensino médio.

— Falyn Fairchild — disse Darren. Seu corpo ocupava quase a largura toda da porta, e a camiseta preta justa se esticava sobre os músculos, escondidos sob a pele bronzeada.

— Eu não sabia que você trabalhava aqui.

Darren deu uma risadinha.

— Desde que fiz vinte e um, Falyn. Você devia sair do Bucksaw de vez em quando.

— Engraçadinho — falei enquanto Taylor me puxava para além de Darren e entrando no bar.

Passamos pelas janelas dos caixas. Uma das mulheres atrás do balcão nos viu, mas não tentou chamar a atenção de Taylor. Em vez disso, olhou para o próximo da fila.

— Você está usando suas milhas de fidelidade? — perguntei alto o bastante para ele me ouvir apesar da música.

Taylor sorriu, e eu afastei a palpitação ridícula em meu peito.

— Quer uma cerveja? — ele perguntou.

— Não.

— Ah, não vai me dizer que você é uma garota que gosta de vinho. — Como eu não respondi, ele continuou: — Coquetel? Uísque? Desisto.

— Eu não bebo.

— Você não... como?

Sua expressão confusa me fez sorrir.

— Eu não bebo — falei, enunciando cada palavra.

— Eu não entendo.

Revirei os olhos.

— Eu bebo — disse ele. — E fumo também. Mas isso eles não me deixam fazer aqui dentro.

— Nojento. Me sinto menos atraída por você agora.

Taylor não se deixou abalar e me levou até uma mesa alta. Então esperou até eu subir no banco.

— Vou pegar uma cerveja. Tem certeza que não quer nada? Água? Refrigerante?

— Aceito uma água. Por que você está sorrindo?

— Você acabou de dizer que se sentia atraída por mim. — Seu sorriso convencido era contagioso.

— É, mas isso foi antes de você falar.

O sorriso de Taylor desapareceu imediatamente.

— Você é má pra caralho. E, que merda, eu gosto tanto disso.

Ele se aproximou do bar com seu ar arrogante, sem dar a mínima para os meus insultos. Uma música pesada no violão de aço e com som agudo preenchia todo o espaço da pista de dança de dois andares. Apoiei o queixo na mão enquanto separava as pessoas conhecidas dos turistas. Depois observei Taylor conversando com Shea, que se formara uns dois anos depois de mim e trabalhava no Cowboys desde o dia do seu aniversário de vinte e um anos. Esperei Taylor flertar com ela ou fazer alguma coisa que ajudaria a solidificar minha opinião inicial de que ele era totalmente nojento.

Shea inclinou a cabeça e pareceu completamente impressionada, mas os dois olharam para mim. Não fazia sentido eu desviar o olhar. Eu já tinha sido pega.

Acenei, e eles acenaram de volta.

Shea abriu a cerveja de Taylor, depois encheu um copo de plástico com água e gelo. Ela lhe deu um tapinha no ombro, antes que ele viesse em minha direção, carregando as bebidas.

— Shea — ele justificou.

— Eu conheço.

— Você me perguntou o nome da última garota que abati. Foi a Shea.

Fiz uma careta.

— Era meu primeiro fim de semana aqui. Ela é um docinho... e brava como o diabo.

— Abateu? O que isso significa? — indaguei, já arrependida de ter perguntado.

— Relações íntimas. Intercurso. Coito. Pegação. Comer. Fornicar. Afogar o ganso. Transar. Sexo. Dar um tapinha na bunda. Foder. Preciso continuar?

— Por favor, não. — Tomei um gole de água.

— Sou um vagabundo, como seu pai falou. — Ele levantou a garrafa e tomou um grande gole. — Existem poucas coisas para a gente fazer entre um chamado e outro.

— Só se você não tiver imaginação.

— O que você sugere?

— Ah, não sei. Agosto é uma boa época para escalar o Pico Pikes. O Jardim dos Deuses. As fontes Manitou. O zoológico. O Centro de Belas Artes. As Sete Quedas. O Museu Espacial.

— Tudo bem. Vamos fazer essas coisas. Que tal no próximo fim de semana? Começamos com o Pico Pikes. Parece divertido.

— Hoje é nossa última noite juntos, lembra?

— Não mesmo — ele respondeu.

Revirei os olhos e tentei encontrar alguma coisa interessante na pista de dança. Havia várias para escolher. Vi um pai e uma filha — pelo menos era o que eu achava até ele tentar fazer uma respiração boca a boca nela —, um homem tentando ser rejeitado por todas as mulheres a um metro da pista de dança, uma mulher usando franjas pretas da cabeça aos pés dançando sozinha uma música basicamente para ser dançada a dois — e possivelmente estrelando um musical da Broadway na própria cabeça.

Taylor apontou para ela, esticando a mão que segurava a garrafa.

— Nós a chamamos de Mulher Gato. Ela só está se aquecendo.

— Nós quem? — perguntei.

— Eu... e eles — ele disse, apontando para os dois caras vindo na nossa direção.

Zeke e Dalton balançavam a cabeça, sem acreditar.

— Inacreditável, porra — disse Zeke. — Estou decepcionado com você, Falyn.

Os dois colocaram a mão no bolso e deram uma nota de vinte dólares para Taylor, cada.

Olhei para ele.

— Eu estava errada. Você é pior que um completo babaca.

Zeke olhou para Taylor parecendo genuinamente preocupado.

— O que seria pior do que isso?

Taylor levantou as mãos, as palmas para frente em rendição, apesar de estar claramente se divertindo.

— Só porque eu apostei com eles que conseguiria te trazer aqui, não significa que eu não queria que você viesse comigo. Além do mais, não consigo resistir a uma aposta fixa.

Balancei a cabeça, confusa.

— Ah! — disse Taylor, ainda mais animado depois que os amigos chegaram. — Alguém pode anotar isso? A Ivy League aqui não entende meu vernáculo!

— Você quer dizer sua verbosidade — falei com frieza.

A boca de Dalton se curvou em um meio sorriso.

Taylor se inclinou na minha direção. Ele cheirava a colônia e sabonete líquido barato, seu hálito com um toque de menta e tabaco doce.

— Uma aposta fixa é, basicamente, uma coisa certa. — Sua voz era baixa e suave.

— É — falei —, essa é a minha deixa. — Eu me levantei e fui em direção à porta.

Dalton e Zeke criaram caso, gritando "Ah!" ao mesmo tempo.

Em poucos segundos, os dedos de Taylor envolveram delicadamente os meus, me fazendo diminuir o passo até parar.

— Você está certa. Foi muito babaca da minha parte te falar isso.

Girei nos calcanhares e cruzei os braços.

— Não posso culpar um imbecil por fazer uma coisa imbecil.

Um músculo saltou no maxilar de Taylor.

— Eu mereci essa. Eu só estava brincando com você, Falyn. Você não facilitou nada.

Olhei furiosa para ele por um instante e depois relaxei.

— Está tarde. Tenho que trabalhar de manhã de qualquer maneira.

A decepção pesou sobre seus ombros.

— Ah, para com isso. Não é tão tarde! E você me prometeu bebidas. No plural.

— Águas contam?

— Vamos dançar.

— Não! — falei, e o som saiu tão alto e agudo que até eu me surpreendi.

Taylor também ficou meio surpreso.

— Ei, calma. É só uma dança. Não vou nem pegar na sua bunda.

Balancei a cabeça e dei um passo para trás.

— Por que não? — ele perguntou.

— Eu não sei dançar... daquele jeito — falei, apontando para os casais girando e rodopiando na pista.

Ele deu uma risada.

— Em dupla?

— Exatamente.

— Você sabe contar?

Estreitei os olhos.

— Isso é um insulto.

— Apenas responda à perg...

— Sim! Sim, eu sei contar — respondi irritada.

— Então sabe dançar acompanhada. Vamos lá, eu te ensino. — E seguiu em direção à pista de dança, me arrastando pela mão.

Apesar de minhas repetidas recusas se tornarem uma súplica fervorosa, ele me puxou até o retângulo de madeira no centro do salão.

Fiquei paralisada.

— Relaxa. Vou fazer você parecer ótima.

— Não gosto de música country.

— Ninguém gosta. Só segue o ritmo.

Suspirei.

Taylor colocou a mão direita no meu quadril e pegou a minha mão direita.

— Coloca a outra mão no meu ombro.

Olhei ao redor. Alguns homens estavam com a mão no ombro da parceira. Algumas mulheres estavam ocupadas demais girando em círculos para colocar as mãos em algum lugar.

— Ai, meu Deus — falei, fechando os olhos. Eu não gostava de fazer coisas que eu não sabia antecipadamente que seriam muito boas.

— Falyn — disse Taylor, a voz calma e suave.

Abri os olhos e tentei não me deixar distrair pela covinha em sua bochecha.

— Vou dar dois passos para trás com o pé esquerdo. Você vai para a frente com o direito. Duas vezes, certo?

Fiz que sim com a cabeça.

— Depois, vou dar um passo para trás com o pé direito, e você vai para frente com o esquerdo. Só uma vez. A contagem é dois rápidos, um, dois rápidos, um. Pronta?

Balancei a cabeça.

Ele riu.

— Não é tão difícil assim. Só escuta a música. Eu te conduzo pelo salão.

Taylor deu um passo, e eu o segui. Contei na cabeça, tentando espelhar seus movimentos. Eu não era totalmente ignorante no mundo da dança. Blaire tinha insistido para que eu fizesse aulas de balé até os treze anos, e ficou bem óbvio que nenhum treinamento conseguiria me ensinar a ser graciosa.

Aquele tipo de dança, no entanto, parecia um tanto indolor, e Taylor era muito bom, na verdade. Depois de algumas voltas na pista, ele soltou uma das mãos e me girou uma vez. Quando voltei para a posição original, não consegui impedir o sorriso que explodiu em meu rosto.

A música acabou, e eu bufei.

— Tá bom, não foi tão horrível.

Outra música começou, só que mais rápida.

— Então vamos dançar de novo — disse ele, me puxando consigo.

Gotas de suor começaram a se formar em sua testa, e minhas costas também ficaram úmidas. Na metade da música, Taylor me girou, mas, em vez de me puxar de volta para os seus braços, ele me girou para o outro lado. No fim da música, ele acrescentou um passo no qual me soltou, minha mão deslizou pelas costas dele, e terminamos dançando no ritmo de novo.

Depois da terceira música, voltei para a mesa.

— Você é muito boa! — disse Dalton.

— Ela é, né? — comentou Taylor, os olhos brilhando. — Quer mais uma água? Vou pegar mais uma cerveja.

— Obrigada — falei, observando Taylor se afastar.

— Nossa, para alguém que quer odiar tanto esse cara, você está encarando demais — disse Dalton.

— Força do hábito — falei, observando Shea encher um copo com água.

Taylor pegou nossas bebidas e as trouxe até nós, colocando meu copo sobre a mesa.

— Droga, Taylor — disse Zeke. — Ela está querendo ter certeza de que você não vai colocar nada na bebida dela.

Taylor olhou para mim.

— Não. Sério?

— Eu não te conheço — falei.

— Isso acontece muito por aqui? — perguntou Zeke, um pouco perturbado com a ideia.

— Já aconteceu — respondi.

Taylor cerrou os dentes.

— É melhor eu não pegar ninguém fazendo essa merda. Isso é motivo para uma surra.

— Não é porque ela não te conhece — disse Zeke. — Ela só quer uma desculpa para te olhar quando você estiver com a bartender gostosona.

— Eu não estou com a bartender gostosona — disse Taylor ao amigo.

— Eu gostaria de estar com a bartender gostosona — comentou Zeke. E, sorrindo para Shea, tomou um gole de cerveja.

— Ela tem nome — falei. Como Taylor pareceu não se lembrar, lembrei a ele: — Shea.

Ele tentou parecer arrependido, mas fracassou.

— Eu sei o nome dela.

— Quanta gentileza — falei com frieza.

— Pare de agir como se fôssemos desconhecidos. Não vou colocar nada esquisito na sua bebida. Nunca precisei drogar ninguém para transar e não vou começar agora.

— Eu ainda não te conheço.

Ele me cutucou com o cotovelo.

— Você sabe que eu sou um bom dançarino.

— Você é um dançarino decente.

Dalton e Zeke caíram na gargalhada de novo.

Taylor abaixou a cabeça, rindo.

— Que cruel. Ela insultou minhas habilidades de dançarino!

Tomei um grande gole de água gelada e coloquei o copo na mesa, pela metade. Gotas de suor escorriam pelas minhas costas e entravam na minha calça jeans. Sequei a testa com o pulso.

— Eu realmente devia ir.

Uma nova música ressoou pelos alto-falantes, e todo mundo comemorou e foi para a pista de dança.

— Mais uma! — disse Taylor, me puxando pela mão.

Pressionei os lábios, tentando não sorrir.

— Tá bom, mas depois chega! Tenho que trabalhar cedo.

— Combinado! — disse ele, me rebocando até a pista de dança de madeira.

Taylor me girou antes de começarmos nossa dança contada. Entramos na fileira, dançando no sentido anti-horário, como todos ao redor. Os casais giravam e riam e, quando perdiam um passo ou erravam tudo, simplesmente riam ainda mais.

Fiquei surpresa de como consegui acompanhar rápido e até antecipar o que Taylor faria depois. Isto é, até o meio da música, quando ele fez algo novo. Dessa vez, ele me empurrou para longe e cruzou nossos braços, me puxando para si, e, no momento seguinte, eu estava no ar, de cabeça para baixo, até ficar de pé de novo, para continuar no ritmo da música.

Eu gargalhava como louca, sem conseguir controlar o riso.

— Você gostou?

— Eu nem sei o que aconteceu!

— Eu te fiz dar uma cambalhota.

— Cambalhota? Eu dei uma cambalhota? No ar? — perguntei, usando o dedo indicador para fazer pequenos círculos invisíveis.

— Ãhã. Estraguei todos os seus primeiros encontros. Admite.

Perdi um passo enquanto olhava para baixo para encará-lo em seguida.

— Isso não é um encontro.

— Tá bom, eu te pago um jantar. O que está aberto?

Parei de dançar.

— Isso não é um encontro. Na melhor das hipóteses, somos amigos.

Taylor se aproximou, o nariz roçando a ponta da minha orelha.

— Isso nunca funciona pra mim.

Dei um passo para trás. A sensação que me invadia era mais do que apenas um pouco alarmante. Acenei para ele e comecei a me afastar, mas ele puxou minha blusa.

Em seguida, suas mãos caíram nas laterais.

— Vamos, Falyn. Você não estava falando sério em relação a isso, né? Estávamos nos divertindo.

— Foi divertido. Obrigada.

Saí da pista de dança e acenei para Dalton e Zeke. Em seguida, passei empurrando várias pessoas para chegar à saída. Eu me apressei porta afora e saí no ar quente da noite de verão, respirando fundo.

Ele vai aparecer em três, dois...

— Falyn! —Taylor disse atrás de mim.

Reprimi um sorriso.

— Você disse que não ia me levar até em casa, lembra?

A decepção anuviou seus olhos, mas ele manteve a expressão calma.

— É você quem manda, Ivy League.

Era um risco. Se o ego dele não fosse firme como eu pensava, ele nunca mais falaria comigo. Mas, de todos os canalhas arrogantes que eu encontrara, Taylor Maddox era o maior.

Mesmo assim, eu tinha que jogar uma isca para ele. Eu fique na ponta dos pés e beijei seu rosto, deixando meus lábios se demorarem na pele dele por um segundo a mais. Taylor se aproximou, atraído pela minha boca, o rosto virando menos de um centímetro na minha direção. Eu recuei, mas, quando nossos olhos se encontraram, ele parecia totalmente diferente. Não consegui identificar o que vi, mas alguma coisa tinha mudado.

— Boa noite.

— Boa noite — ele sussurrou.

Segui o caminho de casa, parando no semáforo para apertar o botão para pedestres. Não que eu tivesse muito com o que comparar, mas a Tejon Street tinha um tráfego moderado para uma noite de fim de semana. Normalmente a essa hora, eu estava deitada no sofá, comendo queijo e biscoitos enquanto lia uma das revistas inúteis que Kirby adorava levar para o trabalho para ler nos intervalos.

— Ei! — disse Dalton, correndo até o meu lado.

Ergui uma sobrancelha.

— O que foi?

— Ele prometeu que não ia te levar em casa, mas não prometeu que eu não faria isso.

Balancei a cabeça, tentando dominar a vitória que crescia dentro de mim.

— Eu sou capaz de atravessar a rua.

— Então finge que estou indo na mesma direção.

Suspirei.

— Todos os bombeiros de elite são assim tão difíceis?

— Todas as formandas da Ivy League são assim tão difíceis?

— Eu abandonei a Ivy League.

Dalton sorriu.

— Você é legal, Falyn.

Sorri também.

A cor do sinal mudou, e Dalton e eu atravessamos a rua em silêncio, passando por duas lojas antes de chegarmos à porta da frente do Bucksaw. Peguei o chaveiro no bolso e enfiei uma das chaves na fechadura.

— Você mora aqui ou o quê?

— No andar de cima.

— Vem a calhar — comentou Dalton.

— E é barato.

— Eu entendo. Boa noite, Falyn.

— Se cuida, Dalton. Foi legal te conhecer.

Ele fez sinal de positivo com a cabeça e voltou para o Cowboys. O clube de dança era do outro lado da rua e a duas portas de distância, mas dava para ver Taylor e Zeke juntos na calçada, fumando, conversando e verificando meu progresso de vez em quando.

Abri a porta, entrei e a tranquei em seguida. As persianas estavam abaixadas, e as luzes estavam desligadas no salão de refeições. Tateei até encontrar a escada que levava ao meu apartamento.

A segunda chave era a da minha porta. Virei a fechadura até ouvir um clique, depois girei a maçaneta para entrar em meu apartamento vazio. Na maioria das noites de sexta, dava para ouvir o baixo pulsando no Cowboys quando eu deitava na cama, e hoje não era exceção. Mas, dessa vez, dei uma olhada nas cartas na minha caixa de sapato, os olhos marejando com o endereço do remetente de todos os envelopes, com a possibilidade de estar em Eakins em breve se tornar realidade.

A sensação era completamente surreal — pela primeira vez, ter esperança desde que a perdi.

5

— Pedido pronto! — Chuck gritou do passa-pratos, em um tom profundo e autoritário usado apenas para isso.

Era uma linda tarde de sábado, e o fluxo normal de vozes era mais alto e animado. Famílias ocupavam quase toda a lanchonete, bebês choravam, crianças pequenas andavam em círculos ao redor das mesas e adolescentes se inclinavam sobre um único celular, caindo na gargalhada.

Hannah, a garota do ensino médio que ajudava nos fins de semana, verificava cada mesa, parando brevemente antes de se mover como um beija-flor num campo de flores.

— Ah! Desculpa! — gritou Hannah, quase caindo por cima do menino de dois anos que era um obstáculo móvel desde que os pais se sentaram.

— Jack! Senta esse bumbum aqui agora! — rosnou a mãe.

Jack correu em direção à mãe com um sorriso, sabendo que ainda não tinha esgotado totalmente sua paciência.

— Caramba — disse Hannah, soprando alguns longos fios dourados que tinham lhe caído no rosto. — E ainda nem é fim de semana de festas.

— Obrigada por vir — falei, servindo chá gelado em quatro copos altos. — Eu sei que você tinha treino de vôlei mais cedo.

— Vou ser veterana esse ano. Não consigo acreditar. — Ela suspirou.

— O que vocês vão fazer sem mim no próximo verão?

— Você não vai voltar para trabalhar?

Ela deu de ombros.

— Minha mãe disse que quer viajar comigo o verão todo antes de eu ir para a faculdade.

— Parece divertido — falei com um sorriso educado.

— Você está mentindo — disse Hannah.

— Você está certa. Viajar com a Blaire um verão inteiro me parece meio que um castigo.

Hannah pressionou os lábios.

— Sinto muito por você não se dar bem com seus pais. Você é tão legal...

Hannah não sabia que a dra. Blaire Fairchild era uma rainha má autoritária, impossível de satisfazer.

— A Blaire perderia a cabeça se uma perna de pantalona ficasse para fora do cesto de roupa suja, e ser obrigada a esperar numa fila a transformaria numa versão ainda pior de si mesma. Parques de diversão então... fora de questão. Mas estou feliz porque você vai fazer isso. Com a sua mãe, tenho certeza que vai ser divertido.

O sorriso de Hannah desapareceu.

— Droga, preciso fazer os Ashton pagarem e irem embora. John Delaney acabou de entrar com seus munchkins.

— Todos os cinco? — perguntei, virando para ver a resposta.

John carregava as duas mochilas dos dois filhos gêmeos. A esposa, Marie, ajeitou a filha de três anos no quadril e depois se abaixou para dizer alguma coisa para as filhas em idade escolar.

John costumava ser o treinador do time feminino de lacrosse, mas agora era vendedor em uma concessionária Ford. Ele estava distraído com as crianças, e tentei ao máximo não olhar demais na direção deles.

— Ah, uau! A Marie é uma heroína — falei.

— Ou louca — comentou Hannah. — Eles não tinham quase se divorciado alguns anos atrás, pouco antes de ele deixar de ser treinador?

— Não sei — respondi. — Não presto atenção em fofocas.

Com um sorriso iluminado, Hannah levou rapidamente a capa de couro com a conta para a mesa oito. Enchi uma tigela pequena com limões e levei a bandeja de bebidas para a mesa doze.

— O que vão querer? — perguntei, preparando a caneta e o bloco de anotações.

— Como está o seu pai, Falyn?

Olhei de relance para Brent Collins, que claramente fizera a pergunta com segundas intenções. Brent não era mais o colega de turma gorducho que devorava chocolate com quem eu me formei; agora ele era o instrutor de CrossFit da academia da rua.

— Ele anda ocupado — respondi. — Você devia experimentar o peru assado. Está excepcionalmente maravilhoso, hoje.

— Não como carne. Quero a salada de couve. O que aconteceu com você? Você não estava cursando medicina ou coisa assim?

— Na verdade, não.

— Você não estudou em Dartmouth? — ele perguntou.

— Estudei. Quer dizer que você é vegetariano? Sem ovos na salada? Molho? A Phaedra faz um molho verde caseiro com maionese vegana que é uma delícia.

— Perfeito. Dusty, você não ouviu dizer que a Falyn estudou em Dartmouth?

Dusty assentiu, beberericando o chá. Os dois estavam com as namoradas. Todos tinham se formado comigo ou no ano seguinte.

— Belo anel — falei para Hilary, que deu um tapinha no braço de Dusty.

— Ele escolheu bem, né?

Dusty sorriu.

— Com certeza, baby. — E olhou para mim. — Ela não sabe que é muita areia pro meu caminhãozinho, então eu tinha que colocar um anel na mão dela, certo?

Forcei um sorriso.

— Certo.

Dois hambúrgueres com bacon e duas saladas de couve depois, eu deixava um pedido de uma nova mesa na janela e pegava um aperitivo para a mesa um, de Hannah.

— Obrigada! — gritou Hannah quando servi a mesa dela.

Eu gostava da garota, mas mal a conhecia. Ela ainda estava no ensino médio, por isso estava a mundos de distância de onde eu estava na vida. Ela ainda tinha todas as oportunidades pela frente, e eu estava fugindo de qualquer coisa que se parecesse remotamente com o futuro — pelo menos um futuro estabelecido.

— Acabei de levar alguns clientes para a mesa três para você — disse Kirby enquanto pegava mais cardápios atrás do balcão.

Levantei o olhar e suprimi o sorriso orgulhoso que tentava surgir no meu rosto.

— Graças a Deus — sussurrei.

— E aí, você se divertiu com ele, então? — perguntou Phaedra, colocando novos cardápios no lugar.

— Ele é de Eakins, em Illinois.

Phaedra piscou.

— O que foi que você disse?

— O Taylor. Ele é de Eakins.

Phaedra ficou pálida.

— Você contou para ele?

Meu nariz se enrugou.

— Claro que não.

— Contar o que para ele? — perguntou Kirby.

— É pessoal — soltou Phaedra. — Ela vai te contar se quiser, mas não a incomode por causa disso.

— Tá bom — disse Kirby, os olhos se arregalando por meio segundo, enquanto ela erguia as mãos com as palmas para frente.

— Não é nada — falei.

Kirby olhou para a mesa três e depois para mim.

— Eles pediram você especificamente.

— Ótimo — falei, deixando que se acomodassem antes de ir até lá.

— Falyn! — gritou Brent.

Parei na mesa deles.

— Desculpa. Eu já volto para anotar suas bebidas.

— O que aconteceu com Dartmouth? — ele perguntou. — Sua mãe falou para a minha que você foi expulsa. É verdade?

— Para, Brent. — Hilary franziu a testa.

As palavras ficaram presas na minha garganta. Fazia muito tempo que alguém não perguntava sobre o meu passado.

— Não. Eu saí.

— Por quê? — indagou Brent.

Engoli em seco.

— Deixa ela em paz — disse John, virando na cadeira e enrubescendo de repente.

Brent fez uma careta.

— Ei, treinador Delaney. Que engraçado te ver aqui.

John olhou para mim e depois voltou a atenção para a esposa, que estava distraída, cuidando dos bebês.

Phaedra segurou meus ombros, sorrindo para Brent.

— Vou pegar sua conta, se está com pressa de ir embora.

— Não, obrigado — disse Brent, tropeçando nas palavras. — A gente vai só, humm... desculpa. Fui grosso. Se não tiver problema, a gente gostaria de ficar.

A namorada de Brent e Hilary estavam claramente iradas com o comportamento dele.

— Boa ideia — disse Phaedra antes de se afastar.

Mordi o lábio, me sentindo um pouco enjoada, e voltei para o balcão de bebidas.

Dalton, Zeke e Taylor estavam dando uma olhada nos cardápios, de novo cobertos de fuligem e suor, cada um com seu capacete sobre o joelho.

— Então, minha mãe quer começar a viagem em Yellowstone — disse Hannah, colocando tampas em miniatura nos copos minúsculos dos filhos de Delaney. — Já estivemos lá pelo menos uma dezena de vezes, mas ela quer começar lá, então é isso. Eu quero descer a Costa Oeste toda e ver como é Los Angeles.

— Você já foi lá? — perguntei, distraída com os homens sujos perto da janela. Eu teria que conquistar todos eles, não apenas Taylor.

Hannah balançou a cabeça, me esperando responder à minha própria pergunta.

— Já — falei, me lembrando de minha viagem a Los Angeles —, com a Blaire.

— Viu? Você consegue viajar com ela.

— Foi para uma conferência de médicos. Eu passava o dia todo no quarto do hotel. Acho que ela só me levou para ajudá-la com as sacolas enquanto ela fazia compras.

— Ah. Isso parece meio... horrível. Mas, pelo menos, quando você ficava doente, ela cuidava de você. Ela é médica, certo?

— Cirurgiã cardiotorácica. É considerada uma das cinco melhores do país.

— Uau, isso é incrível!

— Ela é uma ótima cirurgiã.

— Bom, isso é alguma coisa.

Fiz uma careta. Blair não gostava de sujeira nem de pessoas falantes ou felizes demais, e odiava que alguém a olhasse nos olhos, como se alguém sem PhD fosse igual a ela. Era por isso que ela era cirurgiã. Se ela fosse a melhor — e era —, a forma como lidava com os pacientes não seria importante, desde que ela consertasse o que estava quebrado.

A única coisa que ela não conseguia consertar era a única pessoa que ela tinha quebrado.

— Falyn? A mesa cinco está esperando a conta — disse Kirby.

— Ah! — Dei um tapinha na tela sensível ao toque, e um recibo começou a ser impresso. Eu o peguei e coloquei na capa de couro preto antes de levá-lo a uma família de quatro pessoas.

— Muito obrigada — falei, sorrindo. — Tenham um ótimo dia.

Verifiquei minhas outras mesas, enchi alguns copos e depois me aproximei da mesa três.

— Oi, meninos. Vocês vão querer a mesma coisa hoje ou algo diferente?

Todos abaixaram a cabeça ao mesmo tempo.

— A mesma coisa — disse Dalton. — Não consigo mais gostar do negócio de verdade.

— Já volto. — Girei nos calcanhares, tentando tratá-los como qualquer pessoa que tivesse acabado de entrar.

Voltei ao bar, preparei três Cherry Cokes e, com um sorriso educado, carreguei a bandeja de bebidas até a mesa três.

— Obrigado — disse Dalton.

Zeke gemeu de satisfação depois de tomar um gole da Cherry Coke.

— O Trex pediu demissão? — perguntei, dando um jeito de não fazer muito contato visual com Taylor.

Dalton, Zeke e Taylor se entreolharam.

Depois, Taylor se dirigiu a mim:

— O Trex não é da nossa equipe. Nós o conhecemos no hotel.

— Ah — falei. — Já decidiram o que vão pedir?

Zeke estreitou os olhos para o cardápio.

— Vocês servem café da manhã o dia todo?

— Sim.

— O que é um crepe? — perguntou Zeke.

— É uma panqueca bem fininha. É servida com recheio de chocolate cremoso e avelãs. Depois é coberta com açúcar de confeiteiro e raspas de chocolate.

— É, quero um desses — disse Zeke.

— Wrap de frango — pediu Dalton, me devolvendo o cardápio e lembrando a Zeke para entregar o dele.

Depois de hesitar por um instante, perguntei a Taylor:

— E pra você?

Ele abaixou o cardápio e olhou direto nos meus olhos.

— Quero sair com você de novo.

— Como é? — Por um instante, pensei que uma segunda chance estava no cardápio.

Taylor se recostou e suspirou.

— Eu sei o que eu disse, mas isso foi quando eu pensei que você só estava fingindo ser difícil. Eu ainda não sabia que você era impossível.

— Não sou... impossível. Sou daqui. E você... não.

Zeke sorriu.

— Você tem namorado?

— Não.

Dalton deu um tapa no braço de Taylor com o dorso da mão, e Taylor lhe lançou um olhar mortal.

Taylor deixou o cardápio cair na mesa.

— Eu não estava falando sério quando jurei que nunca mais ia te chamar para sair.

Ergui uma sobrancelha.

— Você não tinha a intenção de me prometer alguma coisa?

Ele pensou na ideia por um instante.

— É, desisto.

Fiz uma careta.

— Você não pode desistir de uma promessa. Você acha que eu vou concordar com um segundo encontro com um vagabundo que desiste de promessas?

— Você disse que não era um encontro — disse Taylor, com um sorriso do gato de Alice se espalhando pelo rosto. Seus dentes pareciam ainda mais brancos comparados à sujeira no seu rosto.

— A cafeteria está muito agitada hoje — falei.

— Eu sei — comentou Taylor. — Mas pensa no assunto.

Olhei para o teto e para Taylor outra vez, apontando para ele com a caneta.

— Não. Você também quer um wrap?

O sorriso dele desapareceu, e Taylor cruzou os braços, decepcionado.

— Me surpreenda.

— Tá bom. — Peguei o cardápio dele e levei os pedidos para Chuck.

— Ele te chamou para sair de novo? — perguntou Chuck.

— Ãhã. E eu disse não.

— Brutal — ele respondeu, balançando a cabeça para mim.

— Ele só quer sair — falei. — Ele não está apaixonado nem nada.

— Se você não gosta dele, por que parece que está morrendo de vontade de dar uma risadinha, como uma adolescente? — Chuck secou a testa suada com o antebraço.

— Ele é de Eakins — respondi simplesmente.

— Eakins? Tipo, Eakins, Illinois, Eakins?

— É. — Mordi o lábio.

— Ele sabe?

— Não, ele não sabe. A Phaedra me perguntou a mesma coisa. Por que de repente eu ia começar a contar para todo mundo?

Chuck deu de ombros.

— Só estou perguntando. Você sabe, Falyn... Já ofereci antes...

— Não, Chuck. Você não vai pagar a minha ida a Eakins. Você já faz muita coisa.

— De quanto você precisa? Não pode estar faltando muita coisa agora.

— Não. Estou quase lá. Toda vez que cheguei perto, alguma coisa aconteceu.

— Como quando ajudou o Pete a comprar pneus?

— Ãhã.

— E quando pagou aquele ingresso para a Kirby?

— Ãhã.

— E quando ficou doente uns anos atrás?

— Isso também.

— Você ainda está pagando aquela conta do hospital?

— Não, terminei de pagar uns meses atrás. Obrigada.

— Você devia deixar a gente ajudar, Falyn. Você ajudou as pessoas, e isso é importante.

— É, sim. E é por isso que eu tenho que fazer sozinha.

Olhei para a mesa três. Taylor olhou para mim de relance, e nossos olhos ficaram grudados por um instante.

— Ou, pelo menos, a maior parte sozinha.

Chuck se ocupou de novo com a sopa.

— Esse cara vai ficar muito puto quando descobrir o que você está fazendo.

Meu peito afundou.

— Eu já me sinto mal o suficiente.

— Ótimo. Pelo menos você ainda tem noção.

Olhei para os meus pés, me sentindo pior a cada segundo. A empolgação que eu sentira alguns momentos antes foi totalmente substituída pela culpa.

— A Phaedra foi lá para dentro? — perguntei.

Ele assentiu com a cabeça.

— Ela está fazendo cheesecakes.

— Ah — falei, ciente de que demoraria um pouco até eu conseguir vê-la.

Os Delaney acenaram para Kirby enquanto reuniam as crianças para ir embora. Marie carregou as mochilas dos bebês, para que John cuidasse da filha pequena. A garota estava nos ombros de John, com os pezinhos chutando desesperadamente enquanto gritava.

— Ufa! — disse Hannah. — Vou adotar um filho de dez anos.

Observei enquanto os Delaney iam até o carro, estacionado em uma das vagas diagonais em frente ao Bucksaw. O pai lutava para colocar a filha na cadeirinha, alternando entre implorar e brigar com ela.

— É — comentei distraída.

John prendeu a menina e depois deu um tapinha na calça jeans, falando alguma coisa para a esposa antes de voltar para o bar.

Ele parou bem na minha frente e se inclinou.

— Sinto muito — ele disse. — Ela perguntou por que a gente nunca mais veio aqui. Vou tentar não voltar.

Balancei a cabeça.

— Tudo bem. Eu entendo.

— Sinto muito mesmo, Falyn. Por tudo — ele disse de novo, pegando a carteira no bolso antes de se apressar para fora outra vez.

Todo o ar pareceu ter saído do salão junto com John, e eu fiquei parada, sem conseguir me mover ou respirar.

Kirby foi para trás do bar, cumprimentando os clientes regulares antes de se debruçar sobre o balcão.

— Achei que essa correria nunca fosse acabar. — Ela mexeu no canto de um cardápio e depois suspirou. — Ei, tô falando com você. Você vai me contar o que ainda não me contou?

— Hoje não — respondi, voltando ao presente.

Kirby fez biquinho.

— Então, você gosta dele? Porque... você está sendo você, mas meio diferente. Você sempre age de um jeito estranho quando um cara tenta te perseguir, mas você não está dispensando esse.

— Quem? — perguntei, com a voz mais alta do que gostaria.

Kirby revirou os olhos.

— O Taylor, sua idiota.

— É. Por que isso? — perguntou Hannah. — Qual é o lance da sua esquisitice com os homens?

Olhei furiosa para ela.

— Vai cuidar das suas mesas.

— Sim, senhora — disse ela, girando nos calcanhares.

72

— Estou falando sério — disse Kirby. — Achei que você só odiava os seus pais. Até pouco tempo atrás, eu não tinha percebido que você também odiava os homens, aí o Taylor apareceu.

— Eu não odeio os homens.

Dei uma olhada furtiva para Taylor. Ele fez a mesma coisa comigo, então desviei o olhar por um instante. Com um sorrisinho grudado no rosto, ele estava conversando com a equipe de novo.

— Eu gosto dos homens. Só não tenho tempo para eles.

— Não — disse ela, raspando uma mancha no balcão —, é alguma outra coisa. — Então pegou um pano limpo e um frasco de spray e foi para a área de refeições principal para limpar as mesas.

— Pedido pronto! — gritou Chuck, me assustando.

Levei uma bandeja redonda até o passa-pratos antes de enchê-la com os pedidos da equipe de elite dos bombeiros.

— Tudo bem, querida? — perguntou Chuck.

— Tudo sob controle — falei, encaixando uma ponta da bandeja na curva do pescoço enquanto colocava a palma da mão no centro, por baixo.

— Não foi isso que eu quis dizer — falou Chuck.

— Eu sei — gritei enquanto me afastava.

Os garotos estavam conversando quando me aproximei, e três pares de olhos se iluminaram quando reconheceram que a bandeja de comida era a deles.

— Wrap — falei, colocando o primeiro prato diante de Dalton. — Crepe — disse em seguida, baixando o próximo diante de Zeke. — E omelete Denver com pimenta jalapeño.

Taylor estendeu a mão, e eu lhe passei o prato.

— O prato está quente — alertei.

— Tudo bem — disse Taylor com um meio sorriso. Assim que eu me virei, ele tocou meu cotovelo. — Sou capaz de sair só como amigo, sabia?

Lancei um olhar desconfiado para ele.

— Sou garçonete numa conhecida cidade turística. Você acha que eu nunca ouvi isso? Que eu nunca ouvi toda essa conversa? Escuta, vocês são legais. Eu gosto de vocês. Mas não preciso de mais amigos, principalmente dos temporários.

Senti que ele me observava enquanto eu me afastava e imaginei o que ele estaria pensando. Ele já tinha provado que adorava um desafio, então eu ia lhe dar um.

Depois que eles esvaziaram os pratos e se recostaram nas cadeiras, eu lhes levei a conta. Eles não perderam tempo para juntar as coisas e sair, mas Taylor fez questão de esperar até conseguir acenar para mim antes de ir embora.

Kirby limpou a mesa deles e me trouxe um punhado de notas de um e de cinco e um troco de gorjeta que totalizava mais do que as refeições deles. Balancei a cabeça e dei uma risadinha baixa. Era o melhor jeito de se despedir de uma garçonete.

O resto do meu turno foi confortavelmente agitado. Hannah e eu sentamos juntas nos bancos na ponta do bar que ficava perto da cozinha, contando as gorjetas e ouvindo as histórias engraçadas de Hector e Chuck sobre seus acidentes e quase erros ao longo do dia.

Com uma das mãos nas costas, Phaedra andou até nós com dificuldade, vindo dos fundos, coberta de manchas de cream cheese, chocolate e morango.

— As malditas tortas estão prontas.

Chuck a abraçou.

— Muito bem, meu amor. Muito bem.

Ele a beijou, e ela bateu nele para afastá-lo.

— Como foi? Eu queria sair antes. Fiquei para trás.

— Nós sobrevivemos — falei.

Kirby sorriu.

— Taylor veio de novo, hoje. Deixou uma boa gorjeta.

Revirei os olhos.

— O que estava escrito? — perguntou Hannah.

Meu nariz se enrugou.

— Hein?

Hannah apontou com a cabeça para a minha pilha de dinheiro.

— Ele escreveu numa das notas. Achei que você sabia.

Kirby correu para ficar ao meu lado enquanto eu espalhava as notas. Balancei a cabeça.

— Nada.

— Está do outro lado, querida — disse Phaedra, os olhos mirando uma das notas de um.

Virei a pilha e encontrei a nota rabiscada em uma letra quase ilegível.

> HOTEL Aconchego do SONO
> Quarto 201

Kirby riu.

— Ele ganha pontos pela persistência. Você tem que dar esse crédito a ele.

Inspirei, as engrenagens em minha cabeça girando a mil. Agora que eu tinha um plano, era difícil ser paciente. Mas ser paciente era o único jeito de isso funcionar.

— Não é fofo. É irritante. Mas continua colocando os caras na minha seção, tá?

— Pode deixar — disse ela, subindo num banco e balançando os pés como uma criança.

Phaedra deu um tapinha no rosto de Chuck.

— Lembra de quando você era irritante, querido?

— Como eu poderia esquecer? — disse ele, balançando uma sobrancelha.

— Por favor, parem — disse Kirby, parecendo enjoada.

Uma batida soou na porta.

Kirby suspirou.

— Pela primeira vez, ele chegou na hora.

Como ela não se mexeu nem falou nada, virei e vi Taylor em pé, com boné branco, casaco cinza e shorts de basquete azul-marinho com sandália, segurando um cesto cheio de roupa suja.

— Vou ser filha da puta — disse Phaedra, com sua voz grave e baixa.

— Devo deixar ele entrar? — perguntou Kirby.

Todos olharam para mim.

— Só... ninguém diz uma palavra. Deixa que eu cuido disso.

— Acho que é brincadeira — disse Hannah. — Ela está zoando com a gente?

— Não, mas é engraçado do mesmo jeito — disse Chuck, tentando não rir.

Fui até a porta da frente, sem nenhuma pressa, parando à distância de um braço.

— O que você está fazendo aqui? — perguntei, tentando parecer irritada.

— Dia de lavanderia — ele respondeu, sorrindo de orelha a orelha.

— Tá bom. Você ainda não explicou por que está aqui.

— Você tem uma lavadora e secadora?

— Tenho.

— É por isso que estou aqui.

Balancei a cabeça, sem acreditar.

— As pessoas de onde você vem não sabem pedir emprestado?

— Illinois.

— Eu sei de onde você é! — rosnei.

O sorriso de Taylor desapareceu.

— Posso usar sua lavadora e secadora?

— Não!

Ele olhou para os dois lados, para cada lado da rua, e depois de novo para mim.

— Bom... tem uma lavanderia aqui perto?

— Na Platte Avenue. Vire à esquerda na Platte, saindo da Tejon. É um pouco antes de você chegar na Institute Street. Bem em frente à loja de material de construção — gritou Phaedra.

Girei nos calcanhares e a vi apontando na direção certa. Lancei um olhar furioso para ela, que deu de ombros.

— Quer vir comigo? — ele perguntou. — Lavanderias são entediantes pra caralho.

Pressionei os lábios e depois os puxei para o lado, tentando não sorrir. *É isso.* Estendi a mão e virei a chave que já estava na fechadura.

— Entra.

— Tem certeza?

— Ah, agora você está preocupado em ultrapassar os limites?

— Não muito — disse ele, passando por mim. — Subindo a escada, certo?

Tinha que ser o destino. Taylor era como um cachorrinho perdido que eu alimentei uma vez e, agora, não queria ir embora. Por acaso, ele também era da cidade que eu estava esse tempo todo economizando para visitar.

Fechei a porta e girei a chave antes de encarar quatro sorrisinhos idênticos dos meus colegas de trabalho.

— Você vem? — perguntou Taylor ao pé da escada, ainda abraçado à cesta lotada de roupa suja.

— Bom — falei, soprando a franja dos olhos —, por que diabos não iria?

6

Abri a porta para Taylor, observando com um vislumbre de diversão enquanto ele fazia questão de olhar ao redor. Seu shorts era de cintura baixa, e ele virou o boné branco para trás, captando cada canto do ambiente. Ele era um homem do qual eu normalmente ficaria longe, mas lá estava ele, lindamente largado, de pé no meu apartamento.

— Dá para você lavar suas roupas aqui? — perguntei.

Ele deu de ombros.

— Muito melhor do que na lavanderia. — E empurrou a porta para fechá-la. — Onde fica sua máquina?

Fiz sinal para ele me seguir e deslizei as portas entre a cozinha e o banheiro. A lavadora e secadora, provavelmente compradas no mesmo ano em que nasci, mal cabiam dentro do minúsculo armário retangular.

— Ainda é melhor que a lavanderia? — perguntei.

— Sim, mas posso ir embora, se quiser.

— Muda para o programa que quiser e puxa o botão para começar.

O sorriso agradecido de Taylor, na verdade, era um pouco — tudo bem, muito — fofo. Ele seguiu minhas instruções, girando e puxando o botão da lavadora. A água começou a cair pela parte de trás do tambor. Ele se abaixou, pegou várias calças jeans e as jogou lá dentro.

Fui para o meu quarto organizar minhas gorjetas. Coloquei metade da coleta do dia anterior na carteira e a outra metade na caixa de sapato. Depois de guardar as duas, vesti uma calça de moletom e uma camiseta cinza muito larga.

— Onde estão suas calças jeans? — ele perguntou.

Parei diante da porta, pega de surpresa pela pergunta bizarra. Apontei para o meu quarto.

— Lá dentro, no chão.

— Tem espaço na lavadora — disse ele, colocando o sabão.

— Minha calça jeans não conhece as suas o suficiente para serem lavadas juntas.

Ele deu uma risadinha e balançou a cabeça enquanto observava a lavadora encher de água e espuma.

— Eu fiz alguma coisa para fazer você me odiar? Ou isso é algum tipo de teste? — Ele me encarou. — Porque eu não estou tentando tirar sua calça, Ivy League. Só estou pedindo para lavar.

Voltei até o meu quarto, pegando o monte de jeans perto da minha mesa de cabeceira. Em seguida, atravessei o corredor e me enfiei no banheiro apenas por tempo suficiente para procurar na roupa suja as outras duas calças que estavam em algum lugar da pilha.

— Aqui — falei, dando as calças jeans para ele.

— Só isso? — ele perguntou, jogando-as na lavadora.

— Sim, então, se você estragar, estou ferrada. — Eu me afastei e me joguei na poltrona.

— Não vou estragar. Estou acostumado a lavar roupa há muito tempo.

— Sua mãe não fazia isso para você?

Taylor balançou a cabeça.

— Ótimo. As mães podem estragar os filhos. Você tem sorte de nunca ter chorado sobre a máquina de lavar porque não conseguia descobrir como ligá-la.

— Parece que você tem experiência.

— As empregadas lavavam nossa roupa suja. — Esperei a reação dele. Não houve nenhuma.

— Se os seus pais são tão ricos, por que você está nesse buraco? — ele perguntou, tirando o casaco e jogando-o na máquina de lavar, ficando apenas com uma camiseta fina e pequena demais que dizia *Eakins Futebol Americano* em letras desbotadas.

Eu o encarei por um instante, lutando contra o sorriso inevitável que se esgueirava em meu rosto.

— Eles faziam escolhas ruins.

Taylor andou desajeitado até o sofá e se jogou nele, quicando um pouco, depois testou as almofadas empurrando-as com as mãos.

— Tipo o quê?

— Não é da sua conta.

Ele se recostou, cruzando os braços.

— Qual é a das tatuagens? — perguntei, deixando meus olhos passearem pela confusão de cores e formas que cobriam sua pele até o pulso.

— Todos nós temos.

— Nós quem?

— Meus irmãos e eu. Bom, a maioria de nós. Tommy não tem.

— Quantos irmãos?

— Quatro.

— Meu Deus.

Ele fez que sim com a cabeça, encarando a lembrança que passava diante de seus olhos.

— Você nem imagina.

— Onde eles estão? Seus irmãos.

— Por aí.

Eu gostava desse jogo, de várias perguntas e nenhuma resposta, e ele não pareceu se importar. A camiseta branca de Taylor se dobrou ao meio, fina o suficiente para dar uma pista da pele bronzeada e dos músculos abdominais bem definidos. Músculos abdominais — todos os babacas tinham. Quatro a seis músculos eram como um gráfico para mostrar o nível de babaquice de um cara.

— Você é o mais velho? — perguntei.

— Sim e não.

— Alguma irmã?

Taylor fez uma careta.

— Meu Deus, não.

Ou ele odiava as mulheres ou as tratava mal o suficiente para não querer pensar nelas como pessoas. Não importa qual das duas opções, quanto mais tempo ele passava no meu apartamento, menos eu me preocupava com o problema da culpa.

— Quer ver televisão? — perguntei.
— Não.
— Que bom — falei, me ajeitando de novo na poltrona. — Não tenho TV a cabo.
— Tem algum filme?
— A Phaedra tem uma caixa de fitas VHS e um videocassete naquele armário — falei, apontando casualmente. — Mas ainda não o conectei.
— Há quanto tempo mora aqui?
— Um tempo.

Taylor se levantou, gemendo ao fazer isso, seguiu devagar até o armário e abriu a porta. Ele tinha bem mais de um metro e oitenta e conseguia ver muito bem tudo que estava na prateleira superior. Então puxou a cordinha para acender a luz e estendeu a mão para pegar o videocassete, tirando-o junto com uma confusão de cabos.

Soprou a poeira e recuou, parecendo enojado.

— Escolhe um filme. Vou conectar esse garotão.
— Você está entediado com a conversa estimulante?
— Até a morte — ele respondeu, sem nenhum remorso.

Estranhamente, não havia nenhuma pista de que ele estava infeliz com a maneira como as coisas estavam caminhando. Ele não parecia irritado nem chateado, o que era um alívio. Pelo menos ele não ia exigir uma quantidade exorbitante de atenção e esforço.

— *Aliens, o resgate* — falei, apontando.

Taylor levou a caixa até a pequena televisão sobre a mesa com duas prateleiras. Ele colocou o videocassete na prateleira de baixo e começou a desenrolar os fios.

— É, eu gosto desse.

Franzi o nariz.

— Gosta? É um clássico.
— Vi *Gatinhas e gatões* ali dentro. Achei que você ia escolher esse. — Ele conectou um cabo na parte de trás do videocassete e depois foi para a parte de trás da televisão.
— Você não me conhece nem um pouco mesmo.
— Não sei se você está tentando me odiar ou tentando me fazer te odiar.

— Nenhum dos dois.

Taylor fez uma careta, mas só porque teve que se esticar mais para atarraxar o cabo na conexão certa.

— Então, eu não.

— Você não o quê?

— Te odeio.

— Droga — provoquei.

Taylor conseguiu plugar os fios e sentou reto antes de esticar as pernas e cruzá-las, apoiando as costas na parede ao lado da TV.

— Acho que você se odeia o suficiente por nós dois.

Senti meu rosto ficar vermelho. Ele não sabia como tinha chegado perto da verdade.

— Isso é um ataque de ira se aproximando? — perguntou Taylor, achando que minha vergonha era raiva.

Meu braço pressionou a lateral da poltrona quando me inclinei para frente.

— Você não tem esse tipo de efeito em mim.

Ele piscou.

— O que você quer dizer?

— Eu teria que me importar um pouco com você para sentir raiva.

— Ah, agora você está analisando, Ivy League? Achei que tinha dito que não era bacharel em psicologia.

— Agora você só está sendo grosso.

— Dizer que você é uma merda nas conversas e que eu tenho a sensação de que você é uma vaca julgadora é grosseria? Eu não iria tão longe. Mas você é... e você é.

— Ai. — Mantive as feições inabaláveis de propósito.

Ele balançou a cabeça, confuso.

— Num minuto, você reage e, no seguinte, fica indiferente. Você é muito estranha. Não consigo te entender... tipo, nada. E olha que eu conheço as mulheres.

— Isso deve te garantir muitas bundas e muitos elogios dos amigos. Mas não me impressiona.

Ele fez uma pausa.

— Você quer que eu vá embora?

— Acho que não. Mas pode ir, se quiser.

— Não quero. E é estranho eu ter uma opinião, de um jeito ou de outro.

— Estou curiosa. Continua.

— Primeiro, eu gosto do fato de que você é esquisita pra caralho e uma vaca raivosa. As garotas costumam dar risadinhas e não parar de passar a mão no cabelo quando estou por perto. Você fez tudo, exceto mandar eu me foder.

— Vai se foder.

— Viu? Eu gosto de você.

— Talvez eu não queira que você goste de mim.

— Eu sei. E eu não gosto, não desse jeito. E acho que é isso que mais me surpreende.

Sua revelação me pegou desprevenida, mas a pontada que senti na boca do estômago me surpreendeu ainda mais.

— Escuta, Ivy League, vou ficar aqui até outubro. Eu trabalho pra caralho o dia todo. Se eu tiver sorte, trabalho no primeiro turno, pra poder almoçar na cafeteria. Você e esse seu jeito desbocado têm sido o ponto alto desse trabalho. Acho que você só está sendo grossa porque acha que eu estou tentando te abater e, é claro, eu não sou capaz de domar a víbora nessa história. Então vamos aumentar o volume de *Aliens, o resgate*, pra não escutar essa sua lavadora de merda e ficar juntos.

Pisquei.

Ele deu de ombros.

— Não quero saber que problemas você tem com os seus pais. Não quero saber se você tem uma questão fodida com os homens. Não quero chegar a um metro e meio da sua boceta, e é bom que você saiba disso agora, porque eu nunca usaria essa palavra com B quando quero transar. As garotas odeiam. Eu só quero ficar perto de alguém legal que também tem uma lavadora e secadora e a melhor coleção de fitas VHS que eu já vi desde os anos 90.

— Um metro e meio, é? — perguntei. Então saí da minha poltrona, atravessei o carpete áspero e fui até onde Taylor estava sentado.

83

Ele se enrijeceu quando eu coloquei as mãos em cada lado das suas pernas e me aproximei, parando a centímetros de seus lábios.

— Tem certeza? — sussurrei.

Ele engoliu em seco e abriu a boca, falando baixinho:

— Sai de perto de mim, porra. Eu sei muito bem que encostar em você seria como colocar o dedo numa arma carregada.

— Então não puxa o gatilho — desafiei, meus lábios quase roçando nos dele.

Ele não veio para frente, mas também não recuou. Seu corpo estava relaxado, confortável, de ficar tão perto do meu.

— Não vou fazer isso.

Eu me sentei sobre os calcanhares e apoiei as mãos nos joelhos, pensando no que ele tinha acabado de dizer.

— Você parece muito confiante para um cara que vem me ver todos os dias.

— Você é esquisita, porra... tipo, mais esquisita do que eu pensava. Passei no teste?

— Passou — respondi casualmente.

— Eu posso gostar de ficar perto de você, mas isso não significa que eu sou um idiota, porra. E esse teste é ridículo. Qualquer cara vai em frente se a garota estiver implorando desse jeito.

— Você não foi.

— Eu já te disse: não sou idiota. Eu sei o que você está tentando fazer. Só não sei por quê.

Estreitei os olhos.

— Você disse que podemos ser amigos, mas não mantém sua palavra.

— Está bem, então. Prometo não parar de tentar te comer. Que tal?

Inclinei a cabeça, vendo além da sua insinuação de sorriso, da sua covinha e da barba por fazer da noite, espalhada pelo maxilar bem definido. Eu não ia encontrar o que procurava em suas palavras nem nos seus olhos. A verdade de Taylor simplesmente estava fora de alcance, como a minha, então eu sabia onde procurá-la e como encontrá-la. O único jeito de ver a alma de alguém era com a sua.

— Você promete? — repeti.

— Prometo.
— Você tem medo de mim? — perguntei, meio que brincando.
Taylor não hesitou.
— Nem um pouco. Eu sei exatamente o que esperar de você.
— Como assim?
— Porque eu tenho quase certeza que somos a mesma pessoa.

Minhas sobrancelhas se ergueram, sem conseguir disfarçar minha surpresa pela sua conclusão, e eu simplesmente fiz sinal de positivo com a cabeça.

— *Aliens, o resgate*, então.
— Você vai parar de me encher o saco? — ele perguntou, cruzando os braços.

Engatinhei de volta para a poltrona e sentei, pendurando as pernas no braço do móvel.

— Provavelmente não. Apenas a encheção de saco normal da Falyn, e não vai ser porque estou tentando me livrar de você.

Taylor sentou de joelhos em frente à televisão, puxou o botão para ligá-la e mudou para o canal três.

— Você esqueceu o filme.

Fui até o armário e o peguei numa pilha antes de jogá-lo para ele. Taylor tirou a fita da caixa e a colocou na abertura dianteira do videocassete. Depois que a fita entrou, o filme começou a rodar. Por alguns segundos, a imagem junto com os violinos melancólicos tocando durante os créditos de abertura ficou nebulosa, depois tudo clareou quando a nave espacial de Ripley apareceu ao longe, um ponto branco no meio da escuridão.

Taylor foi de joelhos até o sofá antes de subir nele e se esticar.

Enquanto eu voltava para a poltrona, uma pequena parte de mim queria ser educada e explicar por que eu estava sendo tão dura com ele, mas eu a esmaguei até onde eu guardava aquela antiga Falyn. Explicações e pedidos de desculpas eram um desperdício para alguém como eu. Olhar para frente e me lembrar de esquecer eram as únicas coisas que eu tinha, e, sob nenhuma hipótese, eu me permitiria sentir — por qualquer pessoa — e arriscar que outros sentimentos semelhantes viessem à tona.

Taylor colocou a mão no shorts entre as pernas e o ajeitou, puxando o tecido azul-marinho. Quando ficou satisfeito com a localização das suas partes, puxou a camiseta para baixo.

Revirei os olhos. Ele não percebeu.

Ele apoiou a cabeça no braço enquanto mantinha os olhos colados na tela.

Quando a nave de resgate bateu e Ripley estava pedindo desculpas a Newt, Taylor colocou nossas calças jeans na secadora e começou uma nova carga na lavadora. Ele voltou para o sofá, repetindo a fala de Newt com o sotaque britânico perfeito de uma garota:

— "Eles vêm *princiiipalmente* à noite... *princiiipalmente*."

Dei uma risadinha, mas ele me ignorou e não disse mais nada até os créditos finais.

Meus olhos estavam pesados. Eu estava sentindo nos pés o efeito de um sábado longo.

— Você está certa — ele disse, se levantando. — É um clássico.

— Pode levar um tempo para secar tantas calças jeans — falei.

Taylor abriu a porta da secadora e verificou.

— É, ainda estão úmidas. — Ele virou o botão para reajustar o tempo, depois se esticou no sofá de novo, os olhos piscando duas vezes antes de fechar.

— Você não pode dormir aqui — falei.

— Tá bom. Mas posso cair no sono acidentalmente aqui?

— Não.

Ele balançou a cabeça, os olhos ainda fechados.

— Eu estava lavando sua maldita roupa suja. Você poderia pelo menos me deixar cochilar entre uma máquina e outra.

— Vou para a cama daqui a pouco. Você não pode ficar aqui enquanto eu estiver dormindo.

— Por que não?

— Ainda não me convenci de que não é um serial killer.

— Você acha que eu só queria esperar para te matar depois de vermos um filme juntos? Detesto te decepcionar, Ivy League, mas não preciso esperar você dormir para te dominar. Você pode ser brigona, mas tenho pelo menos vinte e dois quilos de músculos a mais do que você.

— É verdade. Mesmo assim, você não pode ficar aqui. Só porque você não quer me agarrar, não significa que você não queira me roubar.

Ele me lançou um olhar cético.

— Desculpa, mas não preciso da sua Zenith retrô. Tenho uma tela plana maravilhosa de setenta e duas polegadas na minha parede em casa.

— Onde você mora? Em Estes Park?

— Ãhã. Já pensei em me mudar pra cá algumas vezes, mas todos os meus amigos e o meu irmão estão morando lá ou em Fort Collins. Mas parece que o grupo alpino sempre acaba aqui.

— Um dos seus irmãos mora em Estes?

— É. — Sua voz se deformou quando ele se espreguiçou. — Sempre fomos meio inseparáveis. Tenho dois irmãos em Illinois e um em San Diego.

Fiz uma pausa.

— Você costuma ir pra casa?

— Sempre que posso. Entre as temporadas de incêndios.

— Então depois de outubro?

— É. Dia de Ação de Graças, Natal, aniversários. Meu irmão caçula se casou na última primavera, meio que às pressas. Eles estão planejando uma cerimônia de verdade no dia do aniversário de casamento, depois da despedida de solteiro e tal. Vou voltar lá pra isso, com certeza.

— Por quê?

— A segunda cerimônia? Acho que a melhor amiga dela ficou meio puta de não ter sido convidada pra primeira.

— Então... você estudou na mesma faculdade na mesma cidade onde se formou no ensino médio?

— Sim, Falyn. Que insulto vai me lançar por isso?

— Nenhum. É fofo. Imagino que seja meio parecido com o ensino médio, mas com menos regras.

— A faculdade não é assim de qualquer jeito?

— Na verdade, não. Mas eu estudei em Dartmouth.

— Cala a boca.

Aninhei o rosto no braço da poltrona, satisfeita por estarmos sendo muito malvados um com o outro. Taylor começou a digitar no celular, e eu relaxei, sentindo que um cobertor invisível de cinquenta quilos estava enrolado em mim.

❦

Acordei com o sol da manhã entrando pelas janelas. Minha boca estava com gosto de xixi de gato.

— Ei — disse Taylor, sentado no meio do sofá, cercado de pilhas de roupas dobradas. — Você tem que trabalhar hoje?

— Hein? — falei, me sentando.

— Você trabalha aos domingos?

— Essa semana, não. É minha folga — respondi, meio grogue. Quando meu cérebro voltou a funcionar, pisquei e olhei furiosa para o homem que estava dobrando minhas peças íntimas. — Por que ainda está aqui?

— Lavei o resto da nossa roupa, depois caí no sono. Se bem que você me acordou algumas vezes. Você sempre tem muitos pesadelos?

— Como?

Taylor hesitou.

— Você teve uns sonhos bem complicados. Você estava chorando enquanto dormia.

Eu não tinha um pesadelo havia anos, não como eu tinha quando estava em Dartmouth. Minha ex-colega de quarto, Rochelle, ainda falava sobre como eu a apavorava no meio da noite.

Olhei para o algodão delicado nas mãos dele.

— Solta minha calcinha. Agora.

Taylor a jogou no cesto com as outras calcinhas. A maioria era do tipo estampado de liquidação. Em algumas, o elástico estava frouxo na cintura ou nas pernas.

— Essa é a última máquina — ele disse, apontando para o cesto entre os tornozelos. — Meias e calcinhas.

— Ai, meu Deus — falei, esfregando o rosto. — Você vai me obrigar a passar vergonha na frente de todos os meus colegas de trabalho e clientes.

Taylor se levantou.

— Não tem uma porta dos fundos?

— O Chuck e os meninos vão te ver de qualquer maneira.

— A que horas eles abrem aos domingos?

— O Chuck e a Phaedra estão quase sempre na cafeteria: do nascer ao pôr do sol.

— Como é que você tem privacidade?

Soprei a franja do rosto.

— Eu não precisava disso, até agora.

— Eu dou um jeito. Já sei o que fazer.

Taylor pegou suas roupas, arrumando-as com perfeição dentro do único cesto que trouxera. Em seguida, acenou para que eu o seguisse, descendo a escada. Ficamos parados no andar de baixo, diante dos aposentados que sempre paravam no Bucksaw aos domingos para tomar café, de todos os meus colegas de trabalho, algumas famílias locais e uma mesa cheia de turistas.

Kirby parou de repente, e Hannah também. Phaedra percebeu que elas estavam encarando, por isso virou e ficou boquiaberta. O barulho alto das conversas convergentes silenciou abruptamente.

Taylor pigarreou.

— Nem encostei nela. Ela é malvada demais, porra.

Ele passou por mim, em direção à porta da frente, e eu o observei, tentando matá-lo apenas com minha expressão.

Kirby caiu na gargalhada, e ainda estava gargalhando quando Taylor acenou para ela antes de sair para a calçada da frente. Phaedra tentou não rir, mas suas rugas profundas a traíram. Hannah parecia tão surpresa quanto eu.

— Bom dia, florzinha. Café? — perguntou Phaedra, passando-me uma caneca fumegante.

— Obrigada — sussurrei. Depois subi a escada com passos pesados.

— Falyn? — Phaedra gritou atrás de mim.

Parei antes de virar no corredor e olhei para ela lá embaixo.

— Ele está dez passos adiante de você, querida.

— Eu sei — rosnei, levando meu café para o apartamento.

Entrei numa explosão e chutei a porta para fechá-la antes de me apoiar na lateral da geladeira. Quando senti lágrimas de raiva queimando meus olhos, coloquei o café no balcão da cozinha e corri para o meu quarto. Peguei a caixa de sapato e a levei para a cama comigo.

A carta mais recente estava em cima das outras e, por baixo, a pilha de dinheiro que eu tinha economizado até aquele momento para uma passagem de avião. Abracei a folha de caderno e respirei fundo. As voltas e linhas cuidadosamente desenhadas me informando de tudo que eu havia perdido tinha quase quatro meses e só ia envelhecer mais um pouco.

Deixei a folha fina cair sobre o colo.

Claro que seria a porra do Taylor Maddox. A última pessoa na face da Terra de quem eu queria precisar seria o meu atalho para Eakins. Afastei o pensamento. Eu não queria um plano e nem queria pensar nisso.

Eu só precisava chegar lá. Sem expectativas. Sem esperanças. Só ter a chance de bater na porta deles. Mesmo que eles não me perdoassem, talvez eu finalmente conseguisse me perdoar.

7

Sequei o rosto, sorrindo enquanto o pai em Poltergeist empurrava a televisão para fora do quarto de hotel, até a varanda. Os créditos e a música sombria começaram a tocar, e eu franzi o cenho para a xícara de café vazia no carpete ao meu lado.

Na minha geladeira só tinha um frasco de molho de queijo mofado, ketchup e duas latas de Red Bull. Phaedra me dera uma cafeteira usada, mas eu não tinha café nem açúcar... nem água, já que não conseguia pagar a conta. Eu me encolhi, pensando em ter que descer para usar o toalete. Eu tinha que limpar aquele banheiro de vez em quando, e, apesar de me esforçar para não ser arrogante em relação à maioria das coisas, banheiros públicos me davam calafrios.

Eu me levantei e desci até a cozinha. A conversa alta dos clientes se infiltrou na minha cabeça no mesmo instante, especialmente os berros das crianças. Eles sempre pareciam atingir uma oitava a mais, rangendo em meu cérebro como um garfo de metal num prato.

A água respingou na minha camiseta enquanto eu molhava a xícara. Em seguida, eu a coloquei numa das três lavadoras de louça.

Hector sorriu para mim quando saiu do corredor, secando as mãos no avental.

— Você vai sair e ver o mundo hoje, srta. Falyn? — ele perguntou.

Suspirei.

— Algum dia você vai parar de me chamar assim?

Hector apenas sorriu e continuou com suas tarefas.

O rosto de Phaedra apareceu no passa-pratos.

— Oi, querida. Quais são os planos para hoje?

— Sem planos. — Peguei um pedaço de aipo que fora deixado sobre a bancada.

Pete deu um tapa na minha mão quando tentei pegar outro, e eu me esforcei para não rir.

Meu sorriso desapareceu.

— Ele disse que eu tive um pesadelo — falei para Pete.

Ele franziu a testa.

— Faz muito tempo... desde que... — falei, deixando a voz sumir.

Phaedra veio até o meu lado e ajeitou delicadamente um de meus cachos castanho-amarelados, tirando-o do meu rosto.

— Tem certeza de que não planejou nada? — ela voltou a perguntar.

— Tenho. Por quê?

Ela apontou para trás com a cabeça.

— Porque aquele garoto está aqui, te procurando.

Empurrei as portas duplas e vi Taylor parado na calçada do lado de fora. Ele acenou para mim.

— Ele gosta de você — Kirby falou empolgada quando passei por ela.

Taylor enfiou as mãos nos bolsos da calça jeans, as mangas curtas exibindo os músculos malhados dos braços.

— Se disser que estava só de passagem, vou ficar decepcionada — falei, cruzando os braços.

Ele deu uma risadinha e baixou o olhar.

— Não. Eu estava entediado e vim direto pra cá.

— Você também está de folga?

— Estou. Quer fazer alguma coisa idiota de turista comigo? Você fez uma lista outro dia.

— Você dirige? Eu não tenho carro.

— Minha caminhonete está ali — disse ele, virando ligeiramente e apontando para um carro importado preto brilhante com pneus de lama. Depois virou de novo para mim, hesitando. — Como é que você se locomove?

— Pra onde eu iria? — perguntei.

Taylor estendeu a mão, um dos cantos da boca repuxando para formar um meio sorriso travesso.

— Comigo.

Meu primeiro impulso foi dizer não. Eu estava acostumada a me preocupar e cuspir palavras que fariam qualquer homem recuar, mas eu não precisava fazer isso com Taylor. Meus insultos não tinham efeito nenhum sobre ele, e ele simplesmente ia continuar voltando até chegar a hora de ir embora. Se eu conseguisse fazê-lo me levar a Eakins, eu nem teria de dispensá-lo quando voltássemos para Colorado Springs. O emprego dele e a distância fariam isso por mim.

Ele exibiu aquela covinha, e lhe dizer sim foi quase compulsivo.

— Só não faz nada idiota, tipo abrir a porta do carro pra mim.

— Eu pareço esse tipo de cara?

— Não, mas também não parece o tipo que faz amizade com garotas, e parece que eu consegui isso.

Ele me puxou, olhando para os dois lados da rua antes de atravessar.

— O que eu posso dizer? Você é o oposto da minha melhor metade.

— Então eu sou tão horrível que faço você se sentir uma pessoa melhor? — perguntei, parando ao lado da porta do carona.

Ele apontou para mim.

— Exatamente.

Ele estendeu a mão para a maçaneta, mas eu dei um tapa na mão dele e a afastei.

— Não se preocupe, Ivy League. Eu não abriria a porta nem que eu estivesse apaixonado por você — disse ele. — Você dirige. Não sei pra onde ir, e tenho certeza de que não quero você latindo direções pra mim.

— Você quer que eu dirija sua caminhonete? — perguntei, me sentindo meio nervosa, pois não dirigia havia anos.

As portas fizeram um clique, e Taylor me passou um chaveiro com algumas chaves brilhantes, outras nem tanto. Enquanto eu contornava a parte dianteira da caminhonete e sentava no banco do motorista, tentei não demonstrar medo, mas eu não queria sobretudo senti-lo. Fechei a porta e travei o cinto de segurança, horrorizada porque minhas mãos estavam tremendo.

— Você tem carteira, pelo menos? — ele perguntou.

— Tenho. Eu sei dirigir. Só que... faz algum tempo. — Funguei e me senti ainda mais enjoada. — Você passou a manhã limpando a caminhonete, né?

— Ela está com cheiro de nova, não está?

— O carro não é novo?

— *Ela*. Ela não é nova, não. Comprei no ano passado. — Ele pegou as chaves da minha mão e escolheu a maior para enfiar na ignição.

— Meu Deus — sussurrei. — Eu acho mesmo que não devo dirigir... ela.

— Você vai se sair bem.

Instantaneamente, o rádio começou a tocar um rock pesado.

Ele mexeu no volume.

— Desculpa.

— Nada de country? — perguntei, apoiando as mãos no volante.

Ele deu uma risada.

— Country é pra dançar e chorar. AC/DC é pra limpar a caminhonete.

Fiz uma careta.

— Mas... é velho.

— Os clássicos nunca envelhecem. Vamos.

Engatei a marcha e virei para trás, recuando lentamente da vaga. Um carro apareceu e buzinou, e eu pisei no freio com força.

Taylor olhou para mim, as sobrancelhas erguidas quase até o couro cabeludo.

— Quero desesperadamente manter a linha vaca durona, mas acho que não consigo fazer isso — falei.

— Quanto tempo faz?

— Cinco anos.

— Por quê?

— Não tenho carro.

— Nunca? Ou você destruiu o seu?

Eu o encarei, sem conseguir responder.

Ele soltou o cinto de segurança.

— É melhor você só me dizer para onde eu devo ir. Eu aprendo a lidar com as coordenadas dadas por uma garota. Podemos te reapresentar para as estradas outro dia.

— Coordenadas dadas por uma garota? Devo supor que você nem sequer as pediria? Ou isso é distante demais do velho estereótipo?

Ele me encarou com olhos inexpressivos.

— Ivy League, para de falar comigo como se estivesse escrevendo uma porra de um trabalho acadêmico.

— Vamos resolver isso já — falei, passando por cima do console.

Depois de dar uma corridinha até o lado do motorista, ele entrou e se instalou.

— Estou me sentindo melhor agora — ele disse, fazendo sinal de positivo com a cabeça.

— Eu também — concordei.

— Aonde vamos primeiro?

— Hum... Jardim dos Deuses. Fica a uns dez minutos daqui e com estacionamento gratuito.

— Não vamos para o Pico Pikes? Você nunca o escalou, né? — Seu tom era acusador. — Ouvi dizer que gente daqui não faz isso.

— Na verdade, já sim — soltei. — Algumas vezes. Mas você pode ver o Pikes de onde estivermos, no Jardim dos Deuses. Confia em mim. É um lugar especial.

— Tá bom. Pra onde eu vou?

— Pega a Tejon sentido sul, até a Uintah. Segue até a trigésima, depois pega a West Colorado até a Ridge Road. É só seguir as placas.

— Beleza — disse ele, dando ré e pisando com tudo no freio quando outro carro buzinou. — Viu? Não foi só você.

Eu ri e balancei a cabeça enquanto ele seguia devagar até a Tejon Street.

A vista familiar do lado de fora não tinha mudado muito desde que eu era criança. O Colorado era seu próprio Éden: os habitantes faziam de tudo para preservar a beleza natural do estado. O Jardim dos Deuses era a terra em seu extremo. As paisagens eram de tirar o fôlego. Quando criança, era meu lugar favorito — não só para vê-lo, mas também para observar outras pessoas que chegavam ali pela primeira vez.

Taylor não foi exceção. Enquanto estacionávamos, ele não conseguiu parar de olhar. Ele pouco falou conforme caminhávamos pelas formações, respirando o ar fresco e o espaço aberto. O céu ainda estava levemente enevoado por causa dos incêndios ao longe, mas isso não pareceu perturbá-lo.

Uma hora depois, Taylor sentou numa pedra para descansar.

— Isso é incrível. Não acredito que estou na região há tanto tempo e nunca vim aqui. Tenho que mostrar para os caras.

Sorri, satisfeita com sua reação.

— Todo mundo devia conhecer este lugar. Sei lá. Tem alguma coisa aqui.

— Ando muitos quilômetros enquanto estou trabalhando, mas fiquei cansado pra caralho. Por que será?

Olhei para cima, estreitando os olhos por causa do sol. Gotas de suor haviam começado a escorrer pela minha nuca até a gola da minha regata.

— Acho que você não está cansado. Acho que está relaxado.

— Talvez. Tudo o que quero é tirar um cochilo.

— Isso é porque você ficou acordado a noite toda lavando a minha roupa.

— A noite toda, não. Eu dormi. E, por falar nisso, você baba.

— Ah, foi por isso que você não tentou nada comigo. Achei que talvez eu roncasse.

— Não. Na verdade, talvez você seja a dorminhoca mais linda do mundo.

Fiz uma careta.

— Como se você já tivesse passado uma noite inteira com alguém.

Ele pensou no assunto.

— Tem razão.

— Então me conta alguma coisa que eu não sei sobre você — falei, tentando não parecer muito ansiosa. Essa era a parte perigosa. Era o momento crucial em que eu conseguiria as informações de que precisava sem parecer que estava obtendo informações.

Suas sobrancelhas se uniram.

— Tipo o quê?

Cruzei os braços e dei de ombros.

Ele deu um tapinha no espaço vazio ao seu lado, me pedindo para sentar.

— Meu aniversário é no dia primeiro de janeiro.

— Isso é meio legal. — Eu me acomodei ao lado dele, esticando as pernas para a frente. Eu não tinha percebido como estava cansada até me sentar. — É sempre uma grande festa, né?

— Acho que sim.
— Achei que você fosse falar do seu emprego.
— É um emprego. Quando é o seu aniversário? — perguntou Taylor.
— Ah, estamos brincando de Vinte Perguntas?
Ele fingiu se irritar.
— Uma variação disso, eu acho.
— Não é só um emprego. Você salva vidas, casas, cidades inteiras.
Ele me esperou responder, sem se abalar.
— Meu aniversário não cai num feriado.
Ele esperou ainda mais.
Revirei os olhos.
— Treze de maio.
— Você tem irmãos?
— Não.
— A filha única que odeia os pais. Isso é péssimo.
— É.
— Uau. Achei que você fosse negar que os odiava. Você os odeia *mesmo*?
— Acho que sim. — Não deixei de notar a ironia de que eu tinha respondido quase imediatamente, sem *pensar*.
— Posso perguntar por quê?
Suspirei. A outra parte do jogo que eu começara bem antes das Vinte Perguntas era não entregar muita coisa ao mesmo tempo em que parecia estar no jogo dele.
— Acho que você teve uma infância perfeita.
— Não mesmo.
— Amor suficiente pela sua mãe para tatuar o nome dela no braço.
— Meu irmão queria, então eu também tive que fazer.
— Por quê?
— Temos as mesmas tatuagens.
— Tipo, exatamente as mesmas? Todos vocês?
— Só meu irmão Tyler e eu.
Soltei um riso debochado.
— Taylor e Tyler.
Ele também riu.

— Thomas, Trenton e Travis também.

Ergui uma sobrancelha.

— Sério? Você não está falando sério.

Ele deu de ombros.

— Ela gostava de Ts.

— É óbvio. Então... seus pais ainda estão em Eakins?

— Ãhã.

— Como é Illinois?

Ele piscou, triste por algum motivo.

— Não sei. Eakins é bem suburbana, eu acho.

— Tipo aqui?

— Não — ele respondeu, balançando a cabeça. — É muito, muito pequena. Só temos uma mercearia, poucos restaurantes e alguns bares.

— Um estúdio de tatuagens?

— É. Meu irmão trabalha lá: Trenton. Ele é muito bom.

— Ele fez todas as suas?

— Todas, exceto uma. — Taylor estendeu o braço e apontou para a tatuagem que dizia *Diane*.

— Por que não essa?

Taylor se levantou.

— Já passamos das vinte.

Ele estendeu a mão para me ajudar a levantar. Eu me apoiei nele e espanei a calça.

— Acho que não, mas é bom a gente voltar, se você quiser ver outros pontos turísticos.

Ele olhou ao redor e balançou a cabeça.

— Não. Estou feliz só de caminhar nessa trilha. A menos que você esteja com fome ou alguma coisa assim.

Olhei para Taylor. Ele era meio fofo demais, um tanto educado e até mesmo atencioso às vezes, tudo bem escondido por trás da língua ferina e do agressivo exterior tatuado.

Ele inclinou a cabeça.

— O que foi?

— Nada. Você só... não é o que eu pensava... eu acho.

— Ótimo. Agora você está apaixonada por mim. Eu nunca vou me livrar de você.

Torci o nariz.

— Definitivamente não estou nem nunca estarei.

— Promete? — ele perguntou, convencido.

— Sim e, diferentemente de você, eu cumpro minhas promessas.

— Ótimo. Agora que você foi para a zona da amizade, as coisas ficam bem menos complicadas. — Ele me empurrou para frente de um jeito brincalhão, e eu o empurrei de volta. — Vamos em frente.

Estávamos quase chegando na caminhonete quando o sol desapareceu atrás das montanhas. A temperatura tinha caído, passando de abafada para fresca, e o suor que havia se acumulado na minha pele estava esfriando com a leve brisa noturna.

Em algum lugar adiante, uma música pairava no ar, e o cheiro de comida indicava uma festa.

— Ah — falei —, a festa de arrecadação de fundos é hoje.

— Aqui? — perguntou Taylor.

— Todo ano. Pra... — Dei uma olhada para Taylor, da cabeça aos pés. — É o Baile dos Heróis, que arrecada fundos para as famílias dos bombeiros mortos.

A gratidão tomou conta do rosto de Taylor.

— Isso até que é legal.

Quando as luzes e as pessoas ficaram visíveis, eu congelei.

— Merda... merda.

— O que foi?

— Meus pais estão lá. Eles participam todo ano.

— Então a gente contorna a festa.

— Está escuro — suspirei. — Temos que continuar na trilha. As pessoas se perdem por aqui.

Ele segurou a minha mão.

— Vamos passar rapidinho. Minha caminhonete está depois daquela pedra.

Fiz que sim com a cabeça, e disparamos na direção de uma enorme tenda branca com luzes penduradas, o som do gerador se misturando à conversa animada e às risadas.

Tínhamos quase conseguido quando ouvi a voz de William chamando o meu nome. Fechei os olhos e senti Taylor apertando a minha mão.

— Falyn? — William disse outra vez.

Nós viramos, e, quando William reconheceu Taylor e viu nossas mãos, ele inflou o peito, já se preparando para perder a cabeça. Blaire se juntou a nós, o farfalhar do vestido longo silenciando de repente quando ela pegou o braço do marido. A expressão no rosto dela era familiar, uma expressão que eu tinha começado a apreciar.

— Falyn, querida, o que está fazendo aqui? — ela perguntou.

— É um lugar público — respondi, com raiva.

Pelo termo carinhoso, ela tinha se revelado. Ela só me chamava por esses nomes estúpidos de animais de estimação na frente dos amigos, os falsos que ela criticaria implacavelmente na privacidade do lar. Eu não era bem-vinda, e ela queria que eu fosse embora bem rápido.

As pessoas estavam começando a se juntar ao redor dos meus pais, como um pequeno exército de críticos babacas, todos atentos para se certificar de que escutariam os detalhes sórdidos para discutir no próximo jantar com amigos.

Comecei a virar, mas William se aproximou rapidamente.

— Isso tem que acabar. Você...

— Pai — falei, a voz doce feito mel —, você se lembra do Taylor Maddox? Ele é de Eakins, Illinois.

William ficou pálido.

Blaire levou a mão ao peito.

— Bill — disse ela, estendendo a mão para o marido —, deixe a Falyn com o amigo dela. Boa noite, queridinha.

— Conversamos sobre isso depois — William falou, virando-se de costas para mim.

Puxei Taylor até a caminhonete, desesperada para entrar no banco do carona. Quando Taylor se sentou ao meu lado, puxei o cinto de segurança com força, como se eu finalmente pudesse respirar depois de prendê-lo.

— Tudo bem? — **ele** perguntou.

— Acho que sim.

— O que foi aquilo? — Balancei a cabeça. — Falyn — **ele** disse, a voz hesitante —, por que eles se importam com o fato de eu ser de Eakins?

— Porque eles não querem que eu chegue perto desse lugar.

— Por que não?

— Porque eu poderia provocar muita confusão para muitas pessoas se eu fosse até lá.

Taylor deu a partida na caminhonete, e eu olhei para ele.

Ele olhava direto para a frente, para a escuridão.

— Você sabia que eu era de Eakins quando nos conhecemos?

— Não.

— Tem a ver com o incêndio?

— O que tem a ver com qual incêndio?

Ele virou para mim, furioso.

— Você está tentando me ferrar, Falyn? Quem é você, afinal?

Franzi o nariz.

— Que incêndio? Do que você está falando?

Ele olhou para a frente de novo.

— Você conhece o Trex?

— O cara que foi com você na cafeteria no primeiro dia?

Taylor suspirou e engatou a ré do carro.

— Nós dois temos que trabalhar amanhã. É melhor encerrarmos a noite.

Ele não falou de novo durante o trajeto até o centro da cidade. Quando parou na frente do Bucksaw, nem entrou no estacionamento.

— O-obrigada. — Soltei lentamente o cinto de segurança e coloquei a mão na maçaneta da porta. — Foi um dia agradável.

— Foi, sim — ele respondeu, suspirando. Seu rosto estava repleto de arrependimento.

Procurei minhas chaves e destranquei a porta da frente, iluminada pelos faróis da caminhonete de Taylor. Quando eu estava lá dentro e a porta estava trancada, Taylor foi embora.

Fiquei parada no salão principal mal iluminado, sozinha e confusa. Eakins tinha outros segredos, além do meu.

8

Seis dias.

Nem Taylor nem ninguém da sua equipe, incluindo o agora misterioso Trex, tinham ido ao Bucksaw Café nos últimos seis dias. Eu tinha repassado o que dissera até meus pensamentos ficarem enjoados de si mesmos.

Bati no balcão com o pouco de unha que me restava enquanto mastigava a cutícula da outra mão. A maior parte do tempo, não ter um celular era libertador, mas, agora que eu queria procurar algo no Google, senti uma necessidade impulsiva de sair e comprar um.

— Achei que você ia parar com isso — disse Phaedra, passando com uma bacia cheia de pratos sujos.

Tirei o dedo da boca, a pele ao redor da unha branca e destruída.

— Maldição.

Kirby estava perto do balcão de bebidas, pegando panos limpos para passar nas mesas, apesar de não ter sentado ninguém nos últimos vinte minutos. Só os clientes regulares estavam em seus assentos, ignorando a chuva torrencial que caía lá fora.

— Seu celular está com você? — perguntei a Kirby.

Ela o pegou no avental.

— Ãhã. Por quê?

— Quero procurar uma coisa. Posso usar?

Kirby concordou. A capa pink que protegia o celular pareceu volumosa na minha mão. Os dias em que eu tinha um celular estavam tão distantes que parecia outra vida, mas a tela era a mesma. O ícone do navegador era fácil de achar.

Cliquei nele e comecei a digitar as palavras: "Incêndio em Eakins, Illinois".

A primeira página estava cheia de artigos sobre a faculdade local. Cliquei no primeiro, lendo sobre dezenas de universitários que morreram presos num porão de um dos prédios do campus. Eu me encolhi ao ver as imagens dos rostos cheios de fuligem, parecendo o de Taylor no primeiro dia em que o conheci. O nome Travis Maddox apareceu mais de uma dezena de vezes. Ele estava sendo investigado por estar presente na luta. Eu me perguntava por que, de todos os alunos presentes, Travis e outro cara eram os únicos mencionados como acusados.

— O que foi? — perguntou Kirby, notando meu desconforto.

— Ainda não sei — falei, levantando o olhar para verificar as mesas.

— Falyn! Pedido pronto! — gritou Chuck.

Deixei o telefone de lado e passei rapidamente pelo passa-pratos. Eu encaixava os pratos perfeitamente na bandeja havia anos. Só precisava de alguns segundos entre colocar os pratos prontos na bandeja e seguir para a área de refeições.

— Ta-dá — falei, parando ao lado de Don, meu cliente regular preferido.

Don se empertigou, deixando o chá de lado e me dando espaço suficiente para posicionar sua refeição.

— Me faz um favor e corta esse bife, bonitão.

Ele assentiu, as mãos trêmulas cortando a carne grossa. Ele gemeu um sim e levou o garfo à boca.

Pousei a mão em seu ombro.

— Como está?

Ele gemeu de novo, mastigando.

— Você é a minha preferida, Falyn.

— E você o meu, você sabe. — Pisquei para ele e fui até o balcão de bebidas.

O céu estava preto lá fora, e as calçadas estavam encharcadas com a chuva intermitente que caía desde o meio da manhã. O tempo ruim significava menos traseiros nos assentos e menos gorjetas em nossos bolsos.

Phaedra trouxe uma pilha de cardápios limpos antes de colocá-los numa cesta de vime retangular. Ela cruzou os braços bronzeados, a pele curtida por anos no sol.

— Não vou reclamar da chuva. Nós precisávamos dela.

— É verdade — comentei.

— Talvez ajude o seu garoto com esses incêndios.

— Vamos precisar de muito mais chuva do que essa. E ele não é o meu garoto. Não o vejo há uma semana.

— Ele vai voltar.

Balancei a cabeça, soltando uma risada.

— Acho que não.

— Vocês brigaram?

— Não. Não de verdade. Mais ou menos. Encontramos meus pais sem querer. Falamos de Eakins. Rolou um desentendimento.

Um sorriso sagaz iluminou o rosto de Phaedra.

— Ele descobriu que você o estava usando?

— O quê? Não. Não estou usando ninguém — falei, sendo tomada pela culpa.

— Não está, é?

— Estou... alugando ele. O Taylor não tem que me levar se não quiser. Não estou sendo falsa. Estou sendo bem malvada, na verdade.

Phaedra me observou tentando sair do buraco que as minhas palavras estavam cavando.

— Então, por que ele parou de aparecer aqui?

— Acho que ele pensa que estou envolvida de alguma forma numa investigação relacionada ao irmão caçula dele.

— Caramba! De onde veio isso?

Soprei a franja do rosto.

— É uma longa história.

— Sempre é.

Senti que ela me observava enquanto eu ia até a área de refeições principal.

— Mais refrigerante? — perguntei à mulher na mesa doze.

Ela balançou a cabeça, acenou para eu me afastar, e eu fui até o próximo cliente.

O céu abriu fogo, e pingos enormes começaram a bombardear a rua e a calçada. Eles quicavam com tanta força que se espalhavam depois do impacto, parecendo vapor flutuando sobre o concreto.

— Está ficando feia a coisa lá fora — falei para Don. — Quer que eu ligue para Michelle e peça para ela vir te buscar?

Don balançou a cabeça.

— Não quero que ela saia com os netos nesse tempo. São meus bisnetos, sabia? Eles me chamam de *papa*.

— Eu sei — falei com um sorriso carinhoso. — Eles têm sorte. Eu adoraria que você fosse meu *papa*.

Ele deu uma risadinha.

— Já sou. Por que diabos acha que eu venho te visitar todos os dias?

Toquei delicadamente suas costas.

— Bom, talvez você devesse comer seu cheesecake um pouco mais devagar. Assim pode ser que a chuva diminua.

Eu me inclinei para beijar seu rosto, e sua bochecha afundou sob meus lábios. O cheiro da loção pós-barba e a barba pouco macia eram apenas duas das milhares de coisas que eu amava nele.

Vários homens passaram correndo pela parede de vidro e entraram pela porta, rindo e sem fôlego. Taylor tirou a água dos braços brilhosos com as mãos enquanto sacudia a água do rosto.

Kirby apontou para o bar, sinalizando para Taylor conduzir Zeke e Dalton até os bancos vazios diante do balcão de bebidas. Taylor e eu nos entreolhamos quando ele passou atrás de mim. Peguei alguns pratos sujos e tentei não correr com eles até Hector antes de voltar para ficar ao lado de Phaedra.

— Seu garoto está de folga — disse Phaedra.

Senti o rosto queimar.

— Por favor, para de chamá-lo assim.

— Ele gosta — provocou Dalton.

Taylor inclinou o pescoço para Dalton.

Dalton recuou.

— Só estou falando merda. Que inferno.

Todos os três estavam com as camisetas e as calças jeans ensopadas. A camiseta cinza de Taylor tinha um pequeno buldogue sobre seu coração, com as palavras *Universidade Eastern* ao redor. Ele virou o boné vermelho para trás, e eu sorri, ciente de que ele negaria se eu dissesse que ele estava combinando.

— Eu meio que gosto — disse Taylor, e seu olhar ameaçador desapareceu. Então ele deu uma cotovelada em Dalton, que o empurrou.

Phaedra balançou a cabeça e mostrou os cardápios.

— Vocês vão comer ou o quê?

— Vamos — respondeu Zeke, batendo palmas e esfregando as mãos.

Phaedra colocou um cardápio na frente de cada um e foi para a cozinha.

Taylor olhou para mim por apenas um segundo antes de analisar os pratos.

— Bebidas? — perguntei.

— Cherry Coke — responderam os três em uníssono.

Soltei uma risada enquanto virava para pegar os copos, depois os enchi com gelo.

— Não é engraçado. Cala a porra dessa boca — reclamou Taylor, a voz baixa.

Virei.

— Como é?

A expressão de Taylor se suavizou, e ele pigarreou.

— Desculpa. Não era com você.

Ergui uma sobrancelha.

— Dalton disse que você tem uma bela bunda — comentou Zeke.

— Você discorda? — perguntei, colocando minha mistura especial de cereja nas Cocas deles.

Taylor fez uma careta, como se eu tivesse acabado de fazer a pergunta mais idiota da história.

— Não. Só não quero que fiquem reparando.

Coloquei os copos no balcão e lhes ofereci canudos.

— O que vocês vão comer?

— Paninis de novo — respondeu Taylor, deixando o cardápio de lado.

Olhei para os outros dois em busca de confirmação.

Zeke deu de ombros.

— Decidimos antes de chegar aqui. São bons pra caralho.

— Se são tão bons, por que não vieram aqui durante quase uma semana? — perguntei, me arrependendo no mesmo instante.

— Está contando os dias, é? — provocou Zeke.

— Se vocês gostam dos paninis, deviam provar o cheesecake da Phaedra — falei, ignorando o ataque de Zeke.

Eles se entreolharam.

— Tá bom — respondeu Taylor.

Eu os deixei para levar o pedido à cozinha, depois virei para cuidar das minhas mesas. A doze estava quase sem refrigerante, e eles ainda estavam conversando.

Droga. Eu sabia que ela ia precisar de mais.

Don ainda não tinha terminado, mas estava quieto, com um olhar vazio no rosto. Seus óculos tinham escorregado e mal paravam na ponta do nariz.

— Don? — chamei.

Ele caiu, atingindo o piso de cerâmica com o ombro e a cabeça. Seus óculos voaram alguns metros e caíram.

— Don! — gritei, correndo até ele.

Quando o alcancei, caí de joelhos e aninhei sua cabeça nas mãos. Eu me inclinei e olhei para Phaedra e Chuck, que tinham saído em disparada da cozinha.

— Ele não está respirando. — A realidade do que isso significava fez meu coração afundar. — Ele não está respirando! Alguém ajuda! — gritei.

Taylor, Zeke e Dalton se juntaram a mim no chão. Zeke verificou a pulsação de Don e olhou para Taylor enquanto balançava a cabeça.

— Chama uma ambulância! —Taylor gritou para Phaedra. — Pra trás, meu bem. — Ele se posicionou ao lado de Don e cruzou as mãos, uma sobre a outra, na parte central do peito de Don.

Dalton inclinou a cabeça de Don para cima e apertou seu nariz, respirando na boca de Don uma vez, antes de Taylor dar início às compressões.

Engatinhei alguns centímetros para trás, até Kirby se ajoelhar ao meu lado. Os óculos de Don estavam perto da minha mão, e eu os peguei e os segurei junto ao peito, observando enquanto os três cuidavam dele.

Todo mundo estava quieto, escutando Taylor contar as compressões em voz alta e instruir Dalton a fazer as respirações.

Zeke verificou a pulsação de Don, e, cada vez que ele balançava a cabeça, eu sentia meu corpo afundar mais.

Taylor estava sem fôlego, mas, quando olhou para mim, a expressão em meu rosto renovou sua energia.

— Vamos lá, Don! — disse Taylor. — Respira! — ele gritou para Dalton.

Dalton se inclinou sobre Don, fazendo mais uma tentativa, sem nenhuma esperança no olhar.

— Taylor — disse Zeke, encostando no braço de Taylor.

Taylor se sacudiu para afastar Zeke e continuou pressionando o peito de Don.

— Eu não vou desistir. — Ele olhou para mim. — Eu não vou desistir.

Chuck me levantou do chão e apoiou meu peso enquanto me abraçava de lado.

— Sinto muito, querida.

Poucos minutos depois de escutarmos as sirenes, a ambulância parou bem diante da porta, as luzes projetando raios vermelhos e azuis dentro do Bucksaw.

Taylor, Dalton e Zeke deixaram os paramédicos assumirem. Um deles deu um tapinha nas costas de Taylor. Eles carregaram Don até a maca e o levaram para fora na chuva, depois para dentro da ambulância.

Taylor estava ofegante, exausto depois de usar toda a sua força durante tanto tempo.

— Don vai ficar bem? — perguntou Chuck.

Taylor pressionou os lábios, hesitando para falar a verdade.

— Não sei. Não conseguimos sentir a pulsação. Acho que ele já tinha ido antes de cair no chão.

Cobri a boca e virei para Chuck, deixando seus braços largos me envolverem. Senti que outras pessoas me confortavam. Meus joelhos cederam, e meu corpo todo ficou fraco, mas Chuck segurou meu peso sem esforço.

— Chuck — disse Phaedra, com desespero na voz.

— Vai lá pra cima, docinho — disse Chuck em meu ouvido.

— Eu cuido das suas mesas — comentou Phaedra.

Balancei a cabeça e limpei o nariz com o dorso do pulso, mas não consegui responder.

Taylor jogou as chaves da caminhonete para Dalton.

— Podem ir. O meu é pra viagem, Phaedra.

— Eu levo lá em cima para você quando estiver pronto — ela respondeu.

Taylor me pegou dos braços de Chuck e me acompanhou até os fundos, subindo os degraus. Assim que ele percebeu que nenhum de nós tinha a chave, Phaedra apareceu com um prato numa das mãos, e um copo de viagem e as minhas chaves na outra.

— Você é incrível — disse Taylor enquanto Phaedra destrancava a porta.

Ela a empurrou e a abriu, e Taylor me conduziu para dentro, sentando comigo no sofá. Phaedra colocou o prato e o copo dele na mesa de centro e deixou as minhas chaves.

— Quer uma coberta, meu bem? — perguntou, inclinando-se e encostando em meu joelho.

As sirenes gritaram quando a ambulância saiu em disparada para o hospital mais próximo, levando meu amigo.

— Eu devia ter ido junto — falei, levantando o olhar, horrorizada. — Alguém devia ter ido com ele. Ele está sozinho. Não conhece aqueles paramédicos. Alguém conhecido devia ter ido junto.

Phaedra estendeu a mão para mim

— O Chuck está ligando para a Michelle. Ela vai encontrar com eles no hospital. Deixe-me pegar uma coberta para você.

Balancei a cabeça, mas ela foi até o armário mesmo assim. Pegou uma coberta azul-bebê surrada, com borda de cetim igualmente gasta. Ela a sacudiu até desdobrá-la, depois me cobriu até o pescoço.

— Vou trazer um pouco de chá para você. Precisa de alguma coisa, Taylor?

Taylor balançou a cabeça e me abraçou.

— Eu cuido dela.

Phaedra deu um tapinha no ombro dele.

— Eu sei.

Ela nos deixou sozinhos, no apartamento silencioso flutuando sobre a morte no andar de baixo. Minha cabeça e meu peito pareciam pesados, minha boca estava seca.

— Você sabia que ele não ia voltar — falei —, mas continuou. Apesar de ele não ter conseguido... Você é bom no que faz.

Ele olhou para mim, os olhos cheios de emoção.

— Não foi pelo meu emprego, Falyn.

— Obrigada — sussurrei, tentando encontrar algum lugar para olhar que não fossem seus olhos.

— Ele vinha muito aqui, né? — perguntou Taylor.

— Vinha — respondi, com a voz parecendo distante.

A sensação dentro de mim era estranha. Eu estava tão acostumada a me sentir entorpecida que sentir qualquer coisa era desconfortável. Aninhada nos braços de Taylor, sentir tantas emoções assim era quase insuportável.

— Preciso... — comecei, me livrando de seu abraço.

— Respirar? — perguntou Taylor, tocando meu pulso e se aproximando para olhar nos meus olhos. Depois, quando se convenceu de que eu não estava em choque, relaxou no sofá. — Estou muito à vontade. Sem expectativas.

Fiz que sim com a cabeça, e ele colocou o braço ao meu redor, me puxando delicadamente para o seu lado. Eu me encaixei perfeitamente nele, seu peito quente no meu rosto. Ele apoiou o maxilar no meu cabelo, contente.

Confortáveis no silêncio, confortáveis um com o outro, nós simplesmente respirávamos, existindo de um momento até o próximo. A chuva batia na janela, formando oceanos nas ruas e molhando as ilhas de carros que passavam.

Taylor pressionou os lábios na minha têmpora. Meu peito oscilou, e eu afundei o peito em sua camiseta úmida. Ele me abraçou mais e me deixou chorar.

Seus braços eram seguros e fortes, e, apesar de não haver nenhum espaço entre nós, eu precisava que ele se aproximasse ainda mais. Agarrei sua camiseta e o puxei com força contra mim. Ele obedeceu sem hesitar. Chorei baixinho até ficar exausta, depois respirei fundo. Esperei me sentir encabulada, mas isso não aconteceu.

Uma leve batida à porta anunciou Phaedra e a xícara de chá que ela trouxera para mim. Também estava com o cheesecake de Taylor nas mãos.

— Os garotos levaram os pedidos deles. Disseram para você ligar quando estiver pronto.

Taylor assentiu, sem deixar de me abraçar.

Phaedra colocou os pratos sobre a mesa.

— Falyn, tome seu chá. Vai ajudar. — Ela fez um sinal de positivo com a cabeça e cruzou os braços. — Sempre me ajuda.

Eu me inclinei para frente e depois voltei para a segurança dos braços de Taylor, tomando um gole.

— Obrigada. Vou descer daqui a pouquinho.

— Nem pense. Estamos com pouco movimento. Estou cuidando de tudo. Tire o resto do dia de folga. Te vejo no jantar.

— A gente vai estar lá embaixo — disse Taylor.

Phaedra lhe deu um leve sorriso de agradecimento, as rugas ao redor da boca se aprofundando.

— Está bem, então.

Ela fechou a porta e, mais uma vez, Taylor e eu ficamos sozinhos, enrolados nos braços um do outro sob a coberta azul.

— Eu não estava preparado para essa sensação tão boa — disse Taylor. — Todos os músculos do meu corpo estão relaxados.

— Como se você nunca tivesse ficado sentado abraçando uma garota.

Ele ficou calado, então levantei o olhar para ele.

— Você é muito mentiroso — falei.

— Eu não... — Ele deixou as palavras enfraquecerem e deu de ombros. — Não sou dessas coisas. Mas isso é meio impressionante.

— Qual é a sua coisa? — perguntei.

Ele deu de ombros de novo.

— Ficadas de uma noite só, mulheres superbravas e combater incêndios.

— Se você não estivesse sentado aqui agora, abraçado comigo, eu diria que isso te torna um pouco babaca.

111

Ele pensou no que eu disse.

— Estou tranquilo com isso.

— Por que eu não me surpreendo?

Ele deu uma risadinha.

— Isso me surpreende. Você me surpreende.

Sorri, sentindo outra lágrima escorrendo sobre os meus lábios. Estendi a mão e a sequei.

— Aqui — disse ele, oferecendo a camiseta.

Ele levou o tecido aos meus lábios, enquanto eu olhava para ele.

— Por que você sumiu? — perguntei.

— Por isso. Você me faz sentir esquisito.

— *Esquisito?* — perguntei.

— Não sei como explicar de outro jeito. Se fosse qualquer outra garota, eu abateria sem pensar duas vezes. Você não. É como aquela sensação quando a gente é criança, pouco antes de fazer alguma coisa que você sabia que ia levar um esporro.

— É difícil para mim acreditar que você se sente tão intimidado.

— Para mim também. — Ele fez uma pausa. — Falyn? — Ele respirou fundo, como se pronunciar meu nome fosse algo doloroso. Em seguida esfregou os olhos. — Merda, eu achava que queria saber, mas agora acho que não quero.

— Pergunta — falei, me preparando para dizer a verdade.

— Só me diz uma coisa. — Ele fez uma pausa, sem saber se queria a resposta. — Sua ligação com Eakins tem a ver com o meu irmão?

Suspirei aliviada.

— Não. Procurei hoje sobre o incêndio.

— Então você sabe do Travis.

— Não. Não tive tempo para dar uma boa olhada, e você não precisa me contar.

Taylor apoiou o queixo em meu cabelo, os músculos relaxando de novo.

Fiquei feliz por ele não poder ver a expressão no meu rosto. Só porque eu não estava envolvida no incêndio, não significava que eu não tinha segundas intenções.

— Taylor? — falei, com a mesma hesitação que ele tinha na voz.

— Pergunta — disse ele, repetindo minha resposta anterior.

— Quero ir a Eakins por um motivo. Eu tinha esperanças de que você me levasse. Tenho economizado. Tenho o suficiente para a passagem de avião. Só preciso de um lugar para ficar.

Ele inspirou fundo e expirou lentamente.

— Achei que era isso que você queria.

Fiz uma careta.

— Não é o que você pensa. Concordo que é uma coincidência. Mas não estou tentando descobrir nada sobre o seu irmão.

— Então me conta.

Mordi o lábio inferior.

— E se eu te provar... que não é nada relacionado ao seu irmão? Você vai pensar no assunto?

Taylor deu de ombros, confuso.

— Acho que sim.

Eu me levantei e fui até o meu quarto. Peguei a caixa de sapato no meu armário e voltei para o sofá, tirando um envelope e jogando para ele.

— O endereço na sua carteira de motorista é nessa rua.

Ele olhou para o endereço do remetente, franzindo a testa.

— É ao lado da casa do meu pai. Como é que você conhece os Ollivier?

Soltei uma risada, meus olhos se enchendo de lágrimas.

— Na casa ao lado?

— É — respondeu Taylor, me devolvendo o envelope.

Peguei uma fotografia e mostrei a ele. Taylor a analisou — uma foto dez por quinze de uma garotinha sentada na calçada, encostada no irmão, Austin. Seu cabelo loiro-platinado até a cintura estava preso, e os enormes olhos verdes miravam a câmera com um sorriso tímido. Austin a abraçava, orgulhoso e protetor, como um irmão mais velho deve ser.

Taylor a devolveu para mim.

— São os filhos do Shane e da Liza. Como você os conhece?

Balancei a cabeça e sequei uma lágrima fugitiva descendo pelo meu rosto.

— Não importa. O importante é que você acredite que o meu motivo para querer ir a Eakins não tem nada a ver com o seu irmão.

— Falyn, não é que eu não acredite em você — disse ele, esfregando a nuca de novo. — É só que... o Shane e a Liza são vizinhos e amigos da minha família. Eles passaram por muita coisa.

— Entendo — sussurrei, tentando controlar a frustração que crescia dentro de mim. — Tudo bem. Eu entendo.

O rosto de Taylor parecia pesado de culpa. Ele começou a estender a mão para mim, mas não fez isso.

— Só... me dá um segundo. Achei que você estava disfarçando ou sei lá o quê, para conseguir informações sobre o meu irmão. É muita coisa para absorver. — Ele hesitou. — O que planeja fazer?

— Eu... — respirei fundo. — Não tenho certeza. Não quero provocar mais dor na família deles. Só sei que quero começar de novo e não posso fazer isso se a minha história com essa família não terminar.

Taylor empalideceu e desviou o olhar.

— Não precisa dizer mais nada. Tudo está começando a fazer sentido, agora... por que você não dirige, por que começou tudo de novo aqui, longe da sua família.

— O que quer que você está pensando que sabe, está errado — falei, balançando a cabeça. Guardei o envelope e a foto na caixa de sapato e fechei a tampa.

Taylor me observou e depois tocou meu rosto. Eu me desvencilhei de seu toque.

— Desculpa — ele disse, recuando a mão. Seus olhos revelaram a frustração: não comigo, mas consigo mesmo.

— Você me faria um favor enorme, e estou disposta a fazer quase tudo para chegar a Eakins.

Ele suspirou, sem conseguir disfarçar a decepção.

— Você tem prioridades. Eu entendo. Só Deus sabe que já deixei muitas garotas para trás por causa do que eu queria.

— E o que era?

Sua boca se retraiu para um lado.

— Ser o herói.

— Escuta, eu não tenho sido honesta com você. Queria ter sido, agora que te conheço.

— Agora que me conhece? — ele repetiu.

— Sei que é da sua natureza, mas não preciso que você me salve. Só preciso de uma pequena ajuda para salvar a mim mesma.

Ele soltou uma risada e desviou o olhar.

— Não precisamos todos? — perguntou, engolindo em seco e fazendo que sim com a cabeça. — Tudo bem, então.

Eu me endireitei.

— Tudo bem o quê?

— Depois do meu trabalho aqui, vou te levar comigo.

— Sério? — funguei.

A pele ao redor de seus olhos se retraiu enquanto ele pensava no que ia dizer.

— Se você prometer ser cuidadosa. Não quero que se machuque e também não quero que eles se machuquem. Não podemos aparecer e interromper a vida deles.

— Não é isso que eu quero.

Ele me encarou e abaixou a cabeça, satisfeito por eu dizer a verdade.

— Taylor — senti meus olhos se enchendo de lágrimas de novo —, você está me sacaneando? Você vai mesmo me deixar ir com você?

Ele analisou o meu rosto.

— Tenho mais uma condição.

Meu rosto desabou. Claro que havia uma pegadinha. Essa era a parte em que ele ia pedir sexo. Ele já tinha dito que não queria um relacionamento, e essa era a única coisa que eu tinha a oferecer.

— O quê? — falei, num sussurro.

— Quero subir a trilha Barr no Pico Pikes. Nenhum dos caras quer ir comigo.

Suspirei aliviada.

— Pico Pikes? Essa é a sua condição?

Ele deu de ombros.

— Eu sei que você já subiu lá. Algumas vezes.

— Acho que sou uma das poucas pessoas daqui que já fizeram isso.

— Exatamente. Vai subir comigo?

— Sério? — Franzi o nariz, sem acreditar.

Ele olhou ao redor, confuso.

— Isso é idiotice?

Balancei a cabeça.

— Não. — Joguei os braços ao redor de Taylor e o apertei, pressionando o rosto no dele. Sua pele era macia, exceto pelas partes com barba por fazer. — É perfeitamente razoável.

Seus braços me envolveram, os músculos tensos.

— Na verdade, não. Você não sabe como os meus irmãos vão me infernizar por levar uma garota para casa. Especialmente uma garota que eu não estou fodendo.

Recuei, olhando para ele.

— Sou a primeira garota que você vai levar para casa?

— É — ele respondeu, franzindo a testa.

— Nós simplesmente dizemos para eles que somos amigos. Nada de mais. — Deitei de novo nele, me aninhando ao seu lado.

Ele puxou a coberta para cima e em volta de mim.

— É — completou, suspirando —, vou acabar dando um soco num dos meus irmãos por causa disso.

— O quê? Essa seria a primeira vez? — provoquei.

Ele me cutucou nas costelas, e eu soltei um gritinho. O som o fez gargalhar.

Ele ficou quieto.

— Sinto muito... pelo que aconteceu com você. E sinto muito pelo Don. Eu tentei. Eu vi a expressão em seu rosto. Eu não queria que você o perdesse.

— Ele era um bom *papa* — falei, apoiando a cabeça em seu ombro.

9

— Não. Não tem mais lugar no trenzinho Cog — falei, olhando para Taylor.

Ele estava arqueado, segurando os joelhos.

— Olha — falei.

Os picos e vales abaixo de nós se espalhavam por quilômetros sob um lençol verde que, mais ao longe, ficava azul. Estávamos acima das nuvens. Estávamos acima de tudo.

Taylor tomou um longo gole do cantil, que mantinha pendurado na alça verde larga sobre o ombro e atravessada ao peito, depois o deixou cair no quadril. Então vestiu o suéter preto de microfibra, que mantivera amarrado na cintura durante a maior parte da escalada e recolocou os óculos escuros.

— É lindo, mas o Ponto do Relâmpago também era. — E virou para a construção atrás de nós. — Tem uma porra de loja de lembranças aqui em cima? Sério? — Sua respiração ainda estava difícil, então ele bebeu mais um gole de água. — Uma loja de lembranças e nenhum jeito de descer.

— E um restaurante. Achei que vocês, bombeiros, estivessem sempre em forma.

— Eu estou em forma — disse ele, erguendo-se um pouquinho. — Quase vinte quilômetros de escalada íngreme em terreno rochoso e com ar rarefeito não faz parte dos meus exercícios diários.

— Talvez você devesse parar de fumar — falei, arqueando uma sobrancelha.

— Talvez você devesse começar.

— Faz mal.

— Aquela barrinha energética cheia de xarope de milho carregado na frutose e gordura saturada que você comeu uma hora atrás também faz.

Apontei para um senhor de cabelos grisalhos posando com a esposa na placa do Ponto Máximo.

— Ele não está reclamando.

O rosto de Taylor se contorceu em repulsa.

— Provavelmente ele subiu até aqui de carro. — Ele colocou as mãos nos quadris e deu uma olhada na paisagem. — Uau!

— Exatamente — falei.

As duas vezes em que subi a trilha Barr eu estava acompanhada dos meus pais, e éramos alguns dos poucos moradores da cidade que haviam subido o pico uma vez, quanto mais duas. Meus pais sempre gostaram de aproveitar as oportunidades, e não subir uma trilha famosa que ficava praticamente no quintal de casa quando centenas de milhares de pessoas viajavam para fazer isso certamente seria desperdiçar uma bela oportunidade.

Isso aconteceu quando eu era a Falyn deles — a garota que eles acharam que tinha morrido na noite em que me encontraram no banheiro, agachada e toda suada, rezando por uma ajuda que eu não podia pedir. Mas a Falyn que eles conheciam não tinha morrido. Ela nunca existiu, e provavelmente era isso que eles tinham tanta dificuldade em aceitar — que eles nunca tinham me conhecido e que agora nunca conheceriam.

Taylor e eu caminhamos pela montanha. As pessoas estavam conversando, mas o local estava silencioso. Havia muito espaço para ser preenchido com vozes. Taylor tirou fotos nossas com o celular, depois pediu àquele casal mais velho de quem faláramos mais cedo para tirar uma foto nossa ao lado da placa, fincada no alto da montanha.

— Você precisa comprar um celular — disse Taylor. — Por que não um daqueles pré-pagos?

— Eu guardo todo o dinheiro que não uso para pagar contas.

— Mas pensa em todas as fotos que está perdendo. — E levantou o celular. — Vou guardar essas aqui como reféns.

Dei de ombros.

— As pessoas esqueceram como usar a memória. Elas olham a vida através da lente de uma câmera ou da tela de um celular, em vez de se lembrarem das aparências, dos cheiros — respirei fundo pelo nariz —, dos sons — minha voz ecoou pelos picos menores lá embaixo —, das sensações. — Estendi a mão para tocar o antebraço dele.

Algo familiar brilhou em seus olhos, e eu me afastei, enfiando as mãos no bolso da frente do casaco.

— Esse é o tipo de coisa que eu quero guardar, não uma fotografia.

— Quando tivermos a idade deles — disse Taylor, apontando para o casal mais velho —, você vai ficar feliz por termos a fotografia.

Tentei não sorrir. Provavelmente ele não quis dizer o que pensei.

Taylor chutou o meu pé.

— Foi um dia ótimo. Obrigado por me arrastar até aqui em cima.

— Eu sabia que você aguentava.

— Só estou feliz porque vim com você.

Nossos olhos se prenderam por tempo demais. Eu sabia que devia desviar o olhar, que era estranho estarmos nos encarando, mas eu não conseguia sentir vontade de olhar para mais nada.

Ele deu um passo.

— Falyn?

— Sim?

— Hoje não foi só ótimo. Acho que foi o meu melhor dia até agora.

— Tipo... desde sempre?

Ele pensou por um instante.

— E se eu disser que sim?

Pisquei, segurando a alça da minha mochila.

— É melhor a gente descer.

A decepção tomou o rosto de Taylor.

— É isso? Eu te digo que você é o meu melhor dia, e você só consegue me dizer *vamos embora?*

Fiquei inquieta.

— Bom... eu não trouxe uma barraca. Você trouxe?

Ele me encarou, sem acreditar, e ergueu as mãos, irritado.

— Talvez a gente possa pegar uma carona com os funcionários da Casa do Pico.

Balancei a cabeça.

— Não, mas podemos pedir carona ali — falei, apontando para a estrada.

— Pedir carona na estrada?

— Não se preocupe. Eu te protejo.

Taylor deu uma risadinha enquanto me seguia até a estrada. Caminhamos uns bons cinquenta metros com os polegares levantados até uma minivan vermelha parar. A motorista deu as caras, e pareceu tão surpresa quanto eu.

— Corinne! — falei, reconhecendo a mãe de Kirby. — O que está fazendo aqui em cima?

— Pegando o Kostas — ela respondeu.

O irmão adolescente de Kirby se inclinou para frente, os olhos me analisando e depois disparando para Taylor. A pele sob a bandana da bandeira americana, que cobria a maior parte da testa, estava manchada de sujeira.

— Oi, Kostas — falei.

— Ei, Falyn. — Seus olhos voltaram para a tela do Nintendo 3DS em suas mãos, e ele se apoiou no banco reclinado, os pés sujos no painel do carro.

— Só precisamos de carona até o início da trilha. A caminhonete dele está estacionada lá.

— Entra — disse Corinne, acenando para entrarmos. — Vai chover a qualquer minuto!

Taylor me seguiu para a parte traseira da van.

No instante em que os pneus começaram a rodar, Corinne se encheu de perguntas.

— A Kirby me falou que você tinha um amigo novo. — Ela olhou para Taylor pelo retrovisor, como se um animal selvagem estivesse em seu banco traseiro. — Ela estava brincando quando disse que ele era da elite dos bombeiro, né?

— Não — respondi, pigarreando.

120

Os cantos da boca de Taylor se curvaram, mas ele conseguiu evitar um sorriso completo.

Corinne mirou Taylor de novo, depois olhou para frente, com as duas mãos no volante.

— *Apapa*, Falyn — ela me repreendeu, com o sotaque grego perfeito. — O que sua mãe diria? — Agora suas palavras não tinham sotaque nenhum.

— Um monte de coisas, provavelmente.

Corinne suspirou e balançou a cabeça, em desaprovação.

— De onde ele é?

— Illinois — Taylor respondeu.

Corinne não gostou de ele ter falado diretamente com ela, por isso parou com as perguntas. Diminuiu a velocidade no estacionamento, e nós a guiamos até a caminhonete de Taylor. Então ela se virou para trás para nos ver saindo da van e encarou Taylor, furiosa, como se tentasse jogar uma praga grega sobre ele com os olhos.

— Obrigada, Corinne — falei. — Tchau, Kostas.

— Até mais — ele respondeu, ainda concentrado no jogo.

Corinne se afastou, fazendo cara feia para Taylor, até decidir que era hora de prestar atenção na estrada.

Taylor apertou o botão para destrancar a porta, e eu a abri e entrei, esperando que ele deslizasse para o meu lado.

— Quem é ela? — perguntou Taylor, tirando o suéter. Sua camiseta se ergueu de leve quando ele fez isso, revelando dois de seus músculos abdominais inferiores.

Tem que ter mais quatro para combinar com esses e com aquele v maravilhoso que desce até...

Para.

— Corinne — respondi, piscando. — Mãe da Kirby.

— Que língua era aquela?

— Ela é grega. O pai da Kirby era canadense, eu acho. A Corinne queria chamá-la de Circe, em homenagem a uma bruxa grega. O pai proibiu, felizmente. A Kirby agradeceu.

— Muito bem, Canadá. Onde ele está agora?

Dei de ombros.

— Tudo o que a Kirby sabe é que ele era da elite dos bombeiros. — Deixei Taylor com esse pensamento, sem dizer mais nada.

Dirigimos pela maior parte dos dois quilômetros e meio de Pikes até Springs em silêncio. Taylor entrou na Tejon Street antes de estacionar seu mamute preto bem em frente à entrada do Bucksaw.

Então saltou, esperando que eu fizesse o mesmo. Assim que meus pés encostaram no asfalto, o céu desabou, e a chuva começou a cair torrencialmente. Corremos para dentro, rindo de exaustão, surpresa e da vergonha que Corinne havia provocado.

Nossa risada morreu, e um silêncio constrangedor se tornou a terceira presença indesejada no ambiente.

— Não estou mentindo para você — disse Taylor. — Essa é a sua proposta?

— Não tenho uma proposta. Do que você está falando?

— *Obrigada, Taylor. Você também foi o meu melhor dia, Taylor. Estou desesperadamente apaixonada pelos seus músculos abdominais maravilhosamente esculpidos, Taylor* — disse ele, erguendo a camisa para revelar a melhor coisa que eu já tinha visto nos últimos tempos.

Pressionei os lábios, reprimindo um sorriso.

— Você ainda está pensando nisso? Vai chorar? Precisa de um abraço? — Pisquei e fiz biquinho com o lábio inferior. Ele não esboçou nenhuma reação, então cedi com um suspiro. — Foi um dia ótimo. Eu curti cada segundo, de verdade.

— Uau. Não se prejudique, Ivy League.

Revirei os olhos e segui em direção à escada.

— Ei, ainda não terminamos — disse Taylor.

— Então sobe — falei.

Ele me seguiu, e, quando fechou a porta depois de entrar no loft, eu fechei a porta do banheiro.

— Vou tirar a montanha de mim no banho — gritei.

— Sou o próximo.

Antes de meu cabelo estar totalmente molhado, Taylor bateu à minha porta.

— Falyn?

— Eu?

— Meu irmão acabou de me mandar uma mensagem. Ele está na cidade.

— Qual deles? — perguntei, enfiando a cabeça debaixo d'água.

— Faz diferença? — ele perguntou.

— Acho que não.

— Tyler, o terceiro mais velho.

Eu quase conseguia ouvi-lo sorrindo.

— Ele está no hotel.

— Você não sabia que ele vinha?

— Não. A gente se visita sem avisar. É comum. Quer ir comigo?

— Até o hotel?

— Ao Cowboys.

— Na verdade, não.

— Ah, vamos lá. Você se divertiu na última vez, não foi?

— Acho que vou ficar aqui.

A porta gemeu ao abrir, e eu imediatamente agarrei a cortina do boxe, espiando de trás dela.

Taylor cruzou os braços, os bíceps tatuados parecendo ainda maiores em cima dos punhos.

— Posso entrar? Detesto falar com você através da porta.

— Tanto faz.

Ele baixou os ombros enquanto deixava os braços caírem na lateral.

— Quero que você vá. Quero que conheça o meu irmão.

— Por quê?

Ele franziu a testa.

— Qual é o problema? Você vai conhecê-lo em algum momento.

— Exatamente.

— Ele mora comigo em Estes Park.

— E daí?

— E daí... nada — rosnou ele, irritado. — Deixa pra lá. — Ele abriu a porta, mas não saiu. Em seguida a bateu com força e virou, com a cara fechada. — Para com isso.

123

— Para com o quê? Só estou tentando tomar banho!

— Para de ser tão... impenetrável.

— Impenetrável? Essa é uma palavra séria para você.

— Vai se foder. — Ele abriu a porta e a bateu com força depois de sair.

Menos de dois segundos depois, ele a abriu de novo.

— Desculpa. Eu não queria dizer isso.

— Sai do meu banheiro.

— Tá bom — ele retrucou. Taylor estava comicamente arrasado, olhando para mim e, ao mesmo tempo, tentando pegar a maçaneta, errando algumas vezes.

— Sai — soltei.

— Estou... indo. — Ele finalmente abriu a porta e a fechou depois de sair.

Ouvi a porta da frente bater com força.

Levei os dedos até a boca, reprimindo a risadinha que estava desesperadamente tentando borbulhar até a superfície. Eu não ria assim havia muito, muito tempo.

10

O secador de cabelo fazia um barulho agudo e alto o suficiente para abafar os sons de Kirby, que havia entrado sem bater. Quando a vi parada na porta do banheiro, soltei um gritinho.

Ela levantou a perna e se encolheu, com o cabelo e as mãos cobrindo o rosto. Depois que se recuperou, ela se endireitou, os punhos cerrados nas laterais.

— Por que você está gritando comigo?

Desliguei o secador.

— Por que você está se esgueirando no meu banheiro?

Ela revirou os olhos, ajeitando o cabelo.

— Eu bati.

— O que está fazendo aqui? — perguntei, irritada.

Ela apontou para o próprio avental.

— Acabei de sair do trabalho. Vim dar uma olhada em você.

— A Phaedra deu uma olhada em mim há meia hora. Estou bem — falei, me virando para escovar os nós no cabelo. Pelo espelho, eu a vi cruzar os braços e fazer biquinho.

— O Gunnar está atrasado de novo. Você não acha que ele está me traindo, acha?

Virei para ela, com a escova ainda na mão.

— Não. De jeito nenhum. Ele te adora.

Ela se apoiou no batente da porta.

— Eu sei, mas todo mundo tem seus momentos. E ele é homem. — Ela arregalou os olhos com a última palavra.

— Isso não é desculpa. Mas o Gunnar não precisa de uma desculpa. Ele não está te traindo.

Ela me olhou com a sobrancelha erguida, aceitando o que já sabia.

— Então por que ele não me liga? Por que ele não atende o telefone?

— Porque está dirigindo.

— Ele não pode nem mandar uma mensagem?

— Não! Você quer que ele volte para casa vivo? Você está sendo ridícula — falei, virando para o espelho. — Quando é que ele vai pegar a caminhonete dele de volta?

— Amanhã.

— Já era hora.

Kirby observou minha pequena bolsa de maquiagem.

— Você vai sair?

— Não sei. O irmão do Taylor está na cidade, e ele quer que eu vá ao Cowboys para encontrar com os dois.

Seus olhos se iluminaram.

— Isso é um bom sinal! Acho que hoje foi legal, então...

— Posso dizer que sim. Vimos sua mãe lá em cima. Ela foi pegar o Kostas.

Kirby fez uma careta.

— Ele é obcecado por aquela trilha. Ele acha que vai para Macho Pikachu ou alguma coisa assim no Peru.

— Machu Picchu? — perguntei.

Ela fez que sim com a cabeça.

— Talvez ele vá — comentei.

— Ele precisa escalar algo maior do que o Pico Pikes.

— Machu Picchu tem quase a metade do tamanho do Pico Pikes, Kirby.

— Para de agir como a Phaedra! Minha mãe deu carona para vocês até a cidade?

— Só até o início da trilha. A caminhonete do Taylor estava lá. Ela não gostou dele.

— Ele é da elite dos bombeiros. Claro que ela não gostou.

— Ela falou em grego comigo.

— Ah. Ela não deve ter gostado dele mesmo.
— Por que *você* gosta dele? — perguntei.
Kirby deu de ombros.
— Só porque ele é da elite dos bombeiros, isso não significa que é igual ao meu pai. Além do mais, é difícil não gostar de alguém porque ele escolheu um emprego para salvar as coisas.
— Coisas — comentei, me divertindo.
— Árvores. Casas. Pessoas.
— Devo me preocupar que é isso que está acontecendo aqui?
Kirby franziu o nariz.
— Ele tem, tipo, mais de vinte anos. Você acha que ele nunca encontrou uma mocinha em perigo? Não é isso. Ele simplesmente gosta de você.

Abri a bolsa de maquiagem, mas fiquei só olhando para o conteúdo.

Confundir os limites com Taylor era perigoso. Ele tinha concordado em me levar até Illinois. Mas quando? Tantas coisas podiam dar errado entre sua promessa e Eakins... Ele não queria a minha verdade agora, mas e se ele a exigisse depois? E se houvesse mais condições?

E se eu quiser mais condições?

Kirby sorriu.

— Você está se perguntando se vale a pena usar maquiagem por causa dele?

Estreitei os olhos.

— Para de me confundir. Não entendo por que ele quer que eu conheça o irmão dele. O que ele quer com isso? Que diferença teria se eu o conhecesse?

— Você mesma precisa parar de se confundir.

Pensei nisso por um instante. Taylor estava se comportando ao contrário do que eu esperava de um bombeiro de elite, especialmente com sua aparência. Ele era todo agressivo e confiante até que algo inesperado aconteceu, e aí ele se tornou o Jim Carrey.

Tive que cobrir a boca para me impedir de rir.

— O que é tão engraçado?

Balancei a cabeça.

— Taylor, mais cedo. Não é nada.

Qualquer coisa diferente de um risinho parecia estranho na minha voz, e Taylor tinha sido o motivo de dois surtos emocionais. Ele me abraçou, garantiu que eu ficasse bem, fez planos e me pediu para conhecer seu irmão.

Pela primeira vez em anos, um cara que dava a entender que estava interessado em mim não me pareceu uma violação.

Passei base no rosto e depois rímel nos cílios.

Após um blush rápido e um gloss labial, desfilei desanimada para Kirby.

— Está bom?

Fiz um esforço para ajeitar o cabelo e a maquiagem com os poucos acessórios que tinha à disposição, mas ainda assim eu parecia igual.

— Você está linda, e ele é lindo. Vocês teriam bebês maravilhosos.

Meu rosto desabou, e eu resmunguei para o meu reflexo no espelho. Eu era errada. Supor que eu bagunçaria isso também não era razoável. Taylor tinha alguma coisa, mais do que só charme. Ele não era o babaca que tentava ser — pelo menos, não comigo.

Mas será que ele vale o risco?

— Vai lá, Falyn. Pare de pensar demais. Vocês passaram o dia todo juntos, e você ainda quer vê-lo. Isso significa alguma coisa, ainda mais para você.

Pensei na decepção no rosto dele e sorri para Kirby.

— Você me deu um bom argumento. Espera pelo Gunnar aqui.

— Tem certeza?

Peguei as chaves e desci trotando a escada, deixando Kirby sozinha no loft.

A música abafada do Cowboys podia ser ouvida antes mesmo de eu sair do Bucksaw. Meu coração bateu mais rápido, sabendo que Taylor estava a menos de um quarteirão de distância.

Empurrei a porta de vidro e inspirei o ar noturno. As pessoas passavam em grupos e se encaminhavam para a fila ridiculamente comprida na calçada. Eu me perguntei se conseguiria furar a fila sem ter Taylor ao meu lado.

Respirei fundo, com os nervos agitados no estômago. Alguma coisa maior do que apenas uma noite no Cowboys estava prestes a acontecer.

11

A *Tejon Street* estava mais movimentada que o normal, exibindo carros e pessoas. Jeeps conversíveis transportando famílias e jovens passeavam devagar pelas ruas, permitindo que os pedestres atravessassem fora da faixa para chegar a um destino ou outro.

Taylor estava sozinho na frente do clube, olhando ao redor com as mãos enfiadas nos bolsos.

— Oi — falei.

Seus olhos se iluminaram.

— Oi.

— Vai entrar ou está esperando alguém? — perguntei.

Ele balançou a cabeça uma vez, e seus olhos me observaram atentamente.

— Só você.

Arqueei uma sobrancelha e fiz um sinal com a cabeça para o segurança.

— Oi, Darren.

— Falyn — ele respondeu.

Taylor e eu passamos direto, sem nem precisar pagar. Eu me perguntei o que Taylor fizera ou quem ele conhecia para conseguir furar a fila. Ele me seguiu até a mesma mesa que havíamos ocupado na outra noite.

Ele me olhava de um jeito diferente, como se estivéssemos nos encontrando pela primeira vez.

— Para de parecer tão surpreso — falei.

— Não estou nem um pouco surpreso. — Ele olhou ao redor do salão, e depois seus olhos se voltaram para mim. — Só estou tentando te entender. Quer uma bebida?

Balancei a cabeça.

Ele simplesmente anuiu e ficou no mesmo lugar.

— Você não vai pegar para você? — perguntei.

— Não.

O ar entre nós parecia estranho. Ele estava a um milhão de quilômetros de distância, mas extremamente próximo de mim ao mesmo tempo. Alguma coisa estava errada.

— Quer saber? Foi uma péssima ideia. Vou embora — falei, me levantando.

— O que foi uma péssima ideia? — ele perguntou.

— Vir aqui.

— Por quê? Você já está entediada?

— Não. Não sei. Acho que só estou cansada. Foi um dia longo. — Sentei de novo, me sentindo esgotada.

— Foi, sim. — Ele olhou para a pista de dança e depois para mim. — Acho que você está cansada demais para dançar, né?

Dançar com Taylor foi divertido. Estar nos seus braços de novo era tentador. Mas eu estava desacostumada a subir a trilha Barr. Minhas pernas doíam dos quadris às unhas dos pés. Foi suficiente atravessar a rua e caminhar meio quarteirão até o Cowboys.

— Estou supercansada. Você não está?

Ele pensou na pergunta.

— Acho que sim.

O cara que quase não aguentou subir até o topo do Pico Pikes hoje à tarde acha que estava cansado? Por que ele está agindo de um jeito tão esquisito?

— Vi muitas mulheres bonitas nesta cidade — ele falou.

— Parabéns — comentei sem emoção.

— Mas você é linda pra caralho. Alguém já te disse isso?

— Só você — respondi, encarando-o como se ele estivesse maluco.

— Esqueci de mencionar que sou uma pária por aqui. — A ironia me divertiu. Quando nos conhecemos, procurei ficar longe dele e dos seus colegas, mas, na verdade, as chances de ele ficar com má reputação se saísse comigo eram até maiores.

— Como assim?

— Nada. Ao contrário da crença popular, os homens não se juntam ao redor da piranha da cidade.

Seu rosto se contorceu de raiva.

— Quem te chamou de piranha?

— Na minha cara? Só os meus pais.

Ele pareceu surpreso com a resposta.

— Isso é loucura.

— Concordo.

Minha reação o divertiu.

— Qualquer cara dessa cidade que não esteja na sua cola é um idiota.

— Por quê? — perguntei. Eu não sabia muito bem qual era a dele, mas ele estava me irritando com aquela conversa bizarra. — Não tem nada em mim que poderia justificar o que você falou.

— Bom, para começar... olha só para você.

— Você acabou de dizer que existem muitas mulheres atraentes aqui, então estou pegando a bandeira da mentira, uma bem grande e amarela.

— Isso, olha só. A maioria das mulheres não pega a bandeira da mentira. A maioria está disposta a perdoar noventa e oito por cento da mentira só para ver se um cara que está prestando atenção nela pode se transformar em algo mais.

— Eu adoraria saber onde você arrumou essa estatística. Em alguma revista masculina?

— Experiência pessoal. Você, no entanto, não deixa essa merda passar. Eu soube disso no instante em que abriu a boca. Você é mais do que atraente. Você não está procurando alguém e não precisa de ninguém. Isso é muito atraente.

— Você é ridículo.

Ele se aproximou, encarando os meus lábios.

— Ridícula é a vontade que estou sentindo de beijar essa sua boca espertinha.

— O quê? — perguntei, engolindo em seco.

Ele deu alguns passos ao redor da pequena mesa, parando a centímetros de mim. Era tão alto que tive que erguer o queixo para olhar nos seus olhos. Algo mudara desde a última vez em que estivéramos juntos.

Havia fome em seus olhos, mas faltava familiaridade. Não havia emoção, além de desejo.

— Tenho que te beijar. Agora.

— Ah. Tudo bem. — As palavras eram mais absurdas que o cenário, mas fui pega tão de surpresa pelo comportamento de Taylor que isso foi a única coisa que consegui dizer.

Eu sabia que a minha boca estava meio entreaberta, mas não conseguia fechá-la. Eu não conseguia me mexer. Ele se aproximou aos poucos, os olhos saindo dos meus lábios para voltar logo em seguida.

Suas mãos envolveram minha cintura, me puxando na direção dele sem pensar duas vezes, fortes e confiantes. Fechei os olhos, esperando por ele, sem saber se estava hesitando porque queria permissão ou se o silêncio era bom. Só naquele instante percebi que queria que Taylor me beijasse, mas o momento não parecia certo, ele não parecia certo, e esse fato isolado era decepção suficiente para estragar tudo que tínhamos conquistado até aquele momento.

Os lábios de Taylor eram quentes e macios, exatamente como eu imaginara. Sua língua estava totalmente no controle, acariciando a parte de dentro da minha boca. Sua mão tocou meu rosto, o polegar correndo delicadamente pelo meu maxilar e descendo pela lateral do pescoço, mas não era a mesma sensação de antes.

Sua boca vasculhava a minha — era incrível, perfeito — de um jeito que faria qualquer mulher implorar por mais. Ele estava me fodendo com a boca antes de chegarmos perto de um quarto. Ele me dizia, a cada lambida suave da língua, que ele não só me queria, mas também precisava de mim. O tempo todo, ele apertava a minha roupa como se o beijo não fosse suficiente.

Nada. Eu não senti absolutamente nada.

O desencanto foi tão claro, tão desagradável, que me encolhi.

Taylor ainda estava envolvido no beijo e demorou para perceber que eu empurrava seus ombros. Abaixei o queixo, afastando-me dele. Foi aí que vi Shea, a bartender, parada atrás do balcão, nos observando confusa e enojada. Então eu me dei conta de que eu tinha acabado de provar meu status de piranha da cidade depois de anos tentando apagar o rótulo. E fiz a única coisa que faltava: empurrei Taylor e dei um tapa na cara dele.

— Que porra de merda é essa? — ouvi a voz de Taylor gritar, mas ele não tinha falado.

— Santo comedor! — disse Zeke.

Virei na direção de Zeke, e Taylor estava ao lado dele. O outro Taylor estava a menos de trinta centímetros do meu rosto e, em reação, recuei de repente, quase caindo para fora do banco.

O Taylor Número Dois correu para trás de mim, impedindo que eu caísse de costas. Eu me afastei e, sem entender nada, olhei de ambos os lados, como se estivesse vendo uma partida de tênis.

— Falyn — disse Taylor, entredentes —, estou vendo que já conheceu meu irmão, Tyler.

— Tyler? — perguntei, limpando seus lábios da minha boca.

— Meu irmão gêmeo — esclareceu Taylor.

Tyler também não estava exatamente feliz.

— Você conhece ela? — ele perguntou, esfregando a marca vermelha de mão na bochecha.

— É — respondeu Taylor, dando um passo na direção do seu sósia. — Tyler, essa é a Falyn.

No instante em que meu nome saiu da boca de Taylor, as coisas começaram a acontecer muito rapidamente. Tyler olhou para mim, e Taylor desferiu um golpe, o punho atingindo o irmão gêmeo no mesmo lugar onde eu tinha batido. Os dois caíram no chão, formando uma névoa de socos e agarramentos.

Dalton e Zeke se afastaram satisfeitos e observaram.

— Ei! — gritei para a equipe de Taylor. — Façam alguma coisa!

Dalton cruzou os braços e balançou a cabeça.

— Não vou me meter entre dois irmãos Maddox. Quero continuar vivo.

Uma multidão começou a se formar ao nosso redor, e Darren apareceu correndo. Quando ele os reconheceu, uma resignação semelhante aliviou seu rosto.

— Darren! — berrei. — Faz o seu trabalho!

As sobrancelhas de Darren dispararam para cima.

— Você já viu esses dois brigando?

Balancei a cabeça.

— Eu já. Eles vão parar quando quiserem.

— E quando vai ser isso? — perguntei, sem saber quem estava batendo em quem.

— Tá bom, tá bom! Você vai fazer a gente ser preso, seu monte de merda!

Os irmãos se levantaram, ensanguentados, as camisetas rasgadas. Tentei lembrar o que Tyler estava vestindo quando o vi pela primeira vez. Não consegui. Os dois estavam usando camisetas, uma branca e uma azul. Quando eles ficaram de pé na minha frente, não consegui identificar qual era o meu amigo e qual eu tinha acabado de beijar. Era desconcertante.

Passei empurrando pelos dois, a caminho da saída.

— Falyn!

Uma mão me segurou pelo ombro e me virou. Lá estava ele, meu amigo Taylor, com uma camiseta azul com gotas vermelhas ao redor do colarinho e o lábio rachado.

Suspirei, encostando num lugar perto do seu olho que parecia uma queimadura de carpete.

— Você está bem?

— Estou, eu...

— Ótimo. Vou para casa.

Taylor me seguiu até lá fora, interrompendo minha fuga a poucos passos da porta.

— Falyn, ei! Para!

Relutante, parei.

— Sinto muito, tá bom? Eu não sabia que isso ia acontecer.

Cruzei os braços.

— Você tem um irmão gêmeo idêntico. Como é que eu ia saber? Vocês têm até as mesmas tatuagens!

— Eu te falei isso!

— Mas não me falou que também tinham o mesmo rosto!

Seus ombros desabaram.

— Eu sei. Eu devia ter te contado. Se eu soubesse que você vinha, teria te avisado, mas...

— Mas o quê?

— A coisa dos gêmeos. É tão idiota, e é pior ainda para nós, porque somos muito parecidos. Ele é só meu irmão. Não somos a mesma pessoa. Mas, quando estamos juntos, é como se fôssemos estrelas de um show de horrores.

— Não importa. Vou para casa.

— Falyn. — Como eu não parei nem virei, ele me pegou pelo pulso e me puxou para si. — Falyn.

Olhei para ele. Suas feições estavam tão sérias que poderiam ser assustadoras, se eu não o conhecesse bem.

— Me irrita pra caralho meu irmão ter te beijado antes de mim.

— O que te faz pensar que eu deixaria você me beijar?

— Você deixou o Tyler te beijar. — Sua expressão se suavizou. — Você achou que ele era eu, não foi?

Eu me afastei e cruzei os braços, com raiva porque ele estava certo.

— Então... você ainda quer que eu te beije?

— Se eu puder te dar um tapa depois, claro.

Ele pensou por meio segundo.

— Acho que valeria a pena.

Pressionei os lábios, tentando não sorrir.

— Estou feliz por não ter sido você. Foi decepcionante.

— Ele beija mal? — perguntou Taylor, se divertindo.

— Não. Só que não tinha... nada — apontei para o espaço entre nós — ali.

— Humm. Agora eu fiquei curioso.

— Não vou beijar dois irmãos na mesma noite.

Taylor olhou para o relógio no pulso.

— Faltam quatro minutos para amanhã.

— Não.

Fui até a esquina e apertei o botão do cruzamento. Taylor me seguiu, calado, até chegarmos à porta da frente do Bucksaw.

Ele deu uma risadinha quando virei a chave na fechadura.

— Vamos lá. Você não está nem um pouco curiosa? — ele perguntou.
— Não.
— Eu estou — ele disse, me seguindo até lá dentro.
Balancei a cabeça.
— Eu não existo para satisfazer sua necessidade de competição com seu irmão gêmeo.
— Não é isso.
— Isso não é ciúme? — perguntei, virando para encará-lo. — Não te incomoda o fato de você voltar para o Cowboys sabendo que ele me beijou e você ficou no vácuo? Não quero que você me beije para satisfazer seu ego nem para se vingar.
— Só para te levar até Eakins, certo? — Assim que as palavras saíram de sua boca, ele se arrependeu. Taylor estendeu a mão para mim. Ele envolveu o meu ombro e afastou a franja do meu rosto. — Sou um lixo do caralho. Desculpa. Só estou puto da vida.
— Eu sabia que teria condições. Não quero ninguém me prendendo. Eu deixei os meus pais, Taylor. E posso deixar você também.
Suas sobrancelhas se uniram.
— Você acha que eu não sei?
Suspirei.
— Quero ir até Eakins e não quero que algo como um ciúme idiota fique no meu caminho.
Ele deu um passo para trás, e sua expressão mudou. Mal conseguindo conter a raiva, ele manteve a voz baixa e controlada ao dizer:
— Não estou com ciúme. Eu simplesmente *odeio* o fato de que a boca dele esteve na sua, porra. Nunca senti tanto ódio de um dos meus irmãos, nunca, até hoje. Estou tentando disfarçar, mas o que quer que seja isso... não é insignificante, Falyn.
Mudei o peso do corpo de lado.
— Foi só um beijo idiota, Taylor. Fui simpática demais porque achei que ele fosse você, e isso provocou o interesse dele.
Taylor desviou o olhar, um músculo do maxilar saltando.
— Eu sei que não foi de propósito, mas isso não melhora as coisas. — Ele suspirou e esfregou a nuca. — Eu vou... eu vou embora. Você faz com que eu me sinta... diferente do que eu sou.

— Tá bom. Boa noite, então.

Minha atitude casual só deixou Taylor ainda mais agitado, e ele se aproximou de mim, parando a poucos passos.

— Eu sei o que eu falei antes, mas eu gosto de você.

— Por favor, Taylor. Você mal me conhece.

Ele fez que sim com a cabeça.

— Não por falta de tentativa. — Ele recuou e saiu porta afora.

A virada na conversa me surpreendeu. Em um esforço para não estragar tudo, eu tinha estragado tudo. Meus pés se arrastaram até os fundos, até eu ouvir uma voz baixa no escuro.

— Ei — disse Chuck do último banco do bar, e tomou um gole de uma lata de cerveja.

— Meu Deus! — soltei um grito agudo. — Essa é a segunda vez que alguém quase me mata de susto hoje!

— Desculpa — ele disse simplesmente.

— Você está bem? — perguntei.

— Ãhã. Só tive que esperar um caminhão de entrega até tarde. Finalmente guardei tudo. Você sabe como a Phaedra é em relação à arrumação.

— Onde ela está? — perguntei, sabendo que ela normalmente estaria na cafeteria para ajudar se um caminhão viesse depois do horário.

— Ela não está se sentindo bem. Acho que ainda está abalada pelo velho Don. O obituário dele saiu nos jornais, hoje. O funeral é na segunda. Você devia ir.

— Vocês vão?

Ele balançou a cabeça.

— Eu não, mas a Phaedra queria que você fosse com ela.

Afastei a franja dos olhos.

— Tá. Tá bom, eu vou.

— Ela está meio preocupada com você.

— Comigo?

— É, com você. E, agora, eu também estou. Aquele garoto está machucado por sua causa ou por outra coisa?

Suspirei e sentei no banco ao lado de Chuck. A escuridão e o vazio pareciam amplificar nossas vozes.

137

— Ele brigou com o irmão. Eles são gêmeos. O irmão dele me beijou. Pensei que fosse o Taylor. O Taylor deu um soco nele, ele reagiu... Foi uma confusão.

— Imagino.

— Ele vai me levar para casa com ele em algum momento. Para Eakins. Eu acho.

Chuck esmagou a lata vazia nas mãos.

— Ele sabe?

— Não — respondi simplesmente. Quando Chuck fez uma careta, levantei as mãos, mostrando as palmas. — Ele não quer saber.

— E você não contaria, se ele quisesse.

— Provavelmente não.

— Falyn...

— Eu sei. Eu sei. Ele vai descobrir em algum momento.

— Não era isso que eu ia dizer. Se é isso que você realmente quer, a Phaedra e eu queremos ajudar.

Balancei a cabeça e me levantei.

— Não.

— Falyn — implorou Chuck.

— Já conversamos sobre isso. Vocês já fizeram muita coisa. Vocês me deram um emprego e um lugar para morar.

— Você mal nos deixou fazer isso — disse ele, arqueando uma sobrancelha.

— Obrigada por nem considerar essa ideia. Mas Taylor é o meu plano.

— Ele parece um bom garoto.

Fiz que sim com a cabeça.

— E você é uma boa garota. Acho que ele merece saber onde está se metendo... e você também sabe disso. Tenho certeza de que é difícil, já que você passou tanto tempo sem falar no assunto. Mas isso não muda as coisas. Se ele vai te levar até lá, provavelmente devia saber, para te apoiar.

Pensei nisso por um instante.

— Você está preocupado com o fato de ele não saber... não por ele, mas por mim.

— Vai ser uma viagem difícil, meu bem.

— Entendo o que você está dizendo — falei. — Vou dormir e pensar no assunto.

Chuck comprimiu os lábios.

— Boa ideia.

— Boa noite. — Eu me arrastei escada acima. Minhas pernas pareciam macarrão cozido, reclamando todas as vezes que eu tentava movê-las.

Eu me perguntei se Taylor estava tão dolorido quanto eu. O dia seguinte seria ainda pior. Por vários motivos.

12

O término do próximo turno se aproximou lenta e silenciosamente, sem o rugido suave das conversas. As únicas vozes que quebravam a calmaria eram dos funcionários e dos cinco clientes.

— Estamos quase em setembro — disse Phaedra, fazendo uma careta para a calçada molhada e as gotas de chuva que escorriam pelas janelas da frente. — Por que está chovendo tanto, droga?

Chuck balançou a cabeça. Ele tinha parado de preparar os pratos, tendo a rara oportunidade de ir até a área de refeições durante o horário de atendimento.

— Precisamos da chuva, lembra, docinho?

Phaedra suspirou e foi para os fundos.

— Vou assar umas tortas. Kirby, pode ir para casa.

Kirby bufou, derrotada, desamarrando o avental.

— Ainda bem que estou com meu carro de novo. — Ela pegou as chaves e a bolsa antes de sair porta afora.

Fiquei atrás do balcão, procurando alguma coisa para limpar.

— Falyn? — chamou Kirby.

— Sim? — Assim que levantei o olhar, engoli o pânico crescente.

Kirby estava parada com Taylor, na frente da recepção.

— Oi, Tay — falei.

Taylor deu uma risada, e uma dezena de emoções passou pelo seu rosto, mas nenhuma delas era diversão.

— Oi, Ivy League.

Percebi uma alça sobre seu ombro.

— Qual é a da mochila?

Ele colocou a mochila sobre um banco, no centro do balcão.

— Trouxe uma coisa para você. — Pouco depois, puxou o zíper, pegou uma pequena sacola branca e a colocou sobre o balcão.

— Um presente? — perguntei, tentando não demonstrar o nervosismo.

— Não abre antes de eu sair.

— Aonde você vai?

— Não é para o trabalho.

— Ah.

— Está chovendo, Falyn. Estamos dragando.

Fiz uma careta.

— Eu não falo a língua dos bombeiros. O que isso significa?

— Tem umidade suficiente no solo para os caras daqui conseguirem cuidar da região. Estou indo embora.

— Mas... você disse que ficaria até outubro.

Ele deu de ombros, o rosto derrotado.

— Não posso impedir a chuva.

Eu o encarei, sem palavras. As nuvens que passavam estavam se tornando noturnas, escurecendo o céu.

— Não fala merda por causa do seu presente, tá? Uma vez na vida, não seja uma grande chata.

— Tanto faz — falei, desanimada.

— *Tanto faz?* — ele disse, piscando.

— Acho que te vejo por aí. — Tirei a sacola do balcão e a coloquei atrás do bar.

— Falyn...

— Tudo bem — falei, inexplicavelmente esfregando o balcão com um pano seco.

Ele suspirou.

— A gente não vai entrar nessa porcaria de mal-entendido. Eu vou voltar. Vamos fazer o que dissemos que íamos fazer.

— Humm, tá bom.

— Não faz isso — ele disse, os ombros desabando.

Parei de esfregar e forcei um sorriso.

141

— Se fizermos, ótimo. Se não fizermos, dou um jeito. Não sou responsabilidade sua.

Ele estreitou os olhos e fechou o zíper da mochila antes de colocá-la nas costas.

— Você vai sentir saudade de mim.

— Nem um pouco.

— Ah, vai sim. Você está puta da vida porque vai sentir uma saudade enorme de mim.

— Não — falei, balançando a cabeça e continuando a não limpar o balcão com o pano em círculos rápidos. — Isso seria uma tremenda perda de tempo.

— Para de ser durona — ele satirizou. — Eu também vou sentir saudade de você.

Os movimentos de meus braços ficaram lentos.

— É por isso que eu vou voltar no próximo fim de semana para te pegar. Para te levar para casa. Para a minha casa. Para Eakins.

— O quê? — Levantei o olhar para ele, meus olhos brilhando instantaneamente.

— Eu queria ir amanhã, mas o Chuck disse que o funeral...

— No próximo fim de semana? — As lágrimas escorreram pelas minhas bochechas em fluxos idênticos.

A expressão de Taylor mudou de convencido para desesperado.

— Podemos ir amanhã. Eu só achei...

— Não — falei, secando o rosto. — Não, no próximo fim de semana seria perfeito. Mas — apontei para ele — não faça promessas.

Ele balançou a cabeça.

— Porra, não, não estou fazendo promessas. Se você quiser, prometo não fazer isso.

Subi no balcão e pulei nele, jogando braços e pernas ao seu redor.

— Obrigada! — Beijei seu rosto. — Obrigada.

Taylor riu, tentando disfarçar a surpresa. Sua mão se aninhou na parte de trás do meu cabelo, e ele pressionou o rosto contra o meu.

— Te vejo daqui a uma semana.

Relaxei o abraço, e ele me colocou no chão. Por pura empolgação, deslizei as mãos em seus braços e entrelacei nossos dedos, apertando-os.

— Por sua causa, está muito difícil não ter muitas esperanças.

— Se eu te decepcionasse, acho que a Phaedra me mataria... logo depois do Chuck cortar a minha garganta.

Olhei para Chuck, que estava segurando uma faca no próprio pescoço e fingindo cortá-lo, e não era brincadeira.

Taylor se inclinou depois que eu o soltei e beijou meu rosto antes de se afastar.

— Tem um telefone nessa sacola. Meu número já está nele. Me manda uma mensagem com seus dados de viagem, para eu poder reservar as passagens.

Olhei rapidamente para o bar.

— Você vai... — Minha respiração ficou presa. — Você vai me matar.

— Não me chama de Tay. Nunca mais. Ou vou cancelar o acordo.

Balancei a cabeça.

— Não vou nem te chamar de babaca pelas costas.

Relutantemente, ele seguiu em direção à porta, ajeitando a mochila.

— Manda nudes! — ele gritou, fazendo o sinal de paz e amor antes de sair para a calçada.

Olhei para Chuck e Phaedra.

— Eu não entendo a vida, neste momento. O que está acontecendo?

Corri para a parte de trás do balcão e vasculhei a sacola antes de tirar o celular de baixo das camadas de papel de seda. Eu tinha quase certeza que as três bundas nuas no plano de fundo do aparelho eram de Taylor, Dalton e Zeke, apesar de o rosto dos três estar escuro porque eles estavam ligeiramente abaixados enquanto mostravam a bunda para a câmera.

Engoli as lágrimas e cobri a boca.

— Quem faz esse tipo de coisa? — perguntei para ninguém especificamente. Olhei para Phaedra, que também estava com lágrimas nos olhos. — Eu vou. No próximo fim de semana, vou estar em Eakins.

— Estou feliz por você, docinho — disse Phaedra, estendendo os braços enquanto vinha em minha direção. Ela me abraçou com força e deu um tapinha nas minhas costas. — Mas, se ele não cumprir a promessa, não vai sobrar Taylor suficiente para Chuck fatiar depois que eu acabar com ele.

Ela me soltou, e o celular na minha mão zumbiu. O nome na tela dizia: TAYLORFERA. Deslizei a tela e li a mensagem de texto:

> Para de sentir saudade de mim. É loucura.

Balancei a cabeça e coloquei o celular no bolso do avental. Eu o devolveria no instante em que voltássemos de Eakins, mas a gentileza de Taylor era impressionante.

Durante o resto do meu turno, foi impossível não me distrair com imagens da minha chegada à cidade e da minha própria reconciliação — de uma distância considerável —, sem ninguém ser o mais sábio. Eu tinha sonhado com esse momento durante tanto tempo, e saber que estava a uma semana disso era quase insuportável.

Fechar a cafeteria poderia levar o dobro do tempo sem Kirby para ajudar, mas estávamos com o movimento tão fraco que eu comecei antes de Phaedra virar a placa e trancar a porta.

Contei as gorjetas e separei a parte de Kirby, que tranquei na caixa registradora, depois subi, acenando para Pete e Hector ao passar.

Eu me joguei no sofá, peguei meu novo celular no avental e o segurei diante de mim com as duas mãos. Taylor enviara mais mensagens.

> Que droga. Agora eu estou com saudade de você. Obrigado por ser uma má influência.

> A que horas você sai?

> Me manda uma mensagem quando estiver liberada.

> Esperar é um saco.

Com os polegares, digitei na tela sensível ao toque:

> Espero que você não estivesse dirigindo.

Imediatamente, três pontos apareceram, fazendo uma dancinha na tela.

> Que diabos significa isso?

E uma mensagem apareceu:

> Não, deixei o Dalton dirigir.

Ah. Quer dizer que ele está digitando
Digitei de novo, me perguntando se ele sabia que eu estava respondendo.

> Todo mundo em casa e em segurança, então?

> Ãhã.

Depois disso, eu não sabia muito bem o que dizer. Fazia muito tempo que eu não me comunicava com alguém por uma tela de celular. Eu estava sem prática.

O telefone fez um ruído metálico na mesa de centro quando o deixei de lado, e decidi que seria uma boa ideia se eu fosse até uma loja popular para ver se eles tinham capa de celular. Eu nunca tinha procurado. Talvez Kirby tivesse uma velha que eu pudesse usar.

O celular zumbiu de novo.

> Quais são seus dados de viagem?

> Você vai reservar agora?

> É um horário tão bom quanto qualquer outro.

> Tem certeza?

Ãhã.

Digitei meu nome completo e data de nascimento.

Imogene? Esse é o pior nome do meio que existe.

?

Não consigo soletrar.

Você acabou de fazer isso.

Sempre dificultando as coisas.

Você pode agradecer à minha mãe por isso. Qual o seu nome do meio?

Dean.

Bem fácil.

É o que todas dizem. Vou fazer a reserva hoje à noite.

Coloquei o celular na mesa de novo e voltei a me recostar no sofá, apoiando as pernas na almofada. Eu estava recebendo mensagens de texto em um celular e iria para Eakins, Illinois, daqui a alguns dias. Minha vida parecia totalmente diferente antes e, apesar de assustador, eu sabia que tinha sido melhor assim, e agora a sensação era a mesma.

O cômodo estava silencioso, com pulsações abafadas vindo do Cowboys, do outro lado da rua. Pensei em Taylor Dean dançando, subindo a trilha, vendo filmes em VHS e lavando a roupa. Pensei em como a vida poderia ser maravilhosa se eu pudesse ter um encerramento para tudo.

Assim que comecei a relaxar, alguém bateu à porta. Levantei num pulo e a abri de repente.

Gunnar estava parado no corredor, o rosto vermelho e inchado, os olhos brilhando sob a luz fraca.

Minha boca se abriu.

— Ei! Tudo bem? Cadê a Kirby? Como foi que você entrou?

— A Kirby me mostrou onde fica a chave extra. Ela não quer falar comigo, Falyn. Dessa vez, eu estraguei tudo de verdade.

— O quê?

Eu o observei enquanto ele passava por mim e sentava na poltrona. Ele colocou a cabeça nas mãos, apoiando os cotovelos nos joelhos.

Fechei a porta.

— O que aconteceu?

Ele balançou a cabeça.

— Ela acha que eu a estou traindo. Tentei explicar, mas ela não me ouve.

Atravessei o cômodo, com os braços cruzados.

Ele levantou o olhar para mim, desesperado.

— Você pode falar com ela por mim?

— Claro... assim que você me contar o que está acontecendo.

Seus olhos encararam o chão.

— Eu menti para ela.

— Sobre o quê?

— Por que estou sempre atrasado. Não é por causa do trânsito. Só recebo dez horas, e andei trabalhando à noite na faculdade para conseguir uma grana extra.

Dei de ombros, olhando para ele.

— Por que você simplesmente não contou para ela?

— Ela não ia gostar.

— Qual é o trabalho?

— Não é propriamente um trabalho... Estou ajudando um cara com a manutenção de um prédio perto do campus: lixo, grama, pintura, consertar coisas.

— Tá. E por que você não contou isso para a Kirby?

Ele engoliu em seco.

— Porque é para a sede da irmandade Delta Gamma.

Não consegui evitar que o riso escapasse da minha boca e segurei os lábios com os dedos.

— Eu cavei minha própria cova, Falyn. Preciso da sua ajuda.

— Como é que eu vou te ajudar? E desde quando a Universidade do Colorado tem sedes de irmandade?

— É em Boulder — ele respondeu, exausto.

— Você dirige uma hora e meia até Boulder todos os dias para trabalhar? Por quê?

— Porque fica a meia hora de Denver, e eu queria ter um emprego mais próximo quando a gente se mudar. A oportunidade apareceu, e eu agarrei.

Dei uma risadinha.

— Aposto que sim.

Kirby e eu éramos próximas, mas nada que eu dissesse a faria ignorar os fatos.

— Não é engraçado, Falyn. É uma boa grana, mas ela não vai acreditar em mim. Por favor, fala para ela. Você sabe que eu a amo. Você sabe que eu não a trairia. Ela também sabe. Ela só está com raiva.

— Ela também sabe que você mentiu.

Seus ombros afundaram.

— Ela vai me deixar por causa de uma bobagem. — Ele olhou para mim com a expressão mais deplorável. — Por favor?

— Vou falar com ela, mas não te prometo nada.

Gunnar fez que sim com a cabeça e se levantou antes de se arrastar até a porta. Ele a abriu um pouco, antes de se virar para mim.

— Eu nunca a trairia, Falyn. Ela é a única garota que eu já amei na vida.

— Ah, nisso eu acredito.

Então ele abriu a porta toda, revelando uma Kirby com o rosto molhado parada no corredor, com uma garrafa de vinho na mão.

Gunnar prendeu a respiração.

O lábio inferior de Kirby estremeceu.

— Eu só... eu não sabia o que fazer — ele disse.

Kirby se jogou nos braços dele, ainda segurando a garrafa. Gunnar a levantou do chão para não ter que se abaixar muito. Ele a abraçou com força, e ela enterrou a cabeça em seu pescoço.

— Você é tão idiota!

— Eu sei — ele admitiu.

Ela se afastou para olhar nos olhos dele e fungou.

— Nunca mais minta para mim.

Ele balançou a cabeça.

— Nunca mais. Eu fiquei apavorado.

Ela beijou os lábios dele e me passou a garrafa.

— Trouxe isso para dividir.

Eu a peguei da mão dela.

— Você não tem idade para beber.

— Eu estava chateada. Roubei do armário da minha mãe.

Ela olhou para Gunnar, e eles praticamente se atacaram de novo.

— Vão para algum lugar. — Empurrei Gunnar até o corredor para conseguir fechar a porta.

Então me encostei na lateral da geladeira e dei uma risadinha, olhando para a garrafa de vinho que eu tinha na mão. Mesmo quando os dois eram chatos e dramáticos, eles eram fofos.

— Bom — falei sozinha —, pelo menos vou dormir bem, hoje. — Eu estava sozinha. Era seguro curtir um ou dois copos.

Abri a tampa e servi o moscatel branco num copo, levando a garrafa comigo até a cama. O gosto era exatamente o de uma garrafa de vinho de doze dólares: quente demais e doce demais, mas servia.

Terminei o copo em cinco minutos e servi mais um, enchendo até a borda, dessa vez.

Dez minutos depois, esse também tinha acabado, e servi outro.

Não foram só dois copos.

Liguei o celular na tomada e o coloquei na minha mesinha de cabeceira, depois tirei toda a roupa antes de me arrastar para a cama. Uma das muitas coisas boas de morar sozinha era poder dormir nua sem segundas intenções.

Os lençóis roçaram na minha pele quando eu me espreguicei sob eles e relaxei no meu travesseiro de plumas.

O celular zumbiu na mesinha, e eu percebi que estava me enrolando para pegá-lo, rindo.

> Não consigo dormir. Queria estar em Springs ainda.

Lutei contra a vontade de abraçar o celular. Ver a discussão de namorados de Gunnar e Kirby, seguida de três copos de vinho em menos de vinte minutos, me deixou estranhamente sentimental.

> Também não consigo. O Gunnar acabou de sair daqui.

> E a Kirby?

> Também. Eles brigaram.

> Paixão adolescente.

> Acho que sim.

> Não seja tão durona. Acontece.

> Com quem?

> Meu irmão Travis. Ele se apaixonou perdidamente no ano passado. Agora está casado antes mesmo de ter idade pra beber.

> Quantos anos ele tem?

> Vinte.

> Então ele casou aos dezenove? Estranho.

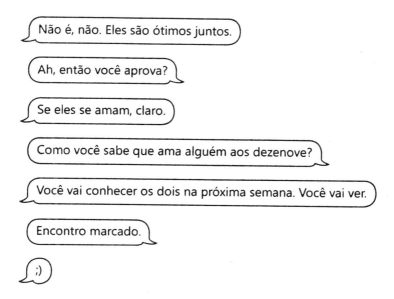

Deixei o celular de lado e terminei o copo, sentindo tudo ficar mais devagar. Até meus olhos estavam mais lentos para piscar. Estiquei as pernas, deixando os lençóis deslizarem nas partes macias da minha pele. Olhei para o celular, sorri e estendi a mão. Apertei alguns botões e o segurei longe de mim, esperando até um sinal comprido encher o quarto.

— Você ainda está acordada? — perguntou Taylor, com a voz parecendo cansada, mas não sonolenta.

— Esse celular treme toda vez que você me manda mensagem, e eu estou nua na cama — falei, ouvindo minhas palavras se embolando. — Estou com muita vontade de colocá-lo entre as pernas e esperar você me mandar mais uma mensagem. — Eu sabia como isso soava totalmente inadequado, mas não dei a mínima.

Durante dez segundos... silêncio.

— Você acha que não vai funcionar? — perguntei, impaciente por uma resposta.

— Você está bêbada?

Pressionei os lábios, tentando, sem conseguir, abafar uma risada.

— A Kirby trouxe uma garrafa de vinho.

— Achei que você não bebia.

— Não bebo, mas estou sozinha, então por que não?

— Ah, então você não bebe em público.

— Nem em particular, se tiver alguém por perto.

— Estou com um dilema — ele disse casualmente. — É tentador deixar esse papo rolar. Por outro lado, eu sei que você vai se odiar... e muito possivelmente a mim... amanhã.

— Já estou com saudade — falei, o sorriso desaparecendo do meu rosto. — Eu tentei não gostar de você.

— Eu sabia — ele disse, se divertindo. Então suspirou. — Eu fiquei perdido desde o começo. Você é cruel pra caralho, e isso me deixa totalmente maluco. Mas de um jeito bom.

— Eu sou cruel? — perguntei, sentindo as lágrimas queimando os meus olhos.

— É, mas... merda. Você é uma bêbada triste, né? Você não devia beber sozinha.

— Estou com saudade de tudo — sussurrei, levando os dedos até a boca.

— Saudade do quê? — ele perguntou. — Sabe, meu pai ficou muito mal durante muitos anos. Ele compensou isso. Às vezes, você precisa perdoar os seus pais. Eles também não sabem de tudo o tempo todo.

Balancei a cabeça, sem conseguir responder.

— Falyn, vai dormir, baby. Isso só vai piorar.

— Como você sabe?

— Meu pai também era um bêbado triste.

Fiz que sim com a cabeça, apesar de ele não poder me ver.

— Deixa o celular no ouvido. Deita e fecha os olhos. Vou ficar aqui até você dormir.

— Tá bom — falei, obedecendo.

Ele não disse mais nada, mas eu o ouvia respirando. Eu me esforcei para ficar acordada, pelo menos para saber até quando ele ficaria ali, mas não demorou muito para a sensação de completa confusão me engolir.

13

Uma ressaca terrível, o funeral de Don e a contagem regressiva para Eakins fizeram com que a semana fosse uma das piores da minha vida nos últimos tempos. As mensagens intermitentes de Taylor sempre eram uma distração prazerosa e me ajudaram a passar o tempo até a noite antes do nosso voo, mas o período entre uma noite e outra era uma agonia. Ele nem mencionara minha conversa totalmente sem noção tarde da noite, algo que apreciei.

Na noite anterior ao nosso voo para Chicago, eu me vi cheia de uma energia nervosa. Taylor me pegaria às cinco e meia da manhã para me levar ao aeroporto para o voo às oito horas.

Pela primeira vez em cinco anos, desejei que meu armário tivesse uma variedade maior de roupas para eu escolher. Dobrei minha calça jeans preferida e a coloquei sobre o resto das minhas coisas. No primeiro ano da faculdade, até mesmo uma viagem de fim de semana exigia pelo menos uma mala grande com rodinhas e uma bolsa de mão. Agora minhas coisas mal enchiam a bolsa de mão que peguei emprestada de Chuck.

Em pé ao lado da bolsa, retorci as mãos, me perguntando como eu conseguiria dormir. Já eram onze da noite. Se eu não fosse dormir imediatamente, era melhor ficar acordada.

Franzi o cenho. A exaustão não se encaixava na minha fantasia de como seria o fim de semana.

Alguém bateu à porta, e eu dei um pulo.

— Sou eu — disse uma voz profunda no corredor.

Corri até a porta e a abri com um puxão.

Taylor estava ali com um amplo sorriso no rosto e uma mochila cheia nos ombros.

— Achei que eu podia dormir aqui. Pode ser?

Joguei os braços ao redor dele. O tempo voltou até o último momento em que estivemos juntos, quase onde estávamos agora. Ficar na ponta dos pés e apertá-lo com um pouco de força demais tornava tudo mil vezes melhor. Era como se a última semana miserável não tivesse acontecido.

Quando nos afastamos, ele me analisou da cabeça aos pés.

— Eu não imaginei você vestindo isso.

Olhei para a camiseta de alça branca transparente, com comprimento que mal dava para cobrir minha calcinha azul-marinho. Eu a puxei para baixo.

— Eu estava me preparando para dormir.

— Ótimo. Estou morto — disse ele, jogando a mochila no chão e fechando a porta atrás de si.

— Não acredito que você vai fazer isso por mim. Nem sei como eu vou conseguir fazer isso.

— Não vou perguntar, mas não tenho ideia de como me preparar.

— Você não precisa fazer isso.

Ele inclinou a cabeça.

— O que quer que seja, Falyn, quero estar com você.

— Você vai estar.

— Se você está dizendo — ele comentou, parecendo frustrado.

Eu não podia culpá-lo por estar triste. Ele estava me fazendo um favor gigantesco ao mesmo tempo em que continuava sem saber exatamente o que era. Eu não falava sobre isso em voz alta havia mais de cinco anos e, estando tão perto, tive medo de que, se eu falasse, pudesse dar azar.

Nós dois olhamos ao redor, e um constrangimento súbito invadiu o ambiente.

— Você... quer lençóis para o sofá? — perguntei.

— Posso escolher? Então você fica com o sofá.

Dei um soco no braço dele e desviei, nervosa.

154

— Tem aquele, humm... — apontei, o dedo fazendo pequenos círculos — aquele negócio com o eixo quebrado. É horrível dormir nele.

Ele ergueu uma sobrancelha, e três rugas se aprofundaram na sua testa.

— Eu lembro. Então acho que isso significa que vamos ter uma festa do pijama. — E começou a andar na direção do meu quarto.

— Taylor?

— Sério, Ivy League, simplesmente me diz para onde ir. Estou cansado pra caralho, e teremos um dia longo amanhã.

Estendi as mãos e as deixei cair nas coxas outra vez.

— Tá bom, então. A cama. Mas não é um convite para mais nada.

Passei por ele, apaguei a luz e puxei as cobertas. Subi na cama, observando seu porte atlético ocupar todo o batente da porta. Ele me olhou enquanto eu me ajeitava no colchão, depois atravessou o quarto, parando ao lado da cama enquanto tirava o tênis e puxava a camiseta pela cabeça. Seus músculos se esticaram e ficaram tensos enquanto ele abria o cinto de couro marrom e desabotoava a calça jeans. Depois ele a desceu e a largou no chão.

Por mais que eu tentasse parecer desinteressada, Taylor sabia exatamente que seu corpo era uma obra de arte. Afinal, ele passava horas na academia toda semana para deixá-lo perfeito. Mesmo assim, eu não lhe daria o prazer de me ver o encarando. A expressão do meu rosto, minha respiração e cada movimento meu estavam só na minha cabeça. Eu estava com medo do desejo crescente que eu sentia pelo homem quase nu que estava diante de mim.

As tatuagens nos braços se estendiam pelas inclinações rígidas dos seus músculos peitorais, exibindo uma arte tribal preta, chamas e uma caveira, tudo incrivelmente detalhado com um belo sombreamento.

Não que eu estivesse olhando.

Para de encarar, Falyn.

Usando apenas a boxer cinza, Taylor subiu na cama ao meu lado. Virei de costas para ele, sentindo meu rosto ficar vermelho. Sem pedir licença, ele me embalou em seus braços e me puxou mais para perto, minhas costas se aquecendo instantaneamente contra sua pele.

— Eu queria ter ido com você ao funeral do Don. Sei que foi horrível.

— Foi péssimo — sussurrei. — Eu não chorava tanto há muito tempo. Não consigo imaginar como a família dele deve ter se sentido.

— Você também era da família. Você era o ponto alto do dia dele. E parece ser isso para muitas pessoas.

— Ainda bem que você não foi. Usei pelo menos uma caixa de lenços. Foi muito triste.

Ele me abraçou ainda mais.

— Com o tempo fica mais fácil, mas nunca desaparece. Isso muda você para sempre.

— Você já perdeu alguém? — perguntei.

— Vamos dormir. Não quero falar nisso hoje à noite. — Ele afrouxou o abraço, dobrou o braço sob a cabeça para se apoiar melhor e manteve o outro ao redor da minha cintura.

Apoiei meu braço no dele, entrelaçando nossos dedos. Ele apertou e depois respirou fundo.

— Falyn? — sussurrou.

— Sim?

— Sei que esse fim de semana é importante para você. Mas, quando a gente voltar, quero que você saiba que não quero mais ser seu amigo.

Meus músculos ficaram tensos.

— Tipo, você nunca mais vai querer me ver? Ou você vai querer ser mais que um amigo?

— Considerando que eu quase enlouqueci por ficar longe de você por menos de uma semana... acho que você sabe o que eu quero dizer.

Um alívio me invadiu. Durante o minúsculo instante em que perdê-lo era uma possibilidade, meu mundo havia parado pela segunda vez na vida. Eu tinha pensado muito bem para me impedir de sentir isso, mas lá estava eu, novamente vulnerável.

— Sério?

— Foi ridículo.

— Isso é uma condição?

— Não. É uma não promessa. — Ele se levantou um pouco, beijou meu ombro nu e depois deitou de novo, se derretendo no colchão.

Eu nunca tinha dormido na mesma cama com alguém, nem com os meus pais, quando era criança. De alguma forma, deitar ao lado de Taylor era a coisa mais normal do mundo, como se sempre tivesse sido assim e sempre fosse ser.

— Boa noite — sussurrei.

Mas ele já estava dormindo.

— Pode deixar — disse Taylor, colocando minha bolsa de mão na esteira de bagagem.

Ele tinha dormido demais, e nós estávamos um pouco atrasados, tentando passar pela segurança antes de liberarem o embarque do nosso voo.

Pulei num pé só para calçar uma sandália e larguei o outro par no chão, deslizando a tira entre o primeiro e o segundo dedo do pé e depois puxando a parte de trás até o calcanhar. Sapatos e roupas baratos eram sempre incrivelmente gastos. Não era a primeira vez que eu gostava de não ter de usar o fecho da sandália Steve Madden de três coleções atrás e meio tamanho maior que o meu.

Apesar de Taylor estar apressado para chegar ao portão, ele me observou com um sorriso paciente no rosto.

— Pronta? — ele perguntou, estendendo a mão.

Eu a peguei.

— Sim e não e sim. Para de me perguntar isso. Estou tentando ficar calma.

— Você nunca andou de avião? — ele perguntou enquanto caminhávamos.

Lancei um olhar para ele.

— Eu já voei pelo mundo inteiro. Meus pais adoravam viajar.

— Ah, é? Tipo para onde?

— Não para Eakins.

Ele deu um sorriso forçado.

— Estou tentando respeitar sua individualidade, mas estou ficando cada vez mais nervoso por entrar nisso sem saber de absolutamente nada.

— Para alguém tão nervoso, você dormiu bem rápido.

157

Ele apertou a minha mão.

— Você é aconchegante.

— Dormir com você não foi tão ruim quanto pensei que seria.

Ele fez uma careta.

— Não posso dizer que já ouvi isso de uma mulher.

Olhei para as quatro telas grandes penduradas no teto. Os voos estavam listados por cidade, em ordem alfabética, com o número do portão correspondente.

Apontei para a primeira tela.

— Portão seis. Já estão embarcando.

— Merda! Vamos!

Taylor e eu corremos. Estávamos ofegantes quando chegamos ao portão. Ainda havia uma fila longa, mas estávamos tão felizes de termos conseguido que nem nos importamos.

— Droga — disse Taylor. — Ainda bem que esse aeroporto é pequeno. Se estivéssemos em Denver, estaríamos ferrados.

Passamos pela escada de embarque e chegamos à fileira vinte. Taylor colocou nossas bolsas no compartimento superior e desabou ao meu lado.

— Que inferno, Ivy League — ele exclamou. — Você me estressa.

— Quem de nós dormiu demais?

— Acho que fui eu.

— Então está explicado. — Deixei a cabeça relaxar e fechei os olhos.

Uma mão quente deslizou sob a minha, e nossos dedos se entrelaçaram.

— Falyn? — Taylor sussurrou.

— Ainda não — falei, olhando para ele.

Ele também estava com a cabeça apoiada e o rosto virado para mim.

— Você teve outro pesadelo ontem à noite.

— É? Foi por isso que você dormiu demais?

— O que aconteceu com você... foi ruim?

— Foi.

Ele fez uma careta.

— Voltar lá vai te fazer sofrer?

— Vai.

Ele soltou uma lufada de ar e olhou para frente.

— Então por que estamos indo?

— Porque precisa doer antes de melhorar.

Ele olhou de novo para mim, seus olhos caindo nos meus lábios.

— Não quero que você sofra.

— Eu sei — falei, apertando sua mão. — Mas você vai estar comigo, certo?

— Pelo tempo que você me permitir.

Ele deixou a cabeça cair de novo no assento. Taylor estava inquieto.

— Falei com o Tyler. Ele disse que o seu beijo é incrível.

— Ah, é? — Um sorriso convencido curvou meus lábios. — Como foi que isso acabou?

— Dei outro soco nele.

— Vocês são capazes de discutir sem se bater?

— Na verdade, não. Eu... — Ele olhou de novo para a minha boca. — Não sei por que não paro de pensar em você. Desde o instante em que levantei o olhar do meu cardápio no Bucksaw, tudo tem sido diferente.

— Já percebi que os irmãos Maddox simplesmente não costumam ouvir não. Vocês adoram um desafio. Até o Tyler admitiu isso.

Ele balançou a cabeça.

— Não, é mais do que isso. Vi alguma coisa nos seus olhos, alguma coisa familiar.

— Perda — falei simplesmente.

Taylor piscou, e eu desviei o olhar, fingindo prestar atenção às instruções de segurança dos comissários de bordo.

Ele balançou a cabeça, confuso.

— Por que você está falando isso?

— Você vai ver.

Ele suspirou.

— Acho que não posso esperar que você me conte as suas merdas se eu não te contei as minhas.

O capitão falou no sistema de alto-falantes e instruiu os comissários de bordo a se prepararem para a decolagem. Taylor prendeu o cinto de segurança e apertou a minha mão.

159

— Você não precisa me contar — falei.

— Eu sei — ele respondeu. — Mas quero que confie em mim. Então vou confiar em você.

Engoli o pânico que ameaçava me estrangular. Não tinha como saber o que ele estava prestes a dizer.

— Meu irmão caçula, o Travis, está numa grande merda — ele sussurrou apenas o suficiente para ser ouvido, acima do barulho do avião. — Ele se envolveu num incêndio alguns meses atrás.

O avião se agitou para frente, e a fuselagem toda tremeu até as rodas da frente saírem do chão. As asas se mexeram, e viramos à direita, o sol da manhã ofuscante, brilhando pela nossa janela. Taylor fechou a persiana e olhou para mim em busca de uma reação.

— Ele também é do Serviço Florestal? — perguntei.

Taylor balançou a cabeça.

— Ele é universitário. Meus irmãos e eu costumávamos brigar o tempo todo... com os vizinhos e, depois, com os universitários que iam às nossas festas e começavam brigas. Uma noite, o Tyler deu uma surra num calouro, Adam, numa festa da fraternidade, e o Adam se aproximou dele depois, falando sobre apostas. A partir de então, eles inauguraram uns ringues de luta clandestina na Eastern.

— Isso não é proibido?

Taylor soltou uma risada, se divertindo.

— É, muito. Mas o Adam organizava bem as lutas. Ninguém sabia delas até uma hora antes, às vezes menos. Ganhamos muito dinheiro e nunca fomos pegos. Nosso irmão mais novo, o Trent, lutou algumas vezes também, quando era calouro, mas nosso irmão caçula, o Travis, era a estrela. Ele era invencível. Nunca perdia uma luta.

— Ele parece muito legal.

Taylor ergueu o queixo, com uma expressão de orgulho.

— Ele é durão.

— Ele está bem? — perguntei.

Seu sorriso convencido desapareceu.

— As lutas eram realizadas no porão dos prédios do campus, onde um monte de jovens se espremia no subsolo. O Adam organizou uma luta, no feriado de primavera. Era a última do ano. O Travis ia ganhar uma tonelada de dinheiro. Então, aconteceu alguma coisa e começou um incêndio. Muitos jovens não conseguiram sair. O Adam foi preso, e acho que o Travis está sendo investigado.

— Por quê? — perguntei, sem entender.

— Tenho motivos para acreditar que eles mandaram alguém para cá para conseguir informações comigo, mas não posso afirmar... pelo menos, por enquanto. Sei que eles pensam que o Travis teve alguma coisa a ver com isso.

— Quem são eles? — perguntei.

Ele encarou o chão.

— Não tenho certeza. A polícia. Talvez o FBI.

— E é verdade? — perguntei. — Ele teve alguma coisa a ver?

Ele se agitou, nervoso.

— Ele ia se casar naquela noite. Em Vegas.

— Então é por isso que vai ter outro casamento? Porque eles fugiram para se casar?

Taylor assentiu, me observando por um instante.

— E se eu pedisse para você ir comigo? Para renovar os votos deles?

Eu o encarei, desconfiada.

— Eu diria que você está tentando mudar de assunto. Só porque eu não espero que você cumpra as suas promessas, não significa que você pode mentir para mim.

Ele me encarou de volta.

— Eu estou. Mentindo para você. E vou mentir para qualquer pessoa que fizer perguntas.

— Você pode ir para a cadeia.

— Posso ir para a prisão.

Pressionei os lábios e então expirei, deixando o ar encher minhas bochechas antes de escapar.

— Você está me testando. Você ainda pensa que sou uma espiã ou alguma coisa assim.

— Eu iria para a prisão pelo Travis. Só quero que você saiba que, se chegar a esse ponto, todos nós vamos junto com o Travis, até a esposa dele.

— Eu acredito em você. Mas estou do seu lado.

Os olhos de Taylor desceram para os meus lábios, e ele se aproximou.

Fechei os olhos, sentindo o calor de seu hálito em meu rosto. Eu só queria que ele me envolvesse como um lençol, para senti-lo em cada pedacinho do meu corpo.

— Talvez a gente devesse esperar — sussurrei em sua boca. — Estamos tão perto...

— Exatamente — ele concordou, antes de pressionar os lábios nos meus.

Meus lábios se abriram de leve, permitindo que sua língua deslizasse para dentro. Todos os nervos fritaram sob a minha pele. Implorando para ser tocado, meu corpo reagiu exatamente ao contrário de quando Tyler me beijou e eu não senti nada. Não houve decepção nem desencanto. Os lábios macios de Taylor e o modo como ele me puxava para junto de si, como se não aguentasse ficar a um centímetro de mim nem mais um minuto, me fizeram sentir tudo ao mesmo tempo, e eu queria mais.

Houve um ruído no sistema de alto-falantes, e fui trazida de volta à realidade. Taylor se afastou, respirando com dificuldade.

— Desculpa — ele disse, olhando para as pessoas em volta.

Os dois homens do outro lado do corredor nos encaravam sem o menor constrangimento.

Afundei no assento.

— Você sentiu isso, certo? — disse Taylor, mantendo a voz baixa.

Olhei para ele.

— Promete que nunca mais vai fazer isso.

Um sorriso forçado se espalhou pelo seu rosto.

— Você tem a minha palavra.

14

Taylor parou o carro que alugamos no aeroporto na entrada de carros da casa do pai. Ele falou a maior parte do caminho — sobre o emprego, os lugares para onde viajou, os irmãos, o primo e o que ele sabia da esposa de Travis.

Mal notei a casa do pai de Taylor. Meus olhos estavam grudados no terreno ao lado, na casa rústica de tijolos a uns trinta metros da rua, com a longa entrada de carros vazia.

Taylor e eu chegamos perto da hora do jantar. Vi o sol afundando no fim do horizonte, em vez de ver sua luz queimar atrás do pico de uma montanha. Isso me pareceu uma bela estranheza.

— Lar, doce lar — disse Taylor, abrindo a porta. — E ali está ele.

Afastei os olhos da casa vizinha por tempo suficiente para ver um senhor saindo da casa.

— É o seu pai? — perguntei.

Taylor assentiu, sorrindo para o homem robusto de cabelos brancos que acenava para nós da porta. Foi aí que notei que Taylor estacionara o carro alugado atrás de um Toyota Camry prata, e um jovem casal saiu de trás do pai de Taylor. A mulher estava segurando um cachorrinho preto, e o cara se parecia tanto com Taylor que, por um instante, eu me perguntei se era seu irmão gêmeo.

Taylor pegou nossas malas no banco traseiro, e subimos os degraus. Ele abraçou o pai e depois aquele que eu imaginei que fosse seu irmão, já que os dois eram tão parecidos.

— Falyn, esse é o meu pai, Jim Maddox.

Jim estendeu a mão para mim, e eu a apertei.

— Muito prazer — falei.

Ele tinha os olhos mais gentis que eu já vira, assim como os de Chuck e Phaedra. Também eram pacientes e um pouco empolgados e curiosos.

— Esse é o meu irmão Travis e a minha cunhada, Abby.

Apertei a mão de Travis e depois a de Abby. Seu cabelo caramelo comprido lhe caía sobre os ombros, parecido com o meu. Ela era mais baixa que eu, e Travis mais alto que Taylor. Travis estava sorrindo, feliz só de me conhecer, mas Abby me observava com atenção, absorvendo cada detalhe, provavelmente se perguntando o que havia de especial em mim a ponto de Taylor me levar para casa.

— Bom, está ficando tarde. Vamos acomodar vocês — disse Jim.

A porta de tela rangeu quando ele a puxou, e eu segui Taylor para dentro.

A casa era bem surrada. Os carpetes pareciam muito com os meus, e os móveis eram tão velhos que cada peça tinha sua própria história para contar. O corredor dava para a cozinha, com uma escada do outro lado.

— Podem ficar no quarto do Thomas — disse Jim. — Vemos vocês aqui embaixo para o jantar. A Abby e o Trav já cozinharam.

Taylor arqueou uma sobrancelha.

— Devo ter medo?

Abby bateu no braço dele.

— Tá bom — disse Taylor. — Vamos guardar nossas coisas e vemos vocês em um segundo. Onde está o Trent?

— No Chicken Joe's — respondeu Jim.

— Ele ainda está fazendo isso, é? — comentou Taylor, me olhando por meio segundo.

— Só uma vez por semana, agora — disse Jim.

Travis e Abby nos deixaram e seguiram para a cozinha, e Taylor pegou a minha mão, me guiando escada acima e por outro corredor. Ele parou na última porta à direita e virou a maçaneta, empurrando-a.

Então colocou a bolsa sobre uma tábua solta, fazendo-a gemer e se revelar sob o carpete.

Eu não dormia na casa de amigos com muita frequência quando era criança, e ir morar na faculdade foi difícil. Mudar para o andar de cima do Bucksaw foi um alívio, mas também foi estressante. Nunca me dei bem em lugares estranhos, mas a má conservação, os móveis e o papel de parede de décadas atrás formavam um lugar que eu poderia chamar de casa.

Coloquei a palma da mão na testa.

— Não consigo acreditar que estou aqui. Eles estão na casa ao lado.

— Também não consigo acreditar que você está aqui — disse Taylor, com reverência na voz.

O quarto era decorado com troféus de plástico, medalhas, fotografias antigas e uma camada de poeira. A casa toda tinha cheiro de jantar, fumaça velha e um toque de loção pós-barba.

Dei um passo em direção à parede, o sol destacando o retrato de um Jim muito novo e da mãe de Taylor, Diane.

— Onde ela está? — perguntei, virando para ele. — Sua mãe.

Taylor esfregou a nuca.

— Ela... não está aqui. Morreu quando eu era criança.

Minha boca se abriu de repente, e eu a fechei.

— Por que não me contou?

— O assunto não surgiu.

— Claro que sim, caramba... pelo menos duas vezes. Toda aquela conversa sobre confiar um no outro e você não me disse que cresceu sem mãe?

Taylor deixou a mão cair até a coxa.

— Não gosto de falar sobre isso. É tipo o negócio de ser gêmeo. As pessoas me olham diferente quando sabem.

— Quem se importa com alguém que pode te desprezar porque sua mãe morreu? — Ele deu uma risada. — Estou falando sério — eu disse. — Você devia ter me contado.

— Por quê?

— Porque somos amigos.

Ele me encarou, magoado.

— Sério? Nossa amizade vai depender de compartilhar coisas? Porque eu só tenho uma vaga ideia de por que você está aqui.

— Acidente? — perguntei.

Ele balançou a cabeça.

— Câncer.

— Meu Deus. Isso é horrível.

Ele apontou para mim.

165

— Essa expressão no seu rosto é o motivo pra eu não ter te contado.
— Ele começou a desarrumar nossas malas, tirando nossas coisas das sacolas como se as odiasse.

— Você tem sorte de eu não ter perguntado ao seu pai pela sua mãe. Eu jamais teria te perdoado.

Ele suspirou.

— Não pensei nisso. Você está certa. Desculpa.

— Tá perdoado.

— Tenho que te contar mais uma coisa — disse ele.

Eu me preparei, cruzando os braços.

— Meu pai não sabe o que eu faço. Ele nos fez prometer, muito tempo atrás, que não trabalharíamos em nada que pudesse nos colocar em perigo. Ele trabalhava cumprindo a lei, e minha mãe pediu para ele desistir antes de ela morrer. É meio que um pacto que fizemos.

— E aí, você se candidatou para uma equipe de bombeiros de elite? — perguntei, sem acreditar.

— Não. Enquanto estamos aqui, Tyler e eu vendemos seguros.

Ri incrédula.

— Você tá brincando.

— Não.

— O que o Tyler faz?

— Serviço Florestal, como eu.

Minha boca se abriu.

— Ele também é bombeiro de elite?

— É. Normalmente ele trabalha em turnos diferentes. Só não fala nada, tá? Não quero chatear o meu pai.

— Vocês todos têm um pacto para ficarem em segurança, mas seu irmão caçula lutou numa luta clandestina, e você e seu irmão gêmeo combatem incêndios florestais. Thomas é o quê? Espião?

— Não, é executivo de propaganda na Califórnia. Ele tem uma personalidade tipo A, faz sempre o que deve fazer.

— Pelo menos um de vocês é.

Ele estendeu a mão.

— A gente devia descer.

Encarei seus dedos estendidos e balancei a cabeça.

— Não quero dar uma ideia errada para eles.

Uma ruga profunda se formou entre suas sobrancelhas, e seu rosto ficou vermelho.

— Dá um tempo, Falyn, porra. Você está aqui. Podemos parar com esse joguinho?

— O que isso significa?

Ele deu um passo em minha direção.

— Cansei de fingir que você não falou aquelas coisas.

— O quê? — soltei.

— No telefone, na outra noite. Tudo bem, você estava bêbada, mas... não sou só eu. Não estou sozinho nessa.

A risada da família de Taylor flutuou escada acima e pelo corredor até onde estávamos.

— Você está certo — falei. — Taylor me encarou cheio de expectativa. — É melhor a gente descer.

A expressão de raiva em seu rosto fez com que eu me encolhesse. Ele abriu a porta, esperando que eu fosse na frente.

Travis estava em pé atrás de Abby no fogão, com os braços ao redor dela, se inclinando para esfregar o nariz em seu pescoço.

— Posso ajudar em alguma coisa? — perguntei.

Os dois pararam de dar risadinhas e se balançar de um lado para o outro por tempo suficiente para olhar para mim, fazendo com que eu me arrependesse por ter interrompido.

Com o garfo na mão, Abby apontou para uma pilha de pratos de vidro marrons.

— Se quiser, você pode arrumar a mesa.

Taylor passou por mim e pegou os pratos, fazendo sinal com a cabeça para eu segui-lo. Peguei os talheres e fui atrás dele até o próximo cômodo, onde Jim estava sentado sozinho.

Então ele colocou um prato na frente do pai, e eu coloquei seus talheres. Abby não tinha separado colheres, mas eu não imaginava que teríamos um prato de sopa. Qualquer casa onde eu me sentia bem não teria vários pratos — nem empregadas e agendas egoístas para mudar a vida das pessoas.

Travis entrou, colocou descansos de pratos sobre a mesa, e Abby veio atrás rapidamente, posicionando um prato de vidro fundo com várias costelas de porco bem temperadas e suculentas. Eles eram jovens, mas estavam claramente apaixonados, sempre se beijando ou se tocando quando passavam perto um do outro.

Taylor puxou uma cadeira ao lado de Jim.

— Senta.

O tecido marrom estava manchado e desbotado, mas a almofada era bem aconchegante, assim como a família de Taylor.

Jim empurrou os óculos no nariz. Ele sorriu para mim, e a pele levemente inchada sob os olhos se ergueu.

Quando as tigelas de purê de batatas, molho de pimenta branca e ervilhas tortas estavam sobre a mesa, Jim fez um sinal de positivo com a cabeça.

— Parece bom, meu filho.

— Consegui uma boa — disse Travis, sorrindo para Abby.

— Conseguiu mesmo — disse Jim, piscando para a nora.

Depois que Jim deu uma garfada, peguei meu garfo e pus mãos à obra, sem perceber que as três mordidas do sanduíche de Taylor que eu roubei a caminho de Eakins não tinham sido suficientes para me alimentar.

— Ai, meu Deus, que delícia — falei, fechando os olhos.

Phaedra era uma boa cozinheira, e eu sempre comia bem no Bucksaw, mas comer a mesma coisa todos os dias fazia a comida caseira de outra pessoa parecer comida de restaurante.

— Você cozinha? — perguntou Abby.

Seus olhos cinza penetraram direta e profundamente nos meus. Eu não podia culpá-la por querer proteger sua família de alguém que não fosse digno. Eles tinham passado por muitas coisas, e qualquer mulher importante o suficiente para levar para casa merecia uma avaliação minuciosa.

— Só algumas coisas. Mas o que eu cozinho faço bem — respondi.

— Tipo o quê? — Ela sorriu com doçura enquanto mastigava.

— Comidas de café da manhã, principalmente.

— O Taylor acorda cedo o suficiente para tomar café da manhã? — provocou Travis.

— Cala a boca, babaca — resmungou Taylor.

— Não sei — respondi.

Todo mundo olhou para mim.

— Somos só amigos — acrescentei.

As sobrancelhas de Abby dispararam para cima, e ela olhou para Travis.

— Ah.

— Baby — disse Travis —, me passa o sal e a pimenta, por favor?

Abby estendeu a mão e deu o saleiro e o pimenteiro pequenos para o marido. Ele parecia jovem demais para usar uma aliança de casamento. Os dois usavam, mas as alianças e o casamento pareciam naturais, como se estivessem destinados a se amar por toda a eternidade.

— Nós dois já fomos amigos — disse Travis, sem se abalar.

Abby pressionou os lábios, tentando não sorrir.

— Não que eu não tenha lutado contra.

Travis balançou a cabeça enquanto mastigava.

— Meu Deus, como ela lutou.

— Mas você bem que gostou da perseguição — falei.

O ambiente se encheu de risadas, tons profundos dos garotos Maddox e gargalhadas mais suaves de Abby. Isso me fez sentir mais confortável. A conversa, a risada, a inflexão das idas e vindas, parecia a área de refeições do Bucksaw.

— Então você me entende? — ela perguntou.

Parei de mastigar no meio da mordida.

Taylor olhou para mim com os olhos cheios de esperança.

Como eu não respondi, ele olhou para o irmão.

— Então, como vocês passaram dessa fase para a de agora? — Taylor perguntou. — Só... por curiosidade.

Travis e Abby trocaram olhares conhecidos. Travis pegou um pedaço de costela de porco, e Abby apoiou o queixo na mão, sorrindo para ele, muito apaixonada.

— Não esperamos até a gente resolver as coisas — disse Travis depois de engolir. — Senão, eu ainda estaria perseguindo essa garota. — Ele se inclinou e beijou o rosto de Abby. — E ainda bem que isso já acabou, porra. Estar com ela e depois sem ela foi como morrer aos poucos... com uma pitada de loucura para temperar. Você vai ver.

Taylor me deu uma olhada rápida de relance, depois serrou sua costela de porco.

Abby revirou os olhos.

— Não foi tão ruim assim.

Travis parou de mastigar e olhou para ela.

— Foi exatamente ruim assim.

Bem quando Abby estendeu a mão para tocar no rosto do marido, a porta da frente se abriu. Esperamos para ver quem tinha chegado, escutando os passos descendo pelo corredor junto com o barulho de papel e plástico.

Outro Maddox apareceu, segurando uma sacola marrom. Abaixo dele, uma garotinha segurava pequenas sacolas de plástico em cada mão. Seu cabelo platinado caía em ondas suaves sobre o casaco em miniatura. Seus enormes olhos verdes miraram em cada um de nós, um de cada vez.

— Olive! — disse Jim. — Como foi no Chicken Joe's?

A bile subiu na minha garganta, e minhas mãos começaram a tremer. Uma fina camada de suor imediatamente se formou em minha pele. Senti vontade de rir e chorar e comemorar e desmoronar ao mesmo tempo.

— Foi bom — disse ela numa voz que combinava com sua estatura. — A Cami não pôde ir. O Tenton tinha que lavá a louça antes de saí, mas ele esqueceu. A Cami vai ficá muito, muito, muito bava.

Soltei uma risadinha. Ela era muito articulada, e sua vozinha doce fez meus olhos arderem.

Taylor percebeu minha reação e estendeu a mão até a minha.

— Ei — ele sussurrou —, tudo bem?

— Ela provavelmente teve que trabalhar, né? — perguntou Travis, olhando para Trenton.

— Sempre — comentou Trenton, ajeitando a sacola nos braços.

Todo o ar sumiu dos meus pulmões, e lágrimas salgadas escorreram pelo meu rosto. Eu tinha lutado para manter minhas emoções sob controle durante anos, mas não estava preparada para vê-la naquele momento. Sua voz inocente ecoou nos meus ouvidos. Das centenas de cenários que surgiram na minha cabeça, Olive entrando atrás de mim com o irmão de Taylor não foi um deles.

Qualquer que fosse minha expressão, Taylor pareceu preocupado e apertou minha mão com força.

Jim também percebeu, mas forçou uma conversa casual.

— Então, acho que vocês não estão com fome.

— Oi, Olive — disse Abby. — O que tem nas sacolas?

As perninhas de Olive correram até Abby, e ela se atrapalhou para abrir uma das sacolas.

— Ah! — disse Abby, os olhos brilhando enquanto olhava de novo para Olive. — Nhã! Sua mãe vai estrangular o Trent!

Travis se inclinou para olhar dentro da sacola e deu uma risadinha.

— Quantas balas, Olive.

— Não é tudo pa mim — disse ela.

Trenton estendeu a mão para Olive, fazendo-a voltar para o seu lado.

— Nós passamos na loja para pegar algumas coisas de que você precisava, pai. A Liza está em casa. Vou deixar a Olive lá e vou até o Red ver a Cami.

— Boa ideia — disse Jim, remexendo no prato com o garfo. — Vocês ainda estão gostando do apartamento?

— Um paraíso doméstico — respondeu Trenton com um amplo sorriso.

Ele colocou a sacola na cozinha e descarregou alguns itens. Depois, conduziu Olive pelo corredor de mãos dadas. Eles estavam discutindo alguma coisa. Ele olhava para ela lá embaixo, e ela olhava para ele lá em cima.

Percebi que eu ainda estava virada, agarrando a parte de cima das costas da cadeira.

Ela estava indo embora. Eu me senti enjoada.

— Falyn, tá tudo bem? — perguntou Taylor, com uma preocupação sincera na voz.

Estendi a mão para o copo de água e tomei um gole.

— Acho que só estou cansada por não dormir muito na noite passada e viajar hoje.

— Leva a água com você — disse Jim. — Andar de avião desidrata. Eu também nunca durmo bem na noite anterior a uma viagem.

Agradeci a Travis e Abby pelo jantar, depois pedi licença da mesa, com o copo de água na mão. Subi dois degraus de cada vez, disparei pelo corredor e empurrei a porta do quarto, colocando o copo sobre a cômoda antes de deitar e me encolher no colchão.

Por mais que eu puxasse o ar para os pulmões, não parecia suficiente. Meu coração estava zumbindo como um beija-flor, e minha cabeça girava. Implorei a mim mesma para me recompor, mas, quanto mais eu tentava lutar contra a sensação de pânico, pior ela ficava.

— Falyn? — disse Taylor, abrindo a porta devagar. Quando me viu, ficou horrorizado e colocou o prato de sobras na cômoda ao lado da porta. — Meu Deus, você está branca como papel. — Ele sentou ao meu lado e pegou o copo de água, tirando minha franja do rosto. — Não é de surpreender que os seus pais não quisessem que você viesse aqui. Não importa o que está tentando fazer, mas você não está preparada.

Balancei a cabeça.

— Bebe um gole — disse Taylor, me ajudando a levantar e colocando o copo em minhas mãos.

Tomei um gole.

— Estou bem — falei finalmente.

— Não, merda, você não está bem. Isso não está bem.

Tomei mais um gole e soltei o ar.

— Sério. É besteira. Estou ótima.

Taylor franziu a testa.

— No começo, eu sabia que, se me aproximasse demais, eu ia me queimar. Estou surpreso de ser você que está tentando me manter afastado.

— Talvez eu é que esteja te salvando.

Ele balançou a cabeça.

— Para de me afastar, Falyn. Eu não vou embora. Vou ficar aqui até pegar fogo.

— Para — falei simplesmente. — Você precisa parar.

Sua expressão se suavizou.

— Não posso. Eu nunca precisei de ninguém até te conhecer.

Nossos olhos se encontraram, mas eu não tinha palavras para dizer. Taylor me dava segurança, a mesma sensação que imaginei que Kirby sentia quando andava num beco escuro com Gunnar. O tipo de segurança que você sente com um super-herói.

— Eu também preciso de você — sussurrei.

— Eu sei — disse ele, olhando para baixo.

— Não. Não estou dizendo que preciso da sua ajuda. Eu preciso de você.

Ele me olhou com esperança.

Sua proteção não me tornava fraca. Só me lembrava de que eu era valorizada. Eu não era a garota inútil que vivia no reflexo dos olhos dos meus pais. Taylor era um herói, mas isso não significava que me via como vítima. Alguém que fazia você se sentir segura e forte ao mesmo tempo só podia ser uma coisa boa. Isso não era algo que uma garota como eu podia ignorar.

Ele fez um sinal com a cabeça para a porta.

— O que foi aquilo? Lá embaixo.

— Eu não estava preparada.

— Para o quê?

— Para ela. Estou bem agora.

— Tem certeza? — ele perguntou, tocando o meu joelho.

— Por que a Olive estava com o Trent? — perguntei.

Taylor deu de ombros.

— Às vezes ele toma conta dela para o Shane e a Liza.

— Seu irmão de vinte e poucos anos, cheio de tatuagens, cuida da Olive? Como foi que isso aconteceu?

— Falyn...

— Só — soltei — responda por favor.

— Eu... não sei direito. O Trenton é um cara legal. O Shane e o Trent se dão bem. Desde que o irmão da Olive morreu...

— Austin. Pode falar o nome dele.

Taylor se remexeu, desconfortável.

— Desde que o Austin morreu, o Shane e a Liza têm consultado um terapeuta. Eles precisaram de ajuda para passar por isso, e, tendo a Olive

173

para cuidar, eles se preocuparam em ser bons pais. Eles vão à terapia juntos e têm uma noite sozinhos duas vezes por mês.

— Eles não conseguiram achar uma boa garota do ensino médio para cuidar dela? — perguntei, minha voz ficando mais aguda a cada pergunta.

— O Trenton mataria qualquer um que tentasse machucar a Olive. Ele levaria um tiro por ela. O Shane e a Liza sabem disso. Eles não vão encontrar uma babá melhor que o Trent. É estranho, eu sei. Mas o Trent também perdeu uma pessoa, e a Olive é a melhor amiga dele.

— Uma garotinha é a melhor amiga do seu irmão? Você não acha isso estranho?

— Não, porque eu conheço o meu irmão e conheço a história deles.

Respirei fundo.

— Falyn, você não vai até lá, vai? Eles não sabem que você está aqui, e acho que você não tem estrutura para isso.

Balancei a cabeça.

Taylor ficou calado por um tempo, depois suspirou.

— Pode me contar. Meus sentimentos não vão mudar. Foi você?

— Fui eu o quê?

— Não sei muito da história. Quer dizer... só sei o pouco que meu pai e o Trent me contaram. Sei que foi um acidente. Sei que ninguém foi preso. Estou vendo que você quer o perdão deles, mas, Falyn... eles podem não estar preparados para te perdoar.

Eu não tinha o que dizer.

— Foi você que... você sabe... atingiu o Austin? Você que estava dirigindo?

Meus olhos se encheram de lágrimas, e baixei o olhar.

Taylor envolveu o braço nos meus ombros, a mão segurando a parte superior do meu braço e me apertando ao seu lado.

— Tudo bem. Foi um acidente.

— Não foi um acidente — falei, secando os olhos.

Olhei para Taylor e ele me olhou de volta, sem compreender.

Após um instante de hesitação, ele perguntou:

— O que você quer dizer?

— Não fui eu. Eu não tirei o filho deles, Taylor. Eu dei a minha filha para eles.

15

Taylor se encolheu, afastando a mão.

— Você achou que fui eu que atropelei e matei o irmão da Olive, o Austin? — Como ele não falou nada, continuei: — Agora eu entendo por que você falou mais cedo que eu não dirijo.

— Que diabos você está falando? — ele perguntou.

— Não estou aqui por causa do Austin. É a Olive.

Ele franziu o nariz.

— A Olive?

— Meus pais não queriam que ninguém soubesse dela por causa dos planos do meu pai. Ele era prefeito em Colorado Springs e decidiu ser candidato a governador do Colorado na próxima eleição.

— Este ano, então — comentou Taylor, triste. — Mas o que isso tem a ver com o Shane e a Liza... ou a Olive? Tô confuso pra caralho. Você está falando muita coisa, mas não está me dizendo nada.

Sequei uma lágrima que tinha escapado e escorrido pelo meu rosto.

— Ela... é minha.

Taylor me encarou como se eu estivesse em chamas.

— Mas ela tem, tipo... idade para estar no jardim de infância. — Ele balançou a cabeça. — Como é que ninguém sabe disso? Não entendo como você manteve segredo esse tempo todo.

— Os meus pais sabem. A Phaedra e o Chuck sabem. Várias pessoas suspeitam. Correram boatos. *Muitos* boatos.

— Kirby? — ele perguntou.

Balancei a cabeça.

— Foi por isso que seus pais ficaram horrorizados porque eu sou de Eakins. Eles não queriam que o segredo fosse descoberto. Eles não queriam que eu te trouxesse aqui.

Meu lábio inferior tremeu.

— Eles querem que eu finja que isso nunca aconteceu, que *ela* nunca aconteceu. Eles fizeram chantagem com a faculdade, dizendo que, se eu não assinasse os documentos, eu estaria jogando a minha vida no lixo. E, depois — falei, quase sussurrando as palavras —, eu percebi que não importava. Nada importava. Eu já tinha jogado a minha vida no lixo porque ela tinha ido embora.

Ele balançou a cabeça.

— Falyn, não sei o que está acontecendo aqui, mas... — ele se encolheu, já arrependido das próximas palavras — a Olive não foi adotada. Ela é filha de Shane e Liza. Houve um engano.

— Você não acredita em mim? — perguntei.

— É só que... isso é esquisito pra caralho. Quer dizer, quais são as chances? Ela acaba ficando com um casal de Eakins, que mora na casa ao lado do meu pai, e você e eu nos conhecemos e ficamos amigos. Não quero te chatear, mas isso está errado. Eu lembro quando o Shane e a Liza se mudaram para cá. Eles têm fotos da Olive bebê nas paredes, da Liza com a Olive no colo, no hospital. Eles se mudaram para cá quando a Olive tinha dois anos. E nunca falaram que ela era adotada.

— Exatamente — falei, secando o rosto de novo e apontando para ele. — Exatamente. É perfeito demais. Você e eu estávamos destinados a nos conhecer. Isso estava destinado a acontecer.

O rosto todo de Taylor se contorceu, e ele se levantou.

— Você está falando sério. Você realmente está me dizendo que a Olive é sua filha?

Minha boca se abriu.

— Você não a viu? A Phaedra diz que ela é a minha cara. Pensa no Shane e na Liza. Com qual dos dois a Olive se parece, Taylor?

Ele pensou por um instante, com os olhos colados no chão.

— É verdade. — Ele olhou para mim. — Mesmos olhos. Mesmo cabelo. Mesmo nariz e lábios. O queixo é diferente.

Dei uma risada sem humor.

— O queixo é do pai.

Ele piscou, tentando processar o que eu tinha acabado de falar.

— Mas e as fotos?

— As fotos da Liza com a Olive foram tiradas do lado de fora do meu quarto no hospital. Vai até lá agora e olha. A Liza não está de camisola de hospital. Posso jurar que não. Posso te levar até a maternidade em Saint Francis, em Springs. Se as fotos mostram Olive recém-nascida num hospital, foram tiradas lá.

— Não é que eu não acredite em você — ele disse, esfregando a nuca. — É só que... eu te trouxe aqui. Você quer interromper a vida dessas pessoas? Não me sinto bem com isso.

Balancei a cabeça.

— Eu não faria isso.

— Você sabe como eu me sinto em relação a você. Quer dizer, você precisa saber. Não sei se existe alguma coisa que eu não faria por você. Isso parece pateticamente inadequado quando dito em voz alta — disse ele, indignado. — Mas é... — Ele desviou o olhar, e a voz foi ficando fraca. — Não podemos fazer isso com eles.

— Concordo — falei. — Eu também não quero fazer nada com eles.

Ele fez uma pausa.

— Então qual é o plano, Falyn? Acho que Olive não sabe que é adotada. Você não vai...

— Não. Eu só... — Respirei fundo. — Meus pais me fizeram acreditar que eu não tinha escolha, e eu convivo com a decisão que tomei. Vou conviver com ela para sempre, mesmo agora, estando exatamente na casa ao lado. Sei que ela já sofreu uma perda. Não quero virar a cabeça da Olive de pernas para o ar duas vezes.

Parecia que Taylor tinha levado um soco no estômago.

— Eles te obrigaram a abrir mão dela?

— Eu não contei para eles que estava grávida. Escondi isso até a Blaire me encontrar. Eu estava no chão do meu banheiro, de quatro, ensopada de suor e tentando não fazer força. Eu mal tinha dezoito anos.

A imagem mental perturbou Taylor, e ele se ajeitou, desconcertado.

— Minha mãe ouviu barulho no meu quarto. Ela me encontrou e me levou para o pronto-socorro. — Levei os dedos aos lábios. — Depois que a Olive nasceu, tive poucas horas para decidir. Meus pais disseram que, se eu não abrisse mão dela, ia perder tudo. Durante toda a minha vida, eu tinha planejado ir para a faculdade, ter uma carreira, deixar meus pais orgulhosos — engasguei com as palavras. — Uma assinatura parecia uma solução fácil. Eu não entendi do que estava abrindo mão.

— Como seus pais tiveram coragem de te obrigar a isso? Isso é horrível, Falyn. Que porra!

O quarto ficou silencioso e, de repente, estava constrangedor demais para falar.

Um soluço ficou preso na minha garganta, e eu o engoli.

— Então eu fui para a faculdade. É mais fácil pensar quando não tem alguém no seu ouvido o tempo todo. Percebi que não era aquilo que eu queria, mas era tarde demais. Eu não podia tirar a Olive da mãe dela duas vezes. Fiquei doente pouco tempo depois de começar a faculdade. Achei que era o estresse da situação. Então, depois de um ano em Dartmouth, eu voltei para casa. Foi aí que aconteceu. A Blaire me levou ao médico, e eles me disseram que eu tinha desenvolvido uma endometriose. Foi minha punição pelo que fiz.

Taylor balançou a cabeça, confuso.

— O que isso significa?

— Não posso ter mais filhos.

Seus olhos foram até o chão enquanto ele pensava nas minhas palavras.

— Deixei os meus pais porque estava cercada pelas coisas que eles tinham prometido, e eu não queria... nada daquilo. Percebi que tudo que eu recebia deles era sujo. Eram coisas pelas quais eu tinha trocado a minha filha.

Taylor estendeu a mão para mim, mas eu recuei.

— Eu só queria vê-la — falei. — Não posso criar essa garotinha. Eu aceito isso. Mas ainda posso estar em pelo menos uma das lembranças dela. Às vezes, acho que esse é o único lugar onde eu quero existir.

Taylor balançou a cabeça.

— Imagino.

— Imagina o quê? — falei, secando o rosto com a manga.

— Por que você odeia tanto os seus pais.

— Eu me odeio mais — falei, só percebendo isso naquele momento, ao dizer as palavras em voz alta.

Ele travou o maxilar.

— Não consigo imaginar alguém me fazendo sentir tão sozinho que eu tivesse que abrir mão da minha filha.

Meus olhos encararam o nada enquanto eu me perdia nas lembranças.

— Eu a segurei por apenas alguns momentos preciosos. Seu corpo todo cabia nas minhas mãos — falei, mostrando a Taylor como ela era pequenininha. — Chorei mais do que ela. Eu já a amava e sabia que nunca mais a veria. William não conseguiu entrar no quarto. Blaire o chamou, mas ele ficou no corredor. Ele se recusou a olhar para a neta, a coisa que ameaçava a sua campanha.

Dei uma única risada.

— Um bebê. Ela era apenas um bebê. A Blaire sussurrou no meu ouvido enquanto eu segurava a Olive, enquanto eu chorava com ela no colo, tomando cuidado para as enfermeiras não escutarem. Ela disse: "Isso se chama sacrifício. É a coisa mais amorosa que você pode fazer por ela". E talvez ela estivesse certa. A Olive tem uma vida boa com o Shane e a Liza.

— Tem mesmo — comentou Taylor.

— Eu sobrevivi sozinha... sem nada. Eu podia ter cuidado dela. Teria sido difícil, mas ela era minha, e eu era dela. — Funguei. — Eu teria sido uma boa mãe.

— Não — disse Taylor. — Você *é* uma boa mãe.

Olhei para ele, vendo-o sob uma nova perspectiva e me vendo através dos seus olhos. Era quase fácil não odiar a mulher que ele via. Ele tinha colado alguns dos meus pedaços quebrados em poucas semanas. Eu estava tentando fazer isso havia mais de cinco anos.

— Você precisa parar — falei.

— O quê? — ele perguntou, tenso.

— Sou... — Mordi o lábio com força, me punindo pelas palavras que viriam a seguir. — Sou uma tremenda confusão. Não sou nada e não vou a lugar nenhum.

Metade de sua boca se curvou num sorriso.

— Você está comigo, certo? E isso não é lugar nenhum.

— Você não me quer. Sou uma covarde — sussurrei. — Eu estava mais preocupada com coisas materiais do que em ficar com a minha filha.

— Você está errada. Eu te quero mais do que qualquer coisa que eu já quis na vida.

Apoiei a cabeça em seu peito. Ele me puxou para si e me abraçou, enquanto meu corpo todo se sacudia com soluços devastadores. Quanto mais eu chorava, mais forte ele me abraçava. Ele beijou meu cabelo enquanto sussurrava palavras de consolo, tentando fazer qualquer coisa para interromper minha dor.

— Estamos aqui em Eakins. De algum jeito, a gente vai consertar isso — ele disse quando me acalmei.

Eu finalmente respirei fundo, deixando meu corpo se derreter em seu abraço.

— Acho que está bem claro que não é só desejo o que sinto. — Ele deu uma única risada, nervoso. — Não consigo ficar longe de você. Isso se chama necessidade.

Olhei para ele, conseguindo dar um sorrisinho.

— Você só está tentando ser o herói de novo.

Ele secou uma lágrima do meu olho com o polegar, e depois envolveu meu rosto delicadamente com as duas mãos.

— É mais do que isso. — Uma ruga se formou entre suas sobrancelhas. — Não tenho ideia do que seja, mas tenho um medo do caralho de falar em voz alta.

Pressionei os lábios, vendo o desespero em seus olhos.

— Então não fala. Me mostra.

Ele balançou a cabeça devagar e olhou para a minha boca. Então se aproximou aos poucos, sua respiração falhando enquanto previa o que estava prestes a acontecer.

O ar entre nós ficou eletrizado. Cada batida do meu coração era tão alta que eu tinha certeza de que ele estava escutando. Eu só queria que ele me abraçasse mais forte, que nós dois ficássemos mais próximos.

Seus dedos pressionaram minha pele quando seus lábios roçaram nos meus. Demos um pulo quando alguém bateu à porta.

— Falyn? — Abby chamou do outro lado. — Você está bem? Parecia que você estava chorando.

Os ombros de Taylor desabaram, e ele deu alguns passos para girar a maçaneta.

A preocupação de Abby foi substituída pela raiva no instante em que ela viu meu rosto.

— Que diabos está acontecendo?

— Ela está bem — disse Taylor.

Abby olhou furiosa para ele, com olhos acusadores.

— Ela está chorando. Ela não está bem.

As sobrancelhas de Taylor se ergueram, e ele olhou para todo mundo ao redor.

— Mas não é por minha causa. Eu deixaria o Travis me dar uma surra, antes de fazê-la chorar desse jeito.

— Estou bem — falei com um sorriso agradecido. — Não estamos brigando.

Travis marcou sua presença, aparecendo na porta, ao lado da esposa.

— Desde quando um Maddox não briga com a namorada?

Abby tentou não sorrir e o cutucou nas costelas com o cotovelo.

— Eu não destruí o quarto nem nada — disse Taylor.

Eu não sabia o que ele queria dizer, mas a frase tirou o sorriso convencido do rosto de Travis.

Sem conseguir deixar Taylor aguentar a pressão por mais tempo, falei:

— Estamos conversando sobre outra coisa, algo que aconteceu muito tempo atrás.

— Ah — disse Travis, entendendo subitamente. — Merdas do passado. Sabemos tudo sobre merdas do passado.

Abby semicerrou os olhos para Taylor.

— O que você falou para ela?

— Nada! — exclamou Taylor, na defensiva.

Abby apontou para ele.

— Acho bom você não ter trazido ela aqui só para fazê-la chorar, Taylor Dean!

— Eu não fiz isso!

— O que foi que você disse? — Abby exigiu saber.

— Que eu a amo! Mais ou menos isso. — Ele fez uma pausa, virando-se para mim.

Minha respiração ficou presa.

— Você... o quê? Tenho certeza que você não disse nada parecido com isso.

— Bom, é isso que eu estou tentando dizer há algum tempo — Taylor resmungou.

A boca de Abby se abriu de repente, e ela sorriu.

Taylor ignorou nosso público e deu alguns passos até ficar a apenas alguns centímetros de mim. Ele examinou o meu rosto com tanta adoração nos olhos que eu comecei a chorar de novo.

— Não chora — ele disse.

— Babaca — disse Travis, envolvendo a esposa com o braço.

Taylor deu um passo ofensivo em direção ao irmão mais novo e mais alto, e Travis deu um pulo para trás com um sorriso divertido. Fiquei em pé e agarrei a camisa de Taylor, segurando-o. Ele não reagiu.

Abby revirou os olhos.

— Me avisa se precisar de ajuda, Falyn. Eu chuto a bunda dele de hoje até domingo.

— Ah, vamos lá, Abby — disse Taylor. — Acabei de dizer para a garota que eu a amo, e você está me fazendo parecer um completo babaca.

— Você é um completo babaca — disse Abby. — Para de fazer a Falyn chorar.

A boca de Taylor se abriu, e ele bateu a porta na cara dos dois.

Sequei os olhos e sentei na ponta da cama.

— Isso foi para eles?

— O que foi para eles?

— Essa coisa toda de eu-te-amo. Tem alguma coisa a ver com você trazer para casa uma garota com quem não está transando?

Os ombros de Taylor afundaram, e ele se ajoelhou na minha frente.

— Meu Deus, Falyn, não.

— Então... você me ama — falei incrédula.

— Claro que sim, caramba — ele afirmou, sem hesitar. — Eu falei que, depois dessa viagem, nós não seríamos mais amigos. — Ele percebeu minha expressão. — O que foi?

— Que triste para você.

— Isso é tudo que você tem a dizer? — ele perguntou, magoado.

— Sou uma confusão, Taylor. Mais cedo ou mais tarde...

— Você é maravilhosa, Falyn. Que porra! Nunca fiquei tão orgulhoso de conhecer alguém na vida. E isso significa muito. Tenho muitos amigos que são heróis condecorados. Você estava certa sobre como isso aconteceu. Estávamos destinados a nos conhecer. Do jeito que nos conhecemos. Não pode ser tudo uma estranha coincidência. — Seus olhos encontraram os meus. — Eu sei o que você está pensando, mas não vou te deixar, Falyn. E não vou permitir que você me deixe.

— Você não tem como saber isso.

— Você não precisa falar que me ama, mas é tarde demais para mim.

Recuar nesse momento, com Taylor me olhando nos olhos, confessando seus sentimentos, era inútil. Mas o medo muito real do adeus estava por perto, rondando a expectativa de um final feliz. Tinha que estar. Afinal, ou eu me afastava ou as pessoas que eu amava eram arrancadas de mim. E o adeus era quase tudo que me sobrava.

— Tenho medo de te perder se disser em voz alta — falei, desejando que minha voz estivesse baixa demais para o destino escutar.

— Então você assume — ele disse, surpreso. — Você me ama.

Fiz que sim com a cabeça, preocupada com a reação dele.

Ele me puxou para si e me abraçou com força, aliviado.

— Não consigo acreditar, porra. Nunca acreditei nesse tipo de coisa, mas é difícil negar.

— O amor? — perguntei.

— Antes de eu me candidatar para o Grupo Alpino, antes do Shane e da Liza decidirem adotar... é loucura dizer que isso é muito antigo? Que nós dois somos muito antigos? Alguém sabia que eu precisaria segurar a sua mão antes mesmo de eu ter uma.

— Isso é meio poético.

— Rosas são vermelhas — ele começou, com um sorriso travesso.

— Para — alertei.

— Seus olhos são verdes — ele disse, me jogando na cama.

Dei uma risadinha, sem fazer muito esforço para afastá-lo de mim.

— O verde mais lindo que já vi.

Ele parou de me fazer cócegas, e eu relaxei, respirando sob ele com dificuldade.

Seu sorriso desapareceu.

— Eu te amo — ele sussurrou.

— Esse poema é péssimo. Nem rima.

— Rima, sim. — Ele se inclinou, tocando meus lábios com os seus.

Seus dedos envolveram meu maxilar, e meus lábios se abriram instantaneamente, ansiosos pela mesma emoção que senti quando ele me beijou no avião. Mas dessa vez foi diferente. Dessa vez, estávamos sozinhos.

Agarrei a barra inferior de sua camiseta e a puxei para cima. Taylor colocou a mão na nuca e a puxou até sair. Passei os dedos pelas suas costas, e ele gemeu. Fazia anos que eu não tocava um homem desse jeito, e agora que eu estava fazendo isso, minhas mãos queriam explorá-lo ainda mais. Estendi a mão até o botão de seu jeans e o abri, a rigidez atrás do zíper implorando para escapar.

Sua boca deixou a minha e desceu pelo meu pescoço. Suas mãos levantaram minha blusa para ter acesso à pele nua do meu peito e da barriga até atingirem a minha cintura. Ele deslizou uma das mãos sob mim, seus dedos encontrando o caminho até o meu sutiã. Com os dedos, ele abriu o fecho e, com a outra mão, soltou o botão da minha calça.

Seus movimentos confiantes e experientes só me deixaram mais excitada pelo que viria a seguir. Apesar de explorar o meu corpo pela primeira vez, ele sabia exatamente o que fazer e como me tocar. Eu só tive um amante, e o que estava acontecendo agora era muito melhor. O homem que estava sobre mim não só estava apaixonado, mas, pela expressão em seus olhos, estava prestes a fazer amor comigo, algo que seria novidade para ele também.

Taylor segurou o zíper e o puxou para si, deslizando a língua sob o tecido. Suspirei, sentindo minhas entranhas ficarem tensas, implorando por ele. Taylor beijou bem atrás do botão de metal enquanto abria o zíper, depois puxou meu jeans pelos quadris. Seus lábios batizaram minha pele num rastro de pequenos beijos até chegar aos meus tornozelos, e ele jogou a calça jeans no chão.

Taylor demorou no caminho de volta, lambendo a parte interna da minha coxa com a ponta da língua. Ele curtiu cada alongamento dos meus quadris todas as vezes que eu me retorcia sob ele.

O ritmo em que tirava a minha roupa era incrivelmente excitante. Ele tirou minha camiseta, deslizou as alças do sutiã por sobre os ombros e jogou o tecido branco sedoso no chão.

O colchão gemeu sob nós quando ele se ergueu e se afastou de mim. Depois ficou em pé diante da cama, planejando o que faria comigo a seguir, enquanto empurrava seu jeans até o chão e saía de cima dele. Taylor engatinhou de novo na cama, se posicionando sobre mim.

Ele encostou a testa na minha e suspirou.

— O que foi? — sussurrei, me erguendo para beijar o canto de sua boca.

Ele abaixou o corpo sobre o meu, e os únicos tecidos que o impediam de me penetrar eram de sua boxer Calvin Klein e da minha calcinha de algodão, vergonhosamente simples.

— Você estava chorando quinze minutos atrás, e não quero que pense que estou querendo tirar proveito. Não tem problema se a gente ficar só assim.

Estendi a mão lentamente entre nós, deslizando os dedos pelos gomos de seu abdome e por baixo do elástico para agarrar seu membro. Um gemido baixo ecoou em sua garganta enquanto eu apertava com mais força e puxava lentamente, deixando sua pele rolar em seu membro.

— E se eu pedir por favor?

Sua respiração ficou presa, e sua boca se fechou na minha, um fim visceral para o limite da sua força de vontade.

Minhas mãos deslizaram para as suas costas e depois desceram, a boxer abaixando com o movimento. Uma vez exposto, ele puxou minha calcinha para o lado, encostando a pele na minha.

Eu me preparei, depois ofeguei quando ele balançou lentamente os quadris para frente, me penetrando. Meus dedos se enterraram em suas costas, o colchão gemendo em um ritmo lento a cada estocada delicada.

Taylor se inclinou para saborear meus lábios de novo, gemendo na minha boca enquanto se enterrava mais fundo em mim. Cruzei os tornozelos nas suas costas, deixando-o chegar mais perto, afundar ainda mais.

Em algum lugar no andar de baixo, a risada intermitente da família dele podia ser ouvida, nos lembrando de não fazer barulho. Cada vez que eu precisava gemer alto, Taylor cobria minha boca com a dele. Eu não sabia quanto tempo havia se passado, atenta apenas ao volume dentro de mim e às idas e vindas enquanto meu corpo implorava igualmente por mais e por um alívio. Taylor fez as duas coisas, várias vezes seguidas, durante horas a fio, até eu ficar totalmente exausta.

Cada centímetro meu parecia dolorido e relaxado quando Taylor caiu ao meu lado, ofegando e sorrindo.

— Que merda, mulher. Eu achei que te amava antes...

Estendi a mão para baixo até encontrar os dedos de Taylor, deixando-os se entrelaçarem aos meus.

— Contanto que me ame depois. Isso, sim, seria uma novidade.

Ele virou de lado, apoiando a cabeça na mão.

— Não costumo jogar essas palavras por aí. Eu nunca falei isso para ninguém que não fosse da família.

— Eu só falei para uma pessoa até agora.

Ele balançou a cabeça.

— Só uma?

Olhei para a janela, o brilho do poste de luz lá fora penetrando.

— Olive.

— Mais ninguém?

— Não — respondi, olhando de novo para ele e tocando seu rosto. — Só você.

O pensamento pareceu reconfortante para Taylor, e ele relaxou.

Meus olhos se fecharam e, enquanto Taylor se ajeitava ao meu lado, deixei a fadiga me arrastar profundamente. Pela primeira vez em muito tempo, eu não estava sozinha na escuridão.

16

Ao despertar no antigo quarto de Thomas na casa de Jim, fiquei preo-cupada que Taylor acordasse a qualquer momento e o constrangimento se instalasse. O sol nascera mais ou menos na hora em que acordei, mas Taylor ainda dormia ao meu lado, respirando lenta e profundamente.

Os pássaros gorjeavam lá fora, e o céu azul e alguns fios elétricos eram as únicas coisas que eu podia ver de onde estava deitada. Aquele seria um dos melhores dias da minha vida. Quer Olive soubesse ou não, este seria o dia em que eu me tornaria parte de suas lembranças, e isso eu carregaria comigo para sempre.

— Baby? — disse Taylor. Ele tensionou o braço que estava relaxado sobre a minha cintura e me puxou mais para perto dele.

— Sim? — falei, pega desprevenida pelo termo carinhoso. De acordo com a minha experiência, esses termos só eram usados quando era preciso manter as aparências.

— Não tenho certeza se consigo acordar sem você de novo. — Sua voz era sonolenta, mas contente.

Soltei uma risada e esfreguei o nariz em seu pescoço.

— Consegue, sim.

— Mas eu não quero.

— Estes Park vai sentir sua falta.

— Acho que sim. — Ele cobriu minha bochecha de beijos. — Então, qual é o plano para hoje? Não quero ser cúmplice de sequestro antes do café da manhã.

Suspirei.

— Não quero que ela saiba quem sou nem por que estou aqui. Eu só... quero vê-la com meus próprios olhos. Dessa vez vou estar preparada e posso saborear o momento de quando eu deixar uma marca minúscula na vida dela, mesmo que eu seja a única a saber.

— Eu vou saber.

— Eu sei que parece egoísta — falei, cobrindo os olhos com os dedos.

Taylor ergueu meu queixo, descobrindo meus olhos com a outra.

— Provavelmente é a coisa menos egoísta que já ouvi. Olive está na casa ao lado, e tudo que o você quer é ser apresentada como uma estranha, para se agarrar a esse momento enquanto ela segue com a própria vida.

Eu nunca tinha pensado nisso dessa forma. Parecia triste, mas honesto. Mais uma vez, a mulher refletida nos olhos de Taylor era digna de perdão. Nenhuma gratidão jamais poderia pagar algo assim.

— Você só está dizendo isso porque precisa — provoquei.

Ele sorriu, mas só havia sinceridade em seus olhos.

— Estou dizendo porque é verdade.

Como eu não respondi, ele baixou o olhar. A súbita mudança em seu humor foi desconcertante.

— O que foi? — perguntei.

— Quero te perguntar uma coisa, mas a resposta não importa.

Esperei.

— Onde está o pai da Olive? O pai biológico?

Engoli em seco.

— É uma longa história.

— Mas você não o amava?

Balancei a cabeça. Era verdade. Mesmo antes de conhecer o Taylor, eu sabia que apreciar a atenção de um homem mais velho, um homem que deveria ser uma figura respeitável, não era a mesma coisa que amar.

— Ele... ele te machucou? — Taylor perguntou.

Balancei a cabeça de novo.

— É muito importante para você saber?

Taylor pensou por um instante.

— Quero saber.

Virei de costas para ele. Eu não queria ver o seu rosto.

— Ele era meu professor, meu treinador, no ensino médio. Ele é casado. Ela sabe que ele a traiu, mas não sabe que foi com uma aluna. Ela não sabe da Olive.

— Meu Deus, Falyn. Ele deixou você lidar com isso sozinha?

— Não. Ele se ofereceu para pagar o que ele chamou de solução. Perdi a hora da consulta. E da seguinte. Nunca pensei que ele deixaria a esposa por mim. Nunca quis isso dele. Ainda não sei por que fiz isso.

— Porque você era muito jovem. Porque tinha um relacionamento de merda com o seu pai. Existe uma dezena de desculpas.

— Não tem desculpas. Eu fiz as minhas escolhas e agora estou tendo que conviver com elas.

— Mas você não tinha que conviver com elas sozinha. — Taylor me abraçou com força e enterrou o rosto em meu cabelo.

— Depois de hoje, eu vou ficar bem. Posso abrir mão dela nos meus próprios termos.

— Só me diz o que você precisa que eu faça: te dê espaço, um ouvido para te escutar, um ombro para chorar, uma mão para segurar...

— Provavelmente tudo isso — falei, puxando seus braços para mim até ele me abraçar.

— Qualquer coisa por você, baby.

Sorri ao me lembrar dele dizendo a mesma coisa do lado de fora do Bucksaw no dia em que nos conhecemos. Naquela época, apesar de ser só superficialmente, Taylor me fez sentir segura. Agora era de verdade, e ele ainda estava, de alguma forma, fazendo tudo dar certo.

— Taylor! — Jim gritou lá de baixo. — O café da manhã está na mesa!

Taylor se levantou e vestiu uma camiseta e uma calça jeans antes de colocar um boné azul-royal quase sobre os olhos.

— Preparada? Hoje nós vamos arrasar!

Depois de um banho rápido, vesti minha calça jeans favorita e uma blusa rosa que eu tinha comprado especialmente numa loja popular para o dia em que encontrasse minha filha de novo. Eu queria que a lembrança que ela tivesse de mim, apesar de muito rápida, fosse perfeita.

Taylor desceu, e eu levei um pouco mais de tempo no cabelo e na maquiagem. Depois me juntei a ele e a Jim na mesa. Jim já tinha quase terminado de comer quando Trenton bateu duas vezes e abriu a porta da frente, anunciando sua chegada.

— Bom dia, família Maddox! — Trenton parou para reconhecer minha presença. — E amiga. — Ele foi até a cozinha, onde pratos tilintaram, portas e gavetas de armário bateram e a porta da geladeira abriu e fechou.

— Já chega dessa merda de amiga — disse Taylor.

Trenton parecia radiante quando sentou entre o pai e o irmão com uma tigela de cereais.

— Ah, é mesmo? Vocês selaram o pacto ontem à noite? O Trav disse que você fez ela chorar.

Jim bateu com força na parte de trás da cabeça de Trenton.

— Trenton Allen!

— Ai! O que foi que eu disse? — Trenton esfregou a nuca.

Jim bebeu seu café, tentando aliviar a expressão chateada do rosto.

— Está se sentindo melhor, Falyn?

— Muito. Obrigada.

— Qual é o plano para hoje, Taylor? — Jim perguntou.

Taylor deu de ombros, olhando para o irmão.

— Quais são seus planos para hoje, babacão?

Jim suspirou.

— Mas que porcaria! Não podemos ter uma refeição sem ofensas?

Os irmãos balançaram a cabeça. Jim também.

A colher de Trenton raspou na tigela de cereais.

— Trabalhar.

— Vai ficar de babá hoje? — Taylor perguntou.

Trenton pareceu confuso.

— Não. Por quê?

Taylor deu de ombros.

— A Olive é bem fofa, e eu nunca mais tive chance de vê-la.

Trenton enfiou uma colherada de ceral na boca, considerando o comentário de Taylor.

— Posso perguntar se ela quer ir até o parque, se você estiver mesmo disposto a passar a manhã com uma menina de cinco anos. Mas eu tenho que trabalhar mais tarde.

— Seis — falei.

Trenton piscou.

— Ela tem seis anos.

— Certo — ele disse. — Ela fez aniversário na semana passada. Vou levar um tempo para me acostumar com isso.

— O parque parece divertido — disse Jim, olhando para mim.

Eu não tinha certeza do que ele pensava saber, mas ele estava se aproximando da verdade.

— Você parece gostar de passar um tempo com ela — falei.

Trenton sorriu.

— Ela é uma garotinha legal. — Ele se levantou, pegou o celular no bolso e digitou um número.

— Ei, Trenton... — Taylor começou, mas alguém já tinha atendido do outro lado da linha.

— Shane — disse Trenton. — E aí, querido? Não. É. É. O que a Oó vai fazer hoje?

Olhei para Taylor e balbuciei: *Oó?*

Taylor deu de ombros, sem entender.

Trenton assentiu.

— É, meu irmão está na cidade com a namorada. O Taylor. Não, ele ainda é vendedor de seguros. Os dois são. No Colorado. Babacas. — E deu um sorriso convencido para o irmão mais velho.

Taylor não gostou.

Trenton continuou a conversa.

— Quer encontrar a gente no parque? Ou você tem compromisso?

Enquanto o Trenton escutava a resposta de Shane, meu estômago afundou. O Shane e a Liza me reconheceriam. Se eles fossem até o parque, eu não sabia como eles reagiriam por eu ter aparecido sem avisar.

— Tá bom, ótimo. Até mais. — Trenton colocou o celular sobre a mesa. — O Shane está no trabalho, e a Olive está em casa com a Liza. Ele vai ligar para a Liza, e a gente pode pegar a Olive daqui a vinte minutos.

— Que bom — disse Taylor. — O parque Bagby ainda é o preferido dela?

191

Trenton sorriu.

— É.

— Tá bom. Vou pegar uns cigarros, e encontramos com vocês lá.

— Ei — disse Trenton, ficando sério de repente —, nada de fumar perto da Olive.

— Eu sei, babacão. Te vejo daqui a pouco. A gente se vê mais tarde, pai.

Taylor e eu nos levantamos, e Jim acenou. Seguimos até o carro lá fora, nossos dedos entrelaçados. Não era a primeira vez que Taylor estendia a mão para mim, mas agora era diferente. Ele não estava só segurando a minha mão. Ele estava se oferecendo para ser testemunha do dia em que eu mudaria meu futuro e meu passado.

Puxei o cinto de segurança sobre o peito, observando Taylor girar a chave na ignição.

— Trouxe seu celular? — ele perguntou.

— Não. Por quê?

— Porque você vai querer tirar fotos. Tudo bem. Pode usar o meu.

Balancei a cabeça.

— Não. Nada de fotos. Só lembranças.

— Tem certeza? — ele perguntou.

Eu assenti e respirei fundo enquanto Taylor engatava a ré no carro.

Paramos na loja de conveniência no fim da rua. Taylor correu até lá, comprou dois maços de cigarro e saiu rapidamente com os dois na mão.

Fiz uma careta.

Ele implorou com os olhos.

— Eu te garanto: hoje é noite de pôquer.

— E você vai fumar os dois maços?

— Talvez.

Franzi o nariz, e ele deu uma risadinha. Depois beijou minha mão, antes de sair para a rua e seguir em direção ao parque.

O trajeto até o Parque Bagby era curto, apenas uns três quilômetros. Taylor parou na pequena área de estacionamento de cascalho, e eu empurrei a porta, sentindo as pedrinhas se esmagarem sob meus pés até chegar ao gramado.

— Caramba, não brinco numa dessas há muito tempo! — disse Taylor, me puxando para a gangorra. Ele sentou numa ponta, esperando que eu sentasse na outra.

— Nem pense que eu vou nesse negócio. Não quero passar o dia no pronto-socorro em vez de passar com a Olive.

Ele pareceu decepcionado, mas em seguida riu.

— Você me conhece bem demais. Ainda bem que tem pelo menos um adulto nesse relacionamento.

— Ah, num relacionamento? — perguntei.

A ideia pegou Taylor de surpresa.

— Humm... bom... é. Não estamos em um?

— Ainda tenho até segunda-feira. Você disse que éramos amigos até depois do fim de semana.

Ele arqueou uma sobrancelha, indiferente.

— Não faço as coisas que fiz com você ontem à noite com os meus amigos. Nossa amizade está oficialmente acabada.

Ele sentou, deixando seu peso levá-lo para o chão enquanto meus pés saíam da grama.

— É justo — falei. Agora era eu quem me aproximava do chão.

Um lento sorriso foi se espalhando pelo rosto de Taylor até ele ficar radiante com a vitória. Então colocou um cigarro na boca.

— Caralho. Meu pai disse que isso ia acontecer, mas eu nunca acreditei nele.

— O quê? — perguntei.

— Sou um homem de uma mulher só.

Um Dodge Intrepid vermelho caindo aos pedaços estacionou ao lado do nosso carro alugado, e a porta do motorista se abriu de repente, revelando Trenton. Ele deu uma corridinha pela frente do automóvel e abriu a porta do carona, então se esticou até o banco traseiro e colocou uma belezinha platinada em pé do lado de fora.

Meu coração pulou no instante em que Trenton deu um passo para o lado e o rosto angelical da garotinha apareceu. Liza trançara seu cabelo na lateral, e ela usava um par de belas, porém funcionais, sapatilhas de boneca com solado grosso de borracha, para um dia de brincadeiras com Trenton no parque.

Olive saiu a toda velocidade em direção aos brinquedos, passando correndo por nós e seguindo direto para o balanço. Fui com Taylor e Trenton até o banco mais próximo e fiquei observando enquanto ela se ajeitava. Com sua vozinha suave, ela gritou para Trenton empurrá-la, e lágrimas ferroaram os meus olhos. O dia pelo qual eu esperava tinha finalmente chegado.

— Eu empurro — falei, me levantando num pulo.

— Ah — disse Trenton. — Tá bom.

— Pode ser? — perguntei a Olive.

Ela fez que sim com a cabeça.

— Qual altura? — perguntei, antes de puxar as correntes para ajeitar Olive no assento.

— Alto! — ela deu um gritinho.

Eu a empurrei uma vez, e mais uma.

— Mais alto! — Ela deu risadinhas.

— Tá bom assim — gritou Trenton. — Ela pede mais alto, mas depois fica com medo.

— Não é vedade! — disse Olive.

Eu a empurrei com cuidado, apenas o suficiente para deixá-la feliz. Olhei para Taylor, que nos observava como um pai orgulhoso.

Olive me deixou empurrá-la por mais dez minutos, depois me pediu para balançar com ela, então sentei no balanço ao seu lado. Quando comecei a movimentar meu assento, ela estendeu a mão para pegar a minha. Balançamos juntas, dando risadinhas por nada e por tudo.

Ela jogou a cabeça para trás, e a risada mais maravilhosa do mundo flutuou pelo ar. Tudo foi desaparecendo aos poucos, e naquele momento éramos só eu e ela, formando a lembrança com a qual eu sonhava desde que ela nascera.

— Escorregá! — Olive saltou do balanço, com os pés miúdos já em movimento.

Juntas, subimos a escada e eu a segui pela ponte até o escorregador duplo. Sentamos lado a lado, e eu olhei para a minha filha, o rosto quase idêntico a tantas fotos minhas de infância. Olive tomou impulso para descer, e eu fiz o mesmo. Nossos pés chegaram ao chão ao mesmo tempo. Nossos olhos se encontraram, e corremos para subir de novo.

Conforme a hora passava, persegui Olive pelo playground e senti uma paz que nunca sentira. Ela estava feliz, e, apesar de eu ter perdido tanta coisa, tivemos aquele momento perfeito, só meu e dela, que ficaria guardado em suas memórias.

No entanto, Trenton a chamou pouco depois:

— Oó! Sua mãe já voltou da loja! Hora de ir embora.

— Ah! — ela gemeu e olhou para mim. — Qué ir na minha casa pa bincá?

— Eu queria poder — falei. — Adorei passar esse tempo com você.

Ela abriu bem os braços para mim. Eu me abaixei e a abracei com delicadeza, sentindo os fios do seu cabelo no meu rosto e seus dedinhos gorduchos apertando os meus ombros.

— Foi um pazer ti conhecê — disse Olive, dando tchau.

Trenton a pegou nos braços e a carregou até o carro.

— Tchau, uédi!

Tentei não chorar conforme Trenton a prendia no cinto de segurança, guardando as lágrimas até ele sair com o carro.

— Essa foi a coisa mais linda que já vi — disse Taylor. — Era isso que você queria?

Só consegui assentir, depois sentei reta no banco, segurando na borda do assento.

Taylor sentou ao meu lado e me olhou com um amor e uma compreensão que eu jamais sentira. E eu deixei a paz daquele encerramento se instalar. Inspirei e permiti que seis anos de dor, raiva e vergonha saíssem do meu corpo ao expirar.

— Falyn? — ele disse, a voz séria de preocupação.

Uma única lágrima desceu pelo meu rosto enquanto eu olhava para ele com um sorrisinho.

— Ela está feliz — falei simplesmente. — E eu também. Não sei o que eu esperava, mas isso é muito mais. Nunca vou conseguir te agradecer o suficiente.

Ele levou minha mão aos lábios.

— Seu rosto neste momento. Isso é tudo o que eu preciso.

Joguei os braços em cima dele, e ele me abraçou com força.

— Você vai contar para ele? — perguntei.

— Para o Trent? Não. O dia de hoje foi para você e Olive guardarem de recordação. O resto segue depois.

Eu o soltei e me recostei em seu ombro.

— Gostei disso.

— Vou fazer muitas coisas que você vai gostar. Mas, primeiro, vou ficar sentado aqui com você pelo tempo que quiser. Não tem pressa.

Suspirei e abracei seu braço, memorizando o playground e o pequeno bosque uns cinquenta metros atrás dele. Os pássaros cantavam enquanto uma brisa leve soprava as folhas caídas pelo chão.

— É perfeito — falei.

— Dez minutos atrás, vendo vocês duas... Eu queria poder congelar aquele momento para gente viver nele para sempre.

— Podemos fazer isso. Podemos viver aqui na lembrança de Olive. Talvez ela se lembre do nosso tempo juntas todas as vezes que visitar este parque.

— Aposto que ela vai lembrar.

Pousei a cabeça em seu ombro.

— Estou em paz. Meu coração não tem espaço para nada além de você, Olive e a felicidade.

17

Taylor saltou da cama pouco antes de o sol nascer, tateando pelo meu quarto e xingando no escuro enquanto tentava achar suas roupas. Rolei de lado e me apoiei no cotovelo enquanto tentava reprimir uma risada.

— Não é engraçado, baby — ele disse, pulando enquanto vestia a calça jeans. — Vou pegar o trânsito de Denver se não sair daqui a dois minutos, e isso vai me atrasar para o trabalho!

— Talvez você não devesse ter vindo de surpresa na noite anterior ao seu turno, então.

Ele pulou na cama, e eu soltei um gritinho.

Em seguida plantou um beijo em meus lábios.

— Não finge que você não achou o máximo, porra.

— Achei mesmo. — E me ergui para beijá-lo mais uma vez. — Obrigada de novo pelo jantar... e pelo filme... e por tudo o que veio depois.

Hesitante e um pouco contrariado, ele se forçou a sair da cama e se afastou de mim para terminar de se vestir. Calçou as botas e pegou o celular e as chaves.

— Me liga quando acordar.

— Já estou meio acordada.

Ele ficou surpreso, mas mal pude perceber, por causa da fraca luz que entrava no meu quarto, vinda do poste do lado de fora da janela.

— Desculpa.

— Tudo bem. Vai — falei, olhando para fora. — Está nevando. Toma cuidado.

Ele fez uma careta.

— Vou arrasar com essa neve. — Ele se abaixou para me beijar de novo, mas acabou me dando mais três beijos. E balançou a cabeça. — Merda! Vou sentir saudade de você. Estou cansado de sentir saudade de você.

— Vai para o trabalho — falei, tocando seu rosto.

— Estou indo. Me liga mais tarde! — Ele saiu correndo porta afora, as botas pesadas batendo com força em cada degrau na descida.

Deitei de costas, soltando um suspiro frustrado. Eu também estava cansada de sentir saudade dele, mas tínhamos acabado de voltar do Natal em Eakins e comemorado o Ano-Novo e o aniversário de Taylor e Tyler juntos na estação do corpo de bombeiros deles, em Estes Park. Faltavam apenas sete semanas para a renovação dos votos de Travis e Abby em St. Thomas, e então Taylor estaria de volta a Colorado Springs. Assim eu esperava. Não que eu desejasse incêndios florestais, mas essa era a única coisa que traria Taylor para a cidade.

Relaxei na cama e joguei no celular por meia hora, depois decidi tomar banho, me vestir para o trabalho e descer. Pete estava pegando os ingredientes para a preparação dos pratos, e eu sentei no balcão mais distante, observando-o trabalhar.

— Bom dia — falei, deixando minhas pernas balançarem.

Pete abaixou a cabeça.

— Ele passou a noite aqui de novo. Acho... acho que eu o amo... tipo amo *de verdade* — falei, meus olhos se arregalando para enfatizar. — Achei que eu o amava antes, mas talvez tenha sido só paixão. A cada semana que passa, eu penso: É. Eu o amo ainda mais. Talvez não o amasse antes. Talvez isso seja amor.

Pete deu de ombros.

— Você tem alguém para sair no Dia dos Namorados? — Ele franziu a testa e balançou a cabeça. — Pois devia. Você é um cara legal.

Ele piscou para mim e continuou com seus afazeres.

— Bom dia! — disse Chuck, empurrando as portas duplas. — Não te vejo aqui tão cedo faz algum tempo, Falyn.

Dei de ombros.

— Não consegui dormir de novo depois que o Taylor saiu.

Phaedra tirou do ombro a pequena mochila de couro que usava como bolsa e a colocou num armário mais baixo. Em seguida, afastou o rabo de cavalo crespo do ombro.

— Como foi o jantar?

Saltei do balcão.

— Maravilhoso, como sempre.

— Você vai nos deixar e viver em Estes Park?

Dei de ombros.

— Ele já tocou nesse assunto. Eu disse não.

— Não? — Phaedra olhou para o marido.

Chuck amarrou o avental nas costas.

— Ele podia se inscrever em uma estação daqui. Se eles tiverem vaga, ele pode ser contratado.

— Mas eles não têm — falei. — Ele já fez o pedido algumas semanas atrás.

— Bom, ele devia se inscrever mesmo assim — Phaedra disse, com sua voz grave.

— Pode ser.

— Pode ser? Então ele pode ser o cara, né? — Chuck perguntou.

Três pares de olhos me encararam.

Revirei os olhos.

— Ainda é cedo demais no horário e no relacionamento para ficar falando essas bobagens. — Peguei uma bandeja e empurrei as portas duplas. Eu a enchi de saleiros e pimenteiros e levei para os fundos para completá-los.

Phaedra fez vários bules de café, ligou a caixa registradora e contou o dinheiro na gaveta. Ela me observou voltando com os saleiros e pimenteiros cheios para as mesas. Hector chegou quando o sol já estava acabando com todas as sombras na Tejon Street, e ele e Chuck começaram a fazer piadas nos fundos, tão bobas que até Pete estava rindo alto. Quando Kirby chegou, eu já tinha preparado tudo. Todos os funcionários do Bucksaw Café estavam oficialmente de bom humor.

O sol da manhã se refletia na neve branca empilhada em cada lado da calçada, reluzindo desconfortavelmente até entre os painéis que Phaedra instalara para diminuir o reflexo. Apesar da luz intensa que entrava, uma sensação de paz parecia ter se instalado em todos no prédio; ou talvez ela sempre tenha estado ali e eu finalmente me sentia livre o suficiente para senti-la.

— Eu gosto quando o Taylor dorme aqui — disse Kirby, amarrando o avental. — Facilita muito a minha vida.

— Como o Gunnar está? — perguntei.

— Estressado. Ele pegou horas demais este semestre e ainda está dirigindo até Boulder, trabalhando na casa da irmandade, que, tenho que admitir, é um bom trabalho para ele. O chefe respeita o horário dele na faculdade, e as garotas o tratam como um irmão mais novo. Pelo menos, é o que ele diz.

Pouco antes de Phaedra virar a placa para avisar que estávamos abertos, meu celular zumbiu.

> Consegui. A tempo. Te amo.

Soltei um suspiro de alívio.

— Ele conseguiu chegar.

— Ah, que bom — disse Kirby. — Não é fácil dirigir na neve.

— Esse comentário não ajuda.

— Desculpa — disse ela. Em seguida cumprimentou os primeiros clientes do dia e arrumou lugares para eles.

Respondi à mensagem de Taylor e guardei o celular no avental antes de ir até uma mesa levando copos d'água. Alguns turistas — um senhor mais velho e sua esposa de cabelos brancos — sentaram na mesa preferida de Don. Chuck mandara fazer uma pequena placa, e Phaedra substituiu a placa de carro enferrujada do Alasca que ficava pendurada onde Don costumava sentar. Olhei para as palavras gravadas na placa dourada.

Esta mesa é dedicada à memória de Donald McGensey

O cavalheiro tirou o chapéu e apoiou a bengala na parede.

— Meu nome é Falyn, e sou sua garçonete hoje. Posso trazer uma xícara de café para começar?

— Sim — ele respondeu, abrindo o cardápio que Kirby colocara diante dele. — Com leite, por favor.

— O mesmo para mim — pediu a esposa.

— Pode deixar. — Voltei para o balcão, servindo xícaras de café fresco para os dois.

Kirby saiu da recepção e contornou o bar, vindo até onde eu estava.

— Você está com uma cara...

— Que cara?

— Feliz. Mais do que feliz. As coisas parecem estar indo bem com o Taylor.

— Sim.

— Tenho que dizer que estou meio surpresa por você ter dado uma chance para ele. Você nunca foi simpática com nenhum bombeiro desde que te conheço.

— Ele é diferente.

— Deve ser mesmo, porque essas são as famosas últimas palavras de todas as garotas que são deixadas para trás por aqui. Além do mais, eu nunca pensei que fosse te ouvir falando isso.

— Não tem graça — falei.

— Deixa ela em paz — advertiu Phaedra, dispensando Kirby.

Kirby pediu uma trégua piscando e voltando para o seu posto.

— Ela só está te provocando — disse Phaedra. — Todos nós sabemos que o Taylor é dos bons.

Coloquei as xícaras e o bule prateado de café com leite numa bandeja.

— É, sim.

O dia passou rápido e devagar ao mesmo tempo, parecendo se arrastar no início e depois as horas voando perto da hora de fechar. Agora que eu vivia pensando nos fins de semana, o tempo, de modo geral, passava ou muito rápido ou muito devagar. Parecia correr quando Taylor e eu estávamos juntos, e, quando não estávamos, parecia que nem existia.

O Dia dos Namorados chegou e logo passou. Taylor e eu estávamos trabalhando naquela noite, então ele ficou em Estes Park, mas mais do que compensamos isso no fim de semana.

Eu começava minhas manhãs e terminava minhas noites no telefone com Taylor. Quando eu tinha sorte, ele ficava impaciente e dirigia até aqui para me ver, só para voltar bem cedo na manhã seguinte. Nas raras ocasiões em que nós dois tínhamos o fim de semana livre, Taylor vinha até Springs no sábado de manhã e ficava até pouco antes do amanhecer na segunda-feira.

Eu estava ansiosa para passar o fim de semana todo com ele em St. Thomas.

— O segundo casamento na ilha é no próximo domingo, certo? O Taylor vai estar aqui sexta à noite? — Phaedra perguntou.

Limpei a última mesa.

— Ele vai para Eakins na quinta. Tem uma despedida de solteiro na sexta à noite, e eu vou direto para Saint Thomas no sábado — falei.

Uma batida firme veio da porta. Olhei e vi Gunnar parado lá fora, apontando para Taylor ao seu lado.

Kirby deixou os dois entrarem, e larguei o que estava fazendo antes de me jogar em cima de Taylor.

Taylor pressionou os lábios nos meus.

— Oi, linda! — disse ele, me colocando no chão.

Eu o beijei de novo. Meu coração martelava no peito, como se eu tivesse acabado de correr uma maratona. Não importava quantas noites eu o via de pé do outro lado do vidro, eu me sentia do mesmo jeito em todas elas.

Chuck atravessou as portas duplas, pousando a mão na barriga redonda.

— A que horas você saiu de Estes Park?

— Pontualmente — respondeu Taylor.

Chuck riu.

— Você deve dirigir feito um maluco. Precisa parar com isso, garoto, ou vai acabar se jogando de um penhasco.

Fiz uma careta.

Taylor se abaixou para me beijar.

— Dirigi meio rápido, mas tomei cuidado. Eu estava com pressa para chegar.

— Está nevando — falei. — Não dá para dirigir rápido e com cuidado quando está nevando.

Ele se empertigou.

— É claro que dá.

Gunnar e Taylor sentaram um em cada banco do balcão, conversando e fazendo piadas com Chuck e Hector. Kirby e eu terminamos nossas tarefas.

— Vocês vão subir? — perguntei, secando as mãos em um pano limpo.

Kirby e Gunnar se entreolharam.

Gunnar assentiu.

— Claro. Tenho só um trabalho da faculdade para fazer no fim de semana, mas ele pode esperar.

Nós nos despedimos de todos, e Kirby e Gunnar nos seguiram até o andar de cima.

— A parte boa de ter uma namorada que não bebe? — Taylor disse, abaixado na cozinha e vasculhando a geladeira. Ele girou com uma cerveja na mão. Ele abriu a garrafa sorrindo e jogou a tampa na lata de lixo. — Sei que ela não vai beber meu estoque quando eu não estiver aqui. — Então foi até o sofá, me fazendo quicar de leve quando se jogou na almofada ao meu lado.

Eu me apoiei na sua lateral, deixando aquela sensação maravilhosa que preenchia o loft quando Taylor estava aqui me envolver feito um cobertor.

Ele esticou o braço sobre as costas do sofá, tocando no meu ombro com os dedos, depois estendeu a garrafa para Gunnar.

— Tem mais algumas na geladeira.

Gunnar o observou tomar um longo gole e depois balançou a cabeça.

— Vou precisar de todos os meus sentidos para escrever esse trabalho.

Kirby deu um tapinha no joelho dele.

— Não sinto falta da faculdade — disse Taylor. — Nem um pouco.

— Eu gosto da faculdade — disse Gunnar, apontando para Kirby. — Não gosto é de ficar longe dela.

Kirby agarrou o braço dele.

— Continue arrasando, e estaremos em Denver em pouco tempo.

As sobrancelhas de Taylor saltaram.

— Vocês vão se mudar juntos para lá?

Gunnar pareceu ao mesmo tempo orgulhoso e animado.

— Só preciso economizar um pouco de dinheiro e encontrar um lugar depois de me transferir.

— Gunnar vai se inscrever no programa de médico assistente — falei.

— Ah, é? Isso é foda, cara. Que bom. — Taylor levantou a cerveja de novo, dessa vez para brindar. Depois olhou para mim. — O que Phaedra e Chuck vão fazer quando perderem vocês duas?

Kirby e eu nos entreolhamos.

— O que foi? — perguntou Taylor.

— Você teve sucesso se inscrevendo para cá? — perguntou Kirby.

— Não — respondeu Taylor. — Mas estou firme na estação de Estes.

— Mas você não mora com o seu irmão? — ela perguntou.

Taylor apoiou a cerveja sobre um porta-copos, apesar de a mesa de centro já estar bastante arranhada e coberta de marcas circulares.

— Tá bom. Vocês duas andaram conversando. Vamos ouvir.

Eu me contorci.

— É só que... parece errado deixar a Phaedra na mão de repente, depois de tudo o que ela fez por mim. E não tenho certeza se eu ia gostar de morar com o seu irmão. Não quero pedir para ele sair, e temos um lugar perfeitamente bom aqui. Posso economizar se ficar.

— Isso não é verdade. Já falei que o aluguel é por minha conta.

— E eu falei que é meio a meio ou nada.

— Estou aqui durante uns cinco meses por ano — disse ele.

— Até você ser contratado para trabalhar aqui.

— Eles não estão contratando, baby. Eu já perguntei isso, várias vezes.

— Ainda não — falei, apontando para ele.

Ele olhou para Kirby e depois para mim de novo.

— Então, o que você propõe? Que eu continue indo e vindo até ser contratado para trabalhar aqui? Ou que eu me mude para cá sem emprego?

Eu me encolhi. Eu sabia que sugerir uma das duas coisas seria um insulto.

— Se eu me mudar para Estes Park, você vai estar aqui em Springs ou em algum outro lugar durante metade do ano.

— Eu te falei. Tenho um cargo em tempo integral na estação de lá, se eu quiser.

— Não posso deixar a Phaedra e o Chuck, não agora. A Kirby vai embora daqui a pouco...

Taylor suspirou, com o olhar perdido.

— Não quero continuar assim. Eu odeio te ver só nos fins de semana.

— É melhor a gente ir embora? — Gunnar perguntou.

Nós dois o ignoramos.

— Então temos um impasse — falei.

— E que diabos significa isso? — Taylor estava mais frustrado do que com raiva.

Ele estava falando sobre morarmos juntos desde o Natal, e eu continuava dando desculpas, desde ser cedo demais até as despesas da mudança.

— Não tenho carro. Como é que vou trabalhar se eu me mudar para o seu apartamento?

Ele deu de ombros.

— A gente dá um jeito. Posso te levar. É uma viagem mais curta do que vir para cá todo fim de semana.

— Não precisamos decidir agora.

Taylor tomou um longo gole, secando a garrafa de cerveja, depois a levou até a cozinha. Ele a jogou no lixo antes de abrir a geladeira para pegar outra. Girou a tampa e a jogou no lixo também, depois voltou para mim, bufando de raiva.

— Taylor... — comecei.

— Não é você que tem que viajar, Falyn.

— Você está certo — falei. — É um argumento justo.

— A gente definitivamente precisar ir embora — disse Gunnar.

— Qual é a pressa? — perguntou Kirby.

As sobrancelhas de Gunnar se uniram.

— Quando você começa a concordar comigo do jeito que a Falyn acabou de fazer, a merda piora muito rapidamente.

Ela riu e o cutucou, e Taylor e eu não conseguimos evitar de sorrir.

Ele me abraçou e beijou meu cabelo.

— Vou viajar pelo tempo que precisar. Só não gosto do intervalo entre uma viagem e outra — disse Taylor.

— Eu sei. Eu também não gosto. A parte boa é que, depois de St. Thomas, você vai voltar a trabalhar aqui em cinco semanas.

— Talvez. Mas não é certeza. Não tem como saber onde vou estar.

Inclinei a cabeça, impaciente com seu pessimismo.

— Você disse que a sua equipe esteve aqui nos últimos três verões.

— Tudo bem, mas e no ano em que eu não estiver? São seis meses em que vou ficar ainda mais longe de você.

— Se eu morar em Estes e você for chamado para outro lugar, vai ficar longe de mim do mesmo jeito! — falei.

— Não se estivermos em Estes! Eu aceito o emprego local!

Gunnar se levantou.

— Querido — disse Kirby, com a voz quase choramingando.

— Vou beber uma daquelas cervejas se a gente não for embora agora mesmo — disse ele, assomando-se sobre ela.

Ele estendeu a mão, e ela a pegou.

— Vamos fazer alguma coisa — disse ele.

— A gente podia ir ao bar de narguilé — disse ela, parada ao lado do namorado.

Taylor e eu nos entreolhamos, furiosos.

— É incrivelmente idiota nós dois brigarmos por causa dos nossos encontros enquanto estamos juntos — falei.

— Viu? É aí que somos diferentes. Não acho que seja nem um pouco idiota brigar por isso.

Suspirei. Ele não via a coisa como brigar por quem ia se mudar para onde e em quais circunstâncias. Ele achava que estava brigando para ficarmos juntos. Como eu podia argumentar com isso?

— Vamos — disse Kirby, me puxando para me levantar. — Acho que todos nós precisamos sair um pouco.

Descemos a escada e paramos ao lado da caminhonete de Taylor, observando a neve cair em flocos densos.

— A neve não é assim em Illinois. — Taylor estendeu a mão, deixando os pedacinhos brancos congelados se derreterem. Então esfregou as mãos, fechou o zíper do casaco e colocou um cigarro na boca.

— Eu queria ir ao Cowboys — disse Kirby, se juntando a Gunnar na caçamba da caminhonete de Taylor e balançando os pés para se aquecer.

— Você ainda não tem vinte e um, né? — Taylor deu uma tragada profunda e soprou uma baforada de fumaça branca e densa. — Talvez eu consiga te colocar para dentro.

Gunnar balançou a cabeça.

— Não posso.

Kirby deu um tapinha na cintura dele.

— Não vamos nos arriscar a sermos pegos, certo?

— Não — respondeu Gunnar, puxando-a para o seu lado.

Taylor deu de ombros e continuou a fumar. Quando terminou, tirou a brasa, esfregou a guimba no topo da caçamba da caminhonete e a guardou no bolso. Ele puxou o capuz de tricô para cobrir as orelhas, depois cruzou os braços, escondendo as mãos sob eles.

— Seu nariz está vermelho — falei, cutucando-o de brincadeira.

Ele só me deu um sorriso artificial e olhou para a Tejon Street.

Kirby e Gunnar estavam tendo uma conversa só deles na traseira, e Taylor estava perdido em pensamentos. Fiquei parada ao lado dele, me sentindo abandonada na minha própria festa.

— Você está incomumente pensativo — falei.

Taylor soltou uma risada.

— Você sabe que eu detesto essas palavras difíceis, Ivy League.

— Você não me chama assim há algum tempo — falei.

Seus lábios se pressionaram, formando uma linha rígida.

— Odeio sentir saudade de você. Odeio mais a cada dia.

— Eu também não gosto.

Ele se virou para mim.

— Então, vamos fazer alguma coisa. Vamos encontrar uma solução.

— Você quer dizer uma que implique eu me mudar para o seu apartamento.

Ele suspirou.

— Tá bom. A gente fala nisso durante a semana. Não quero brigar.

A conversa de Gunnar e Kirby parecia forçada, e eles faziam questão de não olhar na nossa direção, provavelmente num esforço para não escutar nada.

— Quem está brigando? — perguntei. — Só porque não estou cedendo ao que você quer...

Ele inclinou o pescoço para mim.

— Não é isso, e você sabe.

— Isso é muito importante, Taylor. A gente precisa pensar bastante.

— Ah. Então a questão é a parte de morarmos juntos. Você está surtando com isso.

— Não estou surtando. Mas, se eu estivesse, não seria uma emoção insensata.

— Não, você está certa. Só estou irritado por você falar em destino e tinha-que-ser-assim em Eakins, e agora agir como se estivéssemos indo rápido demais.

Arqueei uma sobrancelha.

— Você acabou de jogar isso na minha cara? — Eu o deixei sozinho e sentei ao lado de Kirby, na caçamba da caminhonete.

Taylor começou a falar, mas o som de passos esmagando a neve chamou sua atenção.

Um pequeno grupo de adolescentes veio em nossa direção, esbarrando uns nos outros, nas construções, ou quase caindo no meio-fio.

— Ei — disse um dos caras, sorrindo —, vocês têm erva?

— Não — respondeu Gunnar antes de continuar a conversa com Kirby.

Taylor começou a responder à minha pergunta, mas o homem deu um soco na caminhonete.

— Ei! Estou falando com você! — o cara disse para Gunnar.

Gunnar e Taylor se entreolharam.

Em seguida, Taylor olhou furioso para o grupo todo.

— Não toca na porra da minha caminhonete, cara.

O garoto estufou o peito, tentando alguma forma de intimidação, mas ele estava tão mal que não conseguiu olhar diretamente para Taylor. Sua aparência não era totalmente deplorável. Sua nuca era larga, e os braços eram musculosos o suficiente para encher as mangas da camisa de flanela.

— Ele está chapado? — perguntou Kirby.

Gunnar balançou a cabeça.

— Ninguém procura briga quando está chapado. Ele só está bêbado.

Kirby não pareceu amedrontada enquanto observava o jovem oscilar, à espera do que ele diria a seguir.

— Vão embora — disse Taylor.

O garoto era alguns centímetros mais baixo que Taylor, mas não pareceu saber disso. Ele olhou para Kirby e para mim.

— Estou pensando em invadir sua festinha.

Os caras atrás dele riram, dando tapas no ombro uns dos outros e tentando se manter de pé com a mesma dificuldade do amigo barbado.

Gunnar desceu da caçamba, assomando-se sobre todos eles. Os três garotos deram um passo para trás.

— Vocês têm um gigante — disse o primeiro, com o queixo levantado.

A postura de Taylor relaxou imediatamente, e ele riu.

— É. A gente tem, sim. Agora parem de encher o nosso saco e vão embora daqui.

Eles riram e começaram a se afastar, mas o barbado parou.

— Você não trabalha no Bucksaw?

Eu não sabia com qual das duas ele estava falando. Nenhuma de nós respondeu.

— Vou lá te ver — disse ele, tentando ser galanteador enquanto se esforçava para manter o equilíbrio.

— Não vai, não — disse Taylor, com o músculo do maxilar se agitando sob a pele.

O bêbado riu, se dobrando na cintura para agarrar os joelhos, e depois se levantou, apontando para mim.

— É sua namorada? Foi mal, cara. Não vou roubá-la.

— Não estou preocupado com isso — disse Taylor.

— Parece que está, sim — falou ele, usando o canto traseiro da caçamba da caminhonete para se apoiar. Em seguida, ele pôs a mão na caçamba, ao lado de onde eu estava sentada.

Taylor olhou furioso para a mão dele.

— Não estou gostando de você encostar na minha caminhonete. Pensa bem. O que eu vou fazer se encostar na minha namorada?

— Me matar? — perguntou o cara, tentando se levantar e se afastar. Taylor sorriu.

— Não. Eu vou te dar uma surra dos infernos até você querer morrer.

O garoto ficou pálido, mas se recuperou rapidamente, lembrando que tinha público.

Ele voltou a falar, mas eu o interrompi:

— Ei, Jack Daniel's, você quer continuar com o rosto inteiro, né?

Ele franziu a testa para mim, mais confuso que ofendido.

— Vai embora — falei. — Esses caras não vão aguentar suas merdas por muito tempo.

Olhei para Taylor, que o encarava a ponto de lhe fazer um buraco na testa.

O gorducho desconhecido se assustou, parecendo ter acabado de perceber que o nosso gigante ainda estava parado ali, e saiu cambaleando sem mais uma palavra.

Gunnar relaxou.

— É melhor a gente ir, Kirby. Percebi que estou cansado demais para sair.

Ela deu uma risadinha para ele.

— Já somos um casal de velhinhos. — Ela me abraçou para se despedir. — Te vejo na segunda.

Observei o casal indo em direção à caminhonete deles enquanto Taylor encarava o grupo de garotos bêbados cambaleando pela rua. Ele fechou a caçamba da caminhonete e me seguiu até o Bucksaw.

Depois que entramos, sacudi o cabelo e esfreguei as mãos enquanto subia a escada. Taylor estava calado, mas se esforçava muito para melhorar o humor. Tentei conversar sobre qualquer outra coisa que não fosse morarmos juntos em Estes Park. Taylor fazia que sim com a cabeça e sorria de vez em quando. Mas, quanto mais eu falava, mais seus sorrisos pareciam forçados, e isso só me deixou irritada.

Quando ele viu minha expressão impaciente, seu sorriso forçado desapareceu.

— Por favor, Falyn. Eu falei que não quero passar o fim de semana brigando.

— Só porque você está fingindo que não está com raiva não significa que não está chateado.

Ele olhou para frente, em um esforço claro para controlar seu temperamento.

— Recebi um pacote hoje.

Esperei em silêncio, irritada demais para ceder tão rápido.

— Falei para o meu pai que você tinha um videocassete. Ele me mandou uma fita. — Taylor se levantou e foi até o balcão, onde tinha deixado a mochila. Ele abriu o zíper, pegou uma fita de VHS e mostrou. — *S.O.S.: tem um louco solto no espaço.* Eu costumava ver esse filme com os meus irmãos quase todo fim de semana. Era o preferido do Tommy.

— Tá bom — falei. — Vamos ver.

Os olhos de Taylor se iluminaram, suavizando minha raiva. Ele se abaixou diante da televisão, tirou a fita da caixa e a colocou no videocassete. Quando voltou para o sofá, colocou a mão no meu joelho, sorrindo no instante em que os créditos começaram. Era um sorriso genuíno, algo que ele achava difícil de fazer quando estava perto de mim, nos últimos tempos.

O filme foi uma distração perfeita, e permitiu que passássemos um tempo juntos sem discutir, que ficássemos sentados juntos sem falar dos nossos problemas.

Depois dos créditos finais, deixei Taylor e fui ao banheiro tomar uma ducha. Fechei a cortina, aliviada por não estar no mesmo cômodo que ele durante um tempo.

Será que isso significa que não estou preparada para morar com ele?

Enquanto eu tirava o condicionador do cabelo, eu me amaldiçoei por saber exatamente quantas vezes eu tinha pensado que não conseguiria ficar longe de Taylor nem mais um dia e quantas vezes fiquei deitada na cama pedindo a Deus que ele estivesse ali comigo.

Inacreditável. Eu estava me irritando.

Terminei meu banho e me enrolei numa toalha. O espelho estava embaçado, e eu só conseguia ver uma forma enevoada que supostamente era eu. Era exatamente como eu me sentia. Um borrão.

Vesti uma camiseta grande demais e deitei na cama ao lado de Taylor, mas ele não estava ansioso para tirar minha camisola, como sempre. Em vez disso, ele puxou minhas costas contra seu peito nu e me abraçou por um tempo enquanto nós dois lutávamos contra a vontade de dizer mais alguma coisa sobre o assunto.

Seu calor corporal atravessou minha camisola, e eu me derreti nele. Taylor já tinha aquecido o colchão e os lençóis. Eu o queria aqui. Às vezes, eu precisava disso. Ir para a cama sozinha depois de passar uma noite com ele era deprimente.

— Falyn — Taylor disse atrás de mim, com a voz parecendo distante.

— Sim?

— Eu só... — Ele suspirou. — Eu só quero estar com você.

— Eu sei. Eu também quero isso.

— Só que não tanto quanto eu. Talvez nem um pouco.

— Não é verdade — sussurrei. — Só precisamos de um plano, e vamos criar um. Mas não precisa ser hoje à noite.

Ele encostou a testa na parte de trás do meu ombro.

— Quanto tempo mais você quer esperar? Só para eu ter uma ideia.

Ruminei sua pergunta em minha cabeça. Eu não sabia dizer exatamente o que estava me impedindo de dar a Taylor o que ele queria, mas eu precisava de mais tempo para descobrir.

— Até o próximo verão. Você pode me dar esse tempo?

— Para pensar em um plano?

— Para me mudar.

Ele se apoiou no cotovelo, flutuando sobre mim.

— Para Estes Park?

Fiz que sim com a cabeça.

— Tem certeza?

— Estou nervosa com isso.

— Tá bom, vamos conversar. Você está nervosa com o quê?

— Com a mudança e... não sei, Taylor. Alguma coisa parece errada. Não consigo saber o que é.

Taylor pareceu magoado.

— Não é você. Nem nós. Alguma coisa está me incomodando nisso tudo, como se não fosse certo.

— Eu faço com que seja certo — ele disse, sem hesitar. — Só preciso que você confie, que dê um salto, um salto de fé, um grande pulo.

Toquei o rosto dele. Taylor tinha muita esperança nos olhos.

— Por que você quer que eu vá morar com você? Estamos juntos há menos de um ano, e você nunca esteve num relacionamento sério. Como você pode saber?

— Tenho certeza que eu te amo. Tenho certeza que ficar longe de você me deixa maluco. Isso é tudo que eu preciso saber.

— Admito que a distância é um saco. Se você conseguir ir e vir por mais três meses, eu dou esse grande salto. Isso vai dar tempo para a Phaedra encontrar e treinar alguém.

Taylor expirou como se estivesse sem ar, e um pequeno sorriso curvou seus lábios.

— Vou me candidatar ao emprego na estação esta semana.

Ele balançou a cabeça, maravilhado com meu gesto gigantesco. Ele estava sem palavras, então se abaixou e encostou os lábios nos meus, devagar no início. Depois levou as mãos ao meu rosto, e meus lábios se separaram.

Comemoramos entre os lençóis durante horas e, na metade da noite, caí ao seu lado. Em poucos minutos, ele tinha dormido.

Enquanto sua respiração se acalmava, fiquei acordada, encarando o teto. A incerteza e a culpa reviravam meu estômago e me deixaram enjoada. Eu já tinha dado uma virada radical na minha vida e sobrevivido.

Por que morar com meu melhor amigo, com o homem que eu amo, parece mais assustador que sair da casa dos meus pais sem um centavo?

Esfreguei a têmpora, me sentindo tão borrada quanto meu reflexo no espelho do banheiro. Achei que, talvez, se eu tomasse uma decisão, essa sensação fosse embora, mas minha experiência foi um fracasso absoluto. O desconforto piorou. Quanto mais eu tentava entender meus sentimentos, menos eles faziam sentido. Havia alguma coisa sobre a qual precisávamos conversar, alguma coisa que ainda estava atrapalhando.

Taylor se mexeu, deixando a mão descansar sobre a minha barriga, e a resposta surgiu. Se ficasse comigo, Taylor teria que fazer um sacrifício que eu conhecia bem demais. A família era importante para ele. Ele já tinha falado isso. Ele não conseguiria fazer o que eu fiz.

Por que eu achei que ele poderia abrir mão da possibilidade de ter seu próprio filho?

Meu estômago afundou. Ele tinha feito tanta coisa por mim, e eu ia tirar isso dele.

Como é que eu posso amá-lo e permitir que ele faça essa escolha?

18

Pete estava cortando pimentões verdes enquanto eu falava, anuindo de vez em quando, para eu saber que ele estava prestando atenção. O sol ainda não tinha nascido, e seu avental branco já estava coberto de manchas marrons e verdes.

A cozinha estava em silêncio, exceto pela faca de Pete na bancada de trabalho. Como uma máquina de escrever, ele batia várias vezes antes de deslizar os pedaços para o lado, só para começar de novo.

Levei um susto quando ouvi passos pesados descendo a escada. Taylor empurrou as portas duplas, usando apenas um shorts de algodão cinza e as botas desamarradas. Ele congelou quando Pete apontou uma faca em sua direção.

Taylor olhou para mim.

— Não chega perto da comida — expliquei.

Taylor ficou parado.

— O que você está fazendo? — ele perguntou, cruzando os braços para afastar o frio.

Sequei meu rosto molhado.

— Conversando com Pete.

— Mas — Taylor estendeu a mão —, sem ofensa, cara — seus olhos se voltaram para mim —, o Pete não fala.

Dei de ombros.

— Ele não espalha os meus segredos, e eu não pergunto para ele por que ele não fala.

O comportamento de Taylor mudou imediatamente.

214

— Eu também não espalho os seus segredos. Mas isso foi quando você costumava me contar tudo.

Desci de um dos balcões de aço inoxidável ao longo da parede e acenei para Pete antes de pegar Taylor pela mão.

— Vamos voltar lá pra cima — falei, puxando seu pulso.

— Você estava chorando? — ele perguntou, hesitante, depois me deixou puxá-lo para atravessar as portas e subir a escada.

Pelo seu jeito, percebi que ele sabia que alguma coisa estava acontecendo.

Fechei a porta depois que entramos e me encostei nela.

— Falyn — ele disse, se remexendo com nervosismo —, isso é o que eu estou pensando que é? Porque foi um desentendimento, porra. Você não pode me largar depois de um desentendimento. E não foi nem um desentendimento. Foi uma... discussão apaixonada. E a última coisa que você me disse na noite passada foi que ia se mudar para Estes. Se você vai surtar tanto por isso a ponto de me abandonar, vamos ao menos conversar sobre as opções.

— Não vou te abandonar — falei.

Seu pânico era de cortar o coração.

— Então que merda é essa que está acontecendo? Por que você desceu às escondidas para conversar com o Pete às quatro e meia da manhã?

Passei por ele para sentar no sofá, usando o elástico que estava no meu pulso para prender o cabelo num coque bagunçado.

— Eu não desci escondido. Eu converso muito com o Pete de manhã, quando não tem ninguém por perto.

— Não quando eu estou aqui — disse Taylor, sentando ao meu lado.
— O que está acontecendo, Falyn? Fala comigo.

— Eu preciso te falar uma coisa.

Ele se preparou para o que eu estava prestes a dizer.

— Não posso ter filhos.

Ele esperou um instante, depois seus olhos dançaram pelo cômodo.

— Eu... sei?

— Se a gente for em frente, e morar junto, e o que vier em seguida... sempre vamos ser só nós dois. Acho que você não entende isso totalmente.

Todos os seus músculos relaxaram.

— Que maldição, mulher, você me deixou assustado.

— Hein?

— Achei que você fosse dar um chute na minha bunda. Você só estava preocupada porque achou que eu não soubesse que você nunca poderia engravidar?

— É — falei, um pouco irritada por ele ser tão petulante em relação ao assunto.

Ele jogou a cabeça para trás.

— Eu já pensei nisso, baby. Não se preocupe.

— Isso só mostra que você não pensou de verdade.

— Existe um milhão de maneiras de ter filhos. Se nenhuma funcionar, podemos adotar.

— Não — falei, balançando a cabeça. — Você não entende. Já te falei. Isso tinha que acontecer. Você não pode simplesmente estragar a ordem das coisas.

— Você não acredita de verdade nessa merda... de isso ser um castigo para você.

Mal fiz que sim com a cabeça. Parecia maluquice, quando dito em voz alta.

— Baby, você não acha que já foi punida o suficiente?

Lágrimas queimavam os meus olhos. Sem nenhuma ideia do que esperar ou de como me preparar, eu sabia que essa seria uma conversa tensa.

— Você já é a melhor coisa que aconteceu comigo. Para.

Taylor me puxou para si e me abraçou com força, beijando meu cabelo.

— E se eu te falar que não quero adotar? — perguntei, feliz por não ter que encará-lo diretamente.

Ele hesitou.

— Eu... estou surpreso.

— Eu sei que você quer ter filhos. Não quero tirar isso de você. Tive muito tempo para pensar nisso, e simplesmente não consigo. Eu teria muito medo de tentar adotar. Eu ficaria preocupada com tantas coisas, tipo quem abriu mão do bebê e por quê. E se um dos membros da família resolver pegar a criança de volta? Não posso me arriscar a perder um filho duas vezes. Eu simplesmente... não posso.

— Não penso desse jeito.

— Eu sei.

— Eu entendo. Quer dizer... vamos atravessar esse obstáculo quando a gente chegar lá.

— Isso é uma coisa que a gente precisa conversar agora. Você quer filhos. Eu não posso engravidar e não quero adotar. Isso é muito importante. Não podemos esperar para ver, Taylor. Vai ser tarde demais.

— Eu quero você.

As lágrimas se acumularam em meus olhos.

— Quero que você pense nisso por um tempo.

— Meu Deus, Falyn. Você realmente acha que eu tenho que pensar nisso? Não. Eu não vou abrir mão de você, e você não vai abrir mão de mim.

Meu rosto se contorceu, e eu balancei a cabeça.

— Isso me diz que você não está levando esse assunto a sério.

— Eu entendi o que você está me oferecendo. Minha resposta é não. Se terminarmos sozinhos, mas juntos, posso pensar em coisas piores.

Funguei.

— É por isso que morar junto não tem me parecido certo. Eu sei que não posso deixar você fazer isso sem pensar muito bem.

— Mas parece certo a gente se afastar? Foda-se isso — ele disse, e se levantou. Andou de um lado para o outro e depois voltou.

Então se ajoelhou diante de mim, colocou as mãos nas minhas costas e me puxou para si até meus joelhos pressionarem seu peito nu.

Balançou a cabeça.

— Estou puto com você por causa disso, e eu te amo por causa disso. Mas você tem que saber que não existe nada que eu queira mais do que você.

— E se você se arrepender?

Ele ficou pálido, o rosto desabando.

— Você disse que não ia me abandonar, mas está me abandonando, porra. Só quer que eu faça isso.

— Você precisa pensar no assunto... quer dizer, pensar *de verdade*.

— Por que está fazendo isso, Falyn? Que tal você *realmente* pensar nesse assunto? A situação está ficando séria. Para e pensa nisso dois segundos, porra.

— Nós só precisamos de um tempo. Se você ainda se sentir do mesmo jeito depois...

— Depois? Quando é depois, porra?

— Taylor — falei, observando-o ficar com mais raiva a cada segundo.

— Um tempo. Sou adulto, Falyn. O que é isso? Você está me colocando de castigo, para eu poder pensar no que você quer que eu pense, do jeito que quer que eu pense?

— Eu sei que é isso que parece, mas só estou tentando fazer a coisa certa. Você vai me agradecer no futuro. Não estou tentando arrumar confusão para nós. Eu...

— Não fala. Não fala que é porque você me ama, senão eu perco a cabeça.

Ele se levantou e desapareceu do meu quarto Voltou alguns minutos depois, vestindo calça jeans, meias e um pulôver preto de microfibra, com um boné preto e cinza. Por fim se abaixou para pegar as botas no chão.

— Você vai embora *agora?* — Fiquei um pouco surpresa e me senti culpada por isso.

Claro que ele estava indo embora. O que eu esperava que ele fizesse? O que tinha começado com boas intenções estava declinando rapidamente, e eu já estava me arrependendo disso, apesar de alguns minutos antes eu achar que tinha pensado bem em tudo.

Ele calçou as botas, enfiou as roupas sujas na mochila e colocou uma das alças sobre o ombro antes de pegar as chaves no balcão.

— É isso que você quer, né? — ele perguntou, estendendo as mãos. Depois segurou a maçaneta e apontou para mim. — Vou para casa e, em vez de me candidatar àquele emprego, vou pensar nesse assunto durante uma semana. Depois vou voltar, e você vai me pedir desculpas por foder com o fim de semana que eu estava esperando há um mês. — Ele abriu a porta de repente e, sem olhar para trás, disse: — Eu te amo.

A porta bateu, e eu fechei os olhos, me encolhendo com o barulho. Caí na almofada do sofá e cobri o rosto. Talvez ele estivesse certo. Talvez eu o estivesse afastando. Agora que ele tinha ido embora, eu me sentia exatamente do jeito que Travis descreveu na primeira vez que fui a Eakins. Era como se eu estivesse morrendo devagar e enlouquecendo um pouco.

— Eu te odeio — falei para mim mesma.

♡

Na segunda de manhã, eu me arrastei escada abaixo, trocando as panquecas por uma xícara de café. Tinham se passado pouco menos de vinte e quatro horas desde que eu vira Taylor, mas eu sabia que, não importava quanto tempo passasse, a sensação horrível que me tomou no instante em que ele saiu não desapareceria.

A área de refeições estava vazia, exceto por mim, Chuck e Phaedra. Pete e Hector espiavam pelo passa-pratos.

Phaedra e Chuck estavam com o semblante preocupado.

— Ele ainda não ligou, não é? — Chuck perguntou, dando um tapinha no meu ombro.

— Ele me mandou uma mensagem ontem, tarde da noite — respondi.

— E aí? — perguntou Phaedra. — Boa ou ruim?

— Ele ainda está pensando.

— Isso é culpa sua — ela disse. — Ele não pediu para se afastar. Acho que ele nem queria isso.

— Querida... — disse Chuck, com um tom de alerta na voz.

— Ela está certa — falei. — Ele pode não precisar disso, mas ele merece.

Ela pegou uma pilha de cardápios.

— Ah, menina, ele tem sido bom pra você. Ele não merecia isso. — Ela se afastou, claramente com raiva de mim.

Olhei envergonhada para Chuck.

— Ela só quer o melhor pra você. Ela odeia te ver dificultando as coisas. Então... o que dizia a mensagem?

Peguei o celular e li em voz alta:

— "Não consigo acreditar que você me abandonou e estragou nosso fim de semana por causa da possibilidade de eu te abandonar por uma coisa sobre a qual você não tem controle." — Li a mensagem seguinte: — "Pra ser sincero, eu não tinha mesmo pensado nisso antes, mas, agora que você insistiu que existe uma possibilidade real de que filhos não façam parte da nossa vida, você está certa. É uma decisão importante, sobre a qual eu preciso pensar, mas você não precisava me botar pra fora pra provar seu argumento."

Phaedra voltou, impressionada com o que escutou.

— Ele é bem espertinho. Isso eu tenho que reconhecer.

— Como assim? — perguntei, exausta. Tantos pensamentos conflitantes na minha cabeça não me deixaram dormir bem.

— Pelo menos ele está fingindo que é objetivo.

Uma careta comprimiu meu rosto.

Kirby entrou apressada, e imediatamente fizemos de conta que não havia nada errado. Ela percebeu nossa tentativa patética e me interrogou sobre o fim de semana todas as vezes que tínhamos um tempo livre para conversar.

O Bucksaw ficou lotado a maior parte do dia, uma distração positiva para as perguntas incessantes de Kirby e as expressões de decepção de Phaedra. Quando limpei a última mesa do dia e sentei no banco para contar minhas gorjetas, Kirby forçou a barra até ultrapassar os limites.

— Pelo menos me diz quem está com raiva de quem! — ela implorou.

— Não! Para de perguntar! — soltei.

Phaedra cruzou os braços.

— Falyn, quero que me escute. Existem milhares de casais por aí que não têm filhos por opção. Olha para mim e para o Chuck. Claro que temos vocês duas, mas sempre fomos felizes. Você foi sincera com o Taylor. Ele sabe onde está se metendo. Não pode forçá-lo a fazer o que você acha que é certo.

Kirby me encarou como se eu estivesse em chamas.

— Ai, meu Deus, Falyn, você está grávida?

— Chega por hoje. — Peguei minhas coisas e fui para a escada.

Quando terminei meu banho e me enfiei na cama, Taylor me mandou uma mensagem. Eu me sentia enjoada, preocupada com o que ele pudesse me dizer, mas li a mensagem mesmo assim.

> Dia Dois. Não precisa responder. Eu sei que você quer que eu passe esse tempo sendo objetivo, e eu quero que isso acabe, então eu que me foda se não fizer isso direito e você me obrigue a começar do zero. Pensei em você o fim de semana todo. Ontem foi meu primeiro domingo de folga em três semanas, e é uma merda eu ter passado aqui sem você. Metade de mim está com saudade, e a outra metade está bem puta. Estou me perguntando sobretudo como você poderia achar que qualquer coisa seria mais importante para mim do que você. Filhos são importantes, e, sim, nosso relacionamento é novo. Mas, se isso significar uma escolha, eu escolho você.

Mantendo sua palavra, Taylor pensou na minha proposta a semana toda, me mandando uma mensagem toda noite.

> Dia Três. Hoje ainda é terça-feira. Parece que estou ficando maluco, porra. Não precisa responder, mas sinto uma saudade infernal de você. É difícil pensar em qualquer outra coisa, mas estou pensando e ainda me sinto igual. Está sendo a semana mais longa da minha vida, porra, e estou com medo de você me mandar catar coquinho do mesmo jeito. Você vai fazer isso? Não responde. Vou passar uns dias com o Tommy pra clarear as ideias.

No quarto dia, Taylor não mandou nenhuma mensagem. Fiquei deitada na cama, preocupada a ponto de achar que fosse vomitar. Senti algo pesado no peito, e minhas emoções estavam dominando tudo. Eu não queria perdê-lo, mas, se ele queria mais, eu devia a ele a possibilidade de se afastar. Esse tipo de egoísmo envenenaria aos poucos um relacionamento.

Lágrimas escorreram pelo canto dos meus olhos, descendo pelas têmporas, pingando na minha fronha e fazendo um barulhinho. Com o braço apoiado na testa e os olhos fechados, tentei afastar o pensamento, mas o medo abriu um buraco que só aumentava.

Olhei para o despertador, e os números marcavam 4h15 da manhã. Bem quando estendi a mão para o celular, ele apitou várias vezes seguidas. Eu me agitei para pegá-lo na mesinha de cabeceira.

> É o quinto dia dessa merda estou em San Diego e talveez você esteja certa.

> Talvez daqui a uns cem anos eu me sinta fodido por não ter uma família e deseje ter um folho pra jogar bola comigo e talvez eu queria netos talvez eu não te mereça de qualquer jeito.

> Talvez eu só esteja bêbado

> Foda-se. Foda-se tudo. Eu te amo e fiz o que devia fazer até agora e tô mais longe de você do que jamais estive desde que nos conhecemos. Não é culpa minha.

Digitei uma dezena de respostas diferentes, mas eu sabia que ele tinha bebido e estava chateado. Tentar argumentar ou até mesmo pedir desculpa não ajudaria muito e poderia até piorar as coisas. Deixar o celular de lado foi a coisa mais difícil que fiz nos últimos seis anos.

Pela segunda vez naquela semana, eu me amaldiçoei:

— Eu te odeio, porra. — Cobri os olhos.

Algumas horas depois, rolei para fora da cama, lavei o rosto e escovei os dentes. Em seguida, me vesti antes de descer a escada onze minutos depois. Prendi o cabelo num coque bagunçado, só para ter que subir de novo para pegar o avental.

Eu me arrastei a manhã toda, como era de esperar. Eu estava exausta, mas também arrasada porque minha intenção tinha se perdido no tormento que nós dois estávamos vivendo. Mesmo assim, eu tinha começado essa confusão e não fraquejaria até Taylor tomar a decisão por conta própria.

Pouco depois da correria do café da manhã, meu celular zumbiu no avental. Corri para trás do bar para verificar, sabendo que era Taylor.

> Dia Cinco. Por favor, responde. Sinto muito. Sinto muito, pra caralho, pela noite passada. Acho que, tecnicamente, era hoje de manhã. Estou sentado aqui no aeroporto. Acabei de desligar o telefone com meu pai. Ele me deu vários bons argumentos que preciso discutir com você. Estarei em Eakins hoje à noite. Por favor, vá para St. Thomas. Eu durmo no chão, se quiser. Minha cabeça está latejando, e eu me sinto um merda, mas queria me sentir pior, apesar de achar que não poderia me sentir muito pior. Quero tanto te ver e te abraçar que estou ficando maluco. Só consigo pensar em te ver. Não, não responde. Estou com medo do que você vai dizer. Simplesmente aparece lá, por favor.

Passei o dedo indicador nas bordas da capinha do celular, me perguntando qual das instruções eu deveria seguir. A culpa sangrava naquela sua mensagem, fazendo minhas entranhas se contorcerem.

Por que tentar fazer a coisa certa acabou sendo tão horrível para nós dois?

Era só um tempo, só uma semana para pensar no nosso futuro, e nós dois estávamos despedaçados.

19

O ar estava tão denso quando saí do avião que parecia que eu o estava vestindo, sufocando com ele e o atravessando. Uma camada de suor se formou instantaneamente na minha pele, apesar de eu estar usando shorts e uma blusa leve.

Ajeitei a bolsa de viagem no ombro, desci a escada do lado de fora da saída frontal do avião e parei assim que meus pés chegaram à pista. St. Thomas era incrível por mais motivos do que seu ar pesado. A paisagem era cheia de florestas exuberantes, com montanhas ao longe e palmeiras bem perto do concreto.

Peguei o celular e mandei uma mensagem curta para Taylor, avisando que eu tinha pousado.

Ele mandou um S2 como resposta, mas só isso.

Os passageiros andaram em fila até o terminal, onde nos juntamos a outros passageiros até nos reunirmos de novo na esteira de bagagem. Percebi um homem parado perto da saída, segurando um cartaz com o meu nome.

Isso não acontecia desde que eu morava com os meus pais.

— Oi — falei confusa. — Sou Falyn Fairchild.

Sua boca se abriu num sorriso muito branco, num contraste incrível com a pele de ébano.

— Sim! Vem comigo! Só uma bolsa de viagem? — ele perguntou com um sotaque pesado, estendendo a mão para a minha bolsa.

— Quem pediu o carro?

— Humm — ele olhou para baixo, para um papel que tinha na mão —, Taylor Mad Dox.

— Taylor Maddox? — perguntei, tão surpresa que me vi obrigada a corrigi-lo sem querer ao enfatizar a pronúncia de *ix* no fim.

O choque evoluiu rapidamente para a suspeita. Taylor estava tentando fazer com que eu voltasse para ele — ou, por algum motivo, estava no modo de humilhação total.

Estendi a bolsa de viagem para o homem, me repreendendo em silêncio. Taylor tinha garantido meu transporte até o hotel, e eu estava pensando o pior. Ele só queria ter certeza de que eu estava em segurança porque não podia ir até o aeroporto.

O volante do motorista era do lado esquerdo, mas ele dirigia no lado esquerdo da rua. Levei algum tempo para não entrar em pânico todas as vezes que ele entrava numa rua com trânsito de mão dupla, achando que ele estava na pista errada.

Depois de algumas colinas e muitas e muitas curvas, finalmente chegamos à guarita de segurança do hotel Ritz-Carlton. O motorista estacionou sob a entrada coberta do saguão e saltou rapidamente para abrir a minha porta. Saltei e engoli em seco. Os dias em que eu me hospedara em hotéis como o Ritz pareciam ter sido há um século.

O estuque claro e o telhado com telhas espanholas, assim como a vegetação, eram impecáveis. Retribuí o sorriso e o aceno de um homem no alto de uma palmeira, que colhia cocos.

O motorista me passou minha bolsa de viagem, e eu a abri.

— Não, não. Já está tudo certo.

Estendi uma nota de dez dólares.

— Mas e a sua gorjeta?

Ele me rejeitou com um sorriso.

— Está tudo resolvido, madame. Aproveite a estadia.

Ele se afastou no carro, e eu entrei no hotel, impressionada com o maravilhoso saguão. Avistei Taylor imediatamente. Ele estava sentado numa poltrona com os cotovelos nas coxas, as mãos entrelaçadas, enquanto o joelho quicava de um jeito nervoso.

Antes que eu desse mais um passo, ele levantou o olhar, e uma dezena de emoções atravessou seu rosto. Ele saltou da poltrona e correu até mim, quase me derrubando antes de me envolver num abraço. Nunca me senti tão amada e desejada na vida.

— Você está aqui. Graças a Deus — ele disse, tomado de alívio. Ele enterrou o rosto no meu cabelo.

Quando finalmente me soltou, percebi que minhas suspeitas anteriores não eram ridículas, afinal. Seu rosto estava carregado, e o suor não era a única coisa que o fazia transpirar.

— Você está linda — ele disse.

— Obrigada — falei, tentando não parecer tão preocupada quanto me sentia.

— Meu Deus, como eu senti saudade de você. — Ele me abraçou e beijou minha testa, deixando os lábios na minha pele por um segundo a mais. Depois, pegou minha bolsa de viagem. — Estamos no prédio cinco, classe executiva, com vista para o mar. — Ele sorriu, mas havia tristeza em seu olhar.

— Classe executiva?

— Fiz um upgrade. Estamos na mesma torre que Travis e Abby. O quarto é incrível. Mal posso esperar para você ver. — Ele fez sinal para eu segui-lo até o lado de fora, onde um homem esperava num carrinho de golfe.

Sentamos juntos no banco traseiro, levando um sacolejo quando o motorista apertou o acelerador. Taylor olhou para mim, com alívio e admiração ao mesmo tempo. O carrinho de golfe passou por uma ruazinha estreita durante pelo menos dois minutos antes de chegarmos ao nosso prédio. Taylor não falou mais nada, apesar de parecer que queria.

O motorista estacionou e carregou minha bolsa de viagem até o outro lado da rua e a colocou numa calçada de pedras. Passamos pelas portas que levavam aos quartos, dando um passo para o lado sempre que um casal ou família saía, carregando bolsas de praia, toalhas ou câmeras. Subimos alguns degraus e, em seguida, segui os homens até o quarto que eu dividiria com Taylor.

De repente, esse pensamento me deixou nervosa. Tecnicamente, não estávamos juntos, apesar de parecer que tudo estava bem. Uma conversa importante era inevitável, e eu me perguntei se Taylor queria tirar isso do caminho agora ou se ele me deixaria esperando o fim de semana todo.

Taylor pegou minha bolsa de viagem, deu gorjeta para o nosso motorista e depois usou o cartão-chave para abrir a porta. Aromas florais frescos encheram minhas narinas, e minhas sandálias clicaram no piso de cerâmica. A roupa de cama branca e a decoração leve eram sofisticadas, mas aconchegantes, e à nossa frente havia uma grande porta deslizante, com as cortinas abertas para expor a incrível beleza do mar do Caribe.

Soltei minha bolsa.

— Ai, meu Deus — falei, com os pés me carregando direto para a porta.

Taylor chegou lá antes de mim e abriu as portas de vidro.

Eu saí, escutando pássaros e observando a folhagem das palmeiras que dançavam com a brisa que conduzia o cheiro do mar até a nossa varanda. A praia particular do Ritz-Carlton tinha fileiras de espreguiçadeiras, guarda-sóis, catamarãs e barquinhos a remo. Um veleiro impressionante estava atracado a uns duzentos metros dos banhistas, com uma tinta branca marcando orgulhosamente seu nome: *Lady Lindsey*.

— Acho que eu nunca vi algo tão lindo — falei, balançando a cabeça em reverência.

— Eu já — disse Taylor.

Pelo canto do olho, percebi que ele estava me encarando. Virei para ele e deixei seus olhos cor de chocolate absorverem todos os detalhes do meu rosto.

— Estou muito feliz de você estar aqui. Fiquei preocupado. Vários dias.

— Eu te falei que vinha. Você comprou a passagem. Eu não ia te dar um bolo.

— Depois daquela noite...

— Você me mandou uma mensagem bêbado. Existem coisas piores; como tortura, por exemplo.

Uma ruga se formou em sua testa.

— Foi uma semana longa. Acho que me apaixonei mais por você a cada dia. E que existe alguma verdade naquele ditado.

— A distância faz o coração bater mais forte?

— É, e acontece a mesma coisa quando a gente pensa que perdeu a mulher por quem se é loucamente apaixonado. Quando eu estava sozinho, e mesmo quando eu não estava, eu falei umas coisas bem horríveis sobre você na minha cabeça, Falyn. Retiro todas elas.

Eu me perguntei o que a equipe e o irmão dele deviam pensar de mim. Só consegui imaginar o que ele falava quando estava frustrado.

— Eu não terminei com você. Só demos um tempo, para você poder pensar numa coisa importante.

Ele piscou.

— Então... nós não estávamos... Nós ainda estamos juntos — ele disse, mais para si mesmo do que em tom de pergunta. Toda a cor sumiu do seu rosto, e ele se afastou de mim, sentando com força numa poltrona de vime.

— Eu não fui clara. De qualquer maneira, não é justo. Foi idiota e cruel, e... desculpa.

Ele balançou a cabeça.

— Não precisa pedir desculpas. Você definitivamente não devia pedir desculpas por isso.

Sentei perto dele.

— O que eu fiz foi ridículo, não importa o que eu pensei nem as minhas intenções. Eu simplesmente tenho sorte de você me amar e de você ser mais paciente do que parecia.

Ele encarou o chão e depois sorriu para mim.

— Vamos fingir que a última semana não aconteceu. Apaga na última sexta. Volta no instante em que eu te vi no saguão. — Como eu não respondi, ele continuou: — Pensei no assunto, como você pediu, e não me sinto nem um pouco diferente do que na noite em que eu fui embora.

— Tem certeza?

Ele expirou como se estivesse sem fôlego.

— Mais agora do que nunca.

— Talvez tenha sido uma coisa boa, então. Nosso tempo?

— Não sei — ele disse, empurrando a mesa entre nós para trás e puxando minha poltrona para mais perto. — Mas não tenho a menor dúvida de quanto você significa para mim. Você é a última mulher que eu quero tocar.

— Sinto muito — falei, sem conseguir afastar a culpa. — Eu só queria dizer que devia ter te escutado. Você estava certo sobre eu estar tentando forçar a barra e, apesar de eu não ter percebido, talvez eu estava tentando te afastar. Não quero que você me deixe, mesmo que isso me torne uma pessoa egoísta.

Eu me inclinei para perto, levando os lábios aos dele, e suspirei quando ele me envolveu nos braços.

— Isso não te torna egoísta, Falyn. O egoísta sou eu. Meu Deus, eu também sinto muito. Só quero esquecer tudo isso, está bem? Podemos fazer isso? Somos só você e eu. Mais nada importa.

E, quando ele me abraçou, o mundo voltou a ser certo. Nunca fiquei tão feliz de estar errada.

Ele se afastou, meio contrariado.

— Tenho que ir. Os caras estão todos se arrumando no quarto do Shep. — Então ele se levantou e me conduziu de volta ao quarto.

Sentei na beirada da cama, observando enquanto ele abria o armário e pegava um smoking envolvido em plástico. Ele o levantou, dando de ombros.

— A America insistiu que a gente se vestisse de um jeito tradicional.

— Estou ansiosa para ver você nisso aí.

— Tem toalha no banheiro, se você quiser tomar banho antes da cerimônia. Já tomei e sinto que preciso de outro.

— Talvez você devesse tomar um comigo — falei, arqueando a sobrancelha.

Ele largou o smoking e correu para se ajoelhar diante de mim.

— Estamos bem, certo?

Fiz que sim com a cabeça.

Ele plantou um beijo em meus lábios. Quando se afastou, a decepção cruzou rapidamente seus olhos.

— Bem que eu queria. A cerimônia é no gazebo na praia. É só dobrar o corredor e descer os degraus.

— Te vejo em noventa minutos — falei, acenando enquanto ele saía porta afora, de costas.

Quando a porta se fechou, tirei as sandálias e pisei na cerâmica até chegar ao piso de mármore do banheiro. O silêncio me deu tempo suficiente para pensar em meu difícil reencontro com Taylor, e um nó se formou em minha garganta. Colorado Springs estava a milhares de quilômetros, e eu não conseguia me esconder da culpa. Em vez de vê-la em meu reflexo no espelho, eu a vi nos olhos de Taylor.

Por mais que eu estivesse feliz de vê-lo e entender que ele me queria, apesar de saber que nunca teríamos filhos, alguma coisa ainda parecia esquisita. Muitas perguntas se acumulavam em minha mente. Talvez eu o tivesse magoado a ponto de não conseguir corrigir isso. Talvez o que eu fiz o tivesse mudado. Talvez tivesse mudado a gente.

Minha blusa grudou na pele úmida quando ergui a barra. O ar era tão denso que ainda me cobria, mesmo depois de eu tirar as roupas.

Tentei não chorar no banho, me repreendendo por ficar melancólica num banheiro de mármore, debaixo de um chuveiro com muita pressão, em vez daquele do loft, de encanamento antigo. Depois de um tempo, argumentei que meu rosto já estava molhado de qualquer maneira e eu estava sozinha, então era um bom momento para expulsar esses sentimentos.

Então chorei. Chorei por Olive, pelos meus pais, pelo que fiz com Taylor. Chorei por não estar contente antes e porque eu sabia que não conseguiríamos recuperar isso. Sendo a primeira mulher que Taylor amava, eu não tinha ideia do que deve ter sido necessário para ele admitir para si mesmo — e para mim. Chorei porque estava com raiva. E depois chorei por ter chorado em uma bela ilha tropical, em um resort cinco estrelas.

Quando terminei de chorar, puxei a alavanca, e o fluxo de água desapareceu como se nunca tivesse estado ali, como uma chuva tropical.

Eu me enrolei na toalha branca mais felpuda que eu já tocara e saí, tirando a umidade do espelho.

Lá estava eu, uma confusão borrada, mas, dessa vez, com os olhos inchados e vermelhos.

— Merda. — Molhei rapidamente um pano com água fria e o coloquei sob os olhos.

Quando desincharam, penteei o cabelo molhado e o sequei. A cerimônia aconteceria em quarenta e cinco minutos. Havia levado mais tempo no chuveiro do que pretendia.

Eu me apressei pelo quarto, pegando o vestido longo que Kirby me emprestara. O tecido era leve e delicado, a cintura alta fazendo o decote em V parecer um pouco mais modesto. Minha parte preferida era o degradê, em que o marfim escurecia até o rosa-pêssego e depois um roxo-acinzentado. Ele me lembrava o pôr do sol na praia, por isso foi automaticamente a escolha certa.

Torci o cabelo num coque lateral baixo e elegante e fiz uma maquiagem um pouco mais formal. Eu era péssima nesse negócio de ser menina.

Quando Taylor disse para eu dobrar o corredor e descer os degraus até a praia, não imaginei que seriam uns cem degraus. Segurei a saia e tentei não deixar minhas sandálias baterem na pedra a cada passo. Um pequeno lagarto passou correndo bem na frente dos meus pés, e eu soltei um gritinho.

Um funcionário do hotel deu uma risadinha para mim quando passou, indo na direção oposta. Fiquei feliz por ele ter sido a única testemunha.

Quando cheguei finalmente à passagem lá embaixo, tive um vislumbre da musselina branca voando na brisa do mar e fui naquela direção. Algumas cadeiras brancas estavam posicionadas diante de um gazebo branco, um tecido também branco havia sido enrolado ao redor das colunas, e dezenas de rosas em tons suaves cobriam os laços.

Jim estava sentado sozinho na primeira fileira, na cadeira mais próxima da passagem, e eu andei desajeitada pela passarela de areia branca, cambaleando por causa dos sapatos. Quando finalmente cheguei perto, ele olhou para mim com uma expressão simpática.

— Você veio — ele disse, dando um tapinha na cadeira vazia à sua direita.

— Vim. Você provavelmente está surpreso, não é?

— Eu tinha esperança.

Dei um sorriso e me afastei para ver sua expressão. Eu não o conhecia o suficiente para saber se ele estava brincando ou não.

— É uma coisa simpática para se dizer.

— Oi! Estou aqui! — disse uma mulher, passando aos tropeços por Jim e por mim antes de se jogar na cadeira ao meu lado. — Fiu! — disse ela, jogando os cachos escuros compridos para trás dos ombros nus. Ela usava uma camiseta branca de alça com uma saia floral comprida. Seus olhos grandes e azuis ofuscavam a batida intermitente de seus cílios. Ela parecia uma supermodelo, mas se movimentava como uma adolescente que havia crescido demais.

— É, você está, sim — disse Jim, rindo. — Manhã difícil, Ellie?

— Sempre. Eu estava no quarto do Shep, tirando fotos. Oi — disse ela, uma das mãos soltando a câmera muito cara por tempo suficiente para me cumprimentar. — Sou Ellison, amiga do Tyler. Namorada. Qualquer coisa.

— Ah — falei, meu corpo se sacudindo com o firme aperto de mão.

Um sorriso irônico destacou suas feições lindamente bronzeadas.

— Ele beija bem, né?

Pisquei, totalmente envergonhada por ela mencionar o erro-barra--mal-entendido-barra-caos no Cowboys alguns meses atrás.

— Isso foi há muito tempo. E foi um acidente.

Jim riu com mais vontade, a barriga balançando.

— Esses malditos garotos. Não sei de quem herdaram isso. Não foi de mim.

— Nem da mãe — disse Ellison.

Fiquei tensa com a menção à falecida esposa de Jim, Diane, mas ele sorriu, os olhos iluminados apenas por lembranças agradáveis.

Ele deu um tapinha na aliança de ouro no dedo.

— Ela era uma boa mulher. Mas nunca teria chamado minha atenção se fosse *apenas* boa.

— Os garotos definitivamente herdaram isso de você — comentou Ellison.

Eu me perguntei há quanto tempo ela conhecia Jim. Ela parecia à vontade o suficiente com ele para provocá-lo, mas Taylor nunca a mencionara.

Ela colocou o braço atrás de mim e apertou, encostando o rosto no meu.

— É tão legal conhecer a outra metade da outra metade do Tyler...

Tudo bem, talvez ela simplesmente fique muito à vontade com todo mundo.

Outra mulher se aproximou de nós depois de tirar algumas fotos do gazebo com o celular.

Ellison se afastou, deixando uma cadeira vazia entre nós.

— Senta aqui, Cami.

— Ah, obrigada — disse Camille.

Tive a sensação de que Ellison queria mais do que oferecer um lugar para ela sentar.

O cabelo repicado de Cami oscilou quando ela sentou, e ela ajeitou o corpete do vestido tomara que caia. Seus braços eram cobertos por dezenas de tatuagens, grandes e pequenas, simples e trabalhadas, que desciam até os dedos.

Ela me lançou um sorriso perfeito, e eu acenei com a cabeça.

— Falyn — eu disse.

— Sou Camille.

— Qual... — comecei, mas decidi tarde demais que era uma pergunta inadequada.

— O Trenton — ela respondeu.

Ellison levantou a mão esquerda de Camille.

— Eles acabaram de ficar noivos! Imagina uma coisa dessas!

— Não... entendi — falei.

Jim riu.

— Ela quer dizer que a ideia de casar com um Maddox a apavora. E ela devia se preocupar mesmo. Ela vai ceder cedo ou tarde.

— De acordo com o Tyler — disse Ellison.

— Você não consegue nem enganar a si mesma — provocou Camille.

Ellison apenas balançou a cabeça, ainda bem-humorada.

Depois de alguns minutos, um casal mais velho chegou com outra mulher. Jim os apresentou como seu irmão, Jack, e a esposa, Deana. A mulher era mãe de America: Pam.

Olhei para o meu celular, verificando a hora. Faltavam só dez minutos para a cerimônia.

Uma quinta mulher chegou, agarrada à bolsa de mão e tentando ao máximo parecer calma.

— Liis! — disse Camille, com um toque de pânico na voz. Ela reagiu à chegada de Liis, afastando-se de mim.

— O quê? — disse Ellison, mudando para a última cadeira da fileira. — Achei que...

Camille pareceu perceber o que aconteceria em seguida quando se ajeitou na cadeira.

Liis encarou, horrorizada, a cadeira vazia entre mim e Camille. Ela sentou rapidamente e olhou para a frente.

Camille e Ellison se entreolharam, e o rosto de Camille ficou vermelho.

Liis era estonteante. O cabelo preto brilhoso fazia um belo contraste com o vestido violeta. Não foi difícil adivinhar com qual irmão ela estava porque Thomas a beijou no rosto antes de subir os degraus do gazebo.

— Oi, Liis — disse Jim, inclinando-se para frente.

Ela também se inclinou, apertando a mão estendida de Jim. Ellison observou a cena com um sorriso simpático, mas Camille tentou ao máximo ignorar.

Oh-oh. O que será isso?

A música começou a soar de alguns alto-falantes posicionados em cada extremidade e virados para frente, e o pastor assumiu seu lugar, seguido pelos homens.

Os padrinhos estavam organizados por idade, do mais novo para o mais velho.

— Aquele é o Shepley? O padrinho do noivo? — perguntei a Jim.

Jim anuiu, olhando para todos os meninos como um pai orgulhoso. Dava para ver que eles formavam uma família próxima, e eu me perguntei como é que alguém conseguia manter segredos.

Taylor estava incrível de smoking, mas eu me senti estranha pensando isso porque ele estava exatamente igual a Tyler, cuja suposta namorada estava sentada a duas cadeiras de distância. Taylor piscou para mim, e nós todos demos risadinhas quando os outros irmãos fizeram a mesma coisa quase ao mesmo tempo com as namoradas.

A cerimônia teve início, e eu me recostei e observei enquanto Travis e Abby renovavam seus votos, jurando amor um pelo outro. Foi lindo, puro e sincero. Eles eram jovens, mas o modo como se olhavam era tão tocante que fazia meu coração quase doer.

Os dois tinham um longo futuro pela frente, um futuro que incluía filhos e netos. Até onde eu sabia, Taylor era o único irmão ali que certamente não teria a mesma chance. Lá estava ele, em pé, inegavelmente feliz, enquanto observava Travis renovando seus votos, olhando para mim quando o irmão dizia palavras como *sempre* e *eternidade*.

Menos de dez minutos depois de Abby se juntar a Travis no gazebo, o pastor os instruiu a se beijarem, e todos nós comemoramos. Jim me abraçou de lado, rindo e secando os olhos com a outra mão.

Levantei o celular para tirar uma foto no momento em que Travis segurou Abby nos braços, selando o futuro dos dois com um beijo. Fiz questão de incluir Taylor na foto, observando os dois com um sorriso.

O vento soprou o véu de Abby quando Travis a colocou no chão, e o pastor ergueu os braços.

— Eu apresento a vocês o sr. e a sra. Travis Maddox — disse o pastor, se esforçando para ser ouvido acima do ruído do vento, das ondas do mar e dos aplausos e gritos selvagens dos irmãos de Travis.

20

A única coisa que eu conseguia ouvir quando Travis ajudou Abby a descer os degraus do gazebo era uma grande comemoração. Eles passaram apressados pelos convidados animados antes de desaparecerem atrás de uma parede de arbustos altos e folhagens de palmeiras.

O pastor desceu os degraus, parando no corredor.

— O sr. e a sra. Maddox pedem que todos se juntem a eles no restaurante Sails para o jantar e a recepção. Eles agradecem a presença de vocês neste dia tão especial.

Ele fez um gesto indicando que estávamos liberados para ir, e Jim se levantou, estimulando as outras pessoas a fazerem o mesmo. Os homens se posicionaram ao redor com as mãos nos bolsos enquanto as mulheres pegavam as bolsas e cuidavam do rímel borrado.

Os irmãos relaxaram, dando alguns passos até a primeira fileira.

Levantei o celular para Thomas e Liis.

— Digam xis!

Thomas ficou parado atrás de Liis. Ele a envolveu nos braços e beijou seu rosto.

Tirei a foto e virei o celular para mostrar o resultado a eles.

— Perfeito.

Thomas a abraçou.

— Ela é.

— Ah, que fofo — falei.

Alguém deu um tapinha em meu ombro.

Quando vi que era Taylor, eu o abracei, sentindo o tecido grosso do smoking sob os dedos.

— Você está com calor? — perguntei.
— Cozinhando.
— Bom, você está absurdamente sexy — sussurrei.
Seus olhos arderam quando encontraram os meus.
— É?
— Seria uma boa não ter toda essa beleza do lado de fora. Torna mais fácil ficar lá dentro.
Taylor me puxou para si.
— Sou flexível. Tem uma praia ótima logo ali.
Jim bateu palmas e esfregou as mãos, nos lembrando que havia outras pessoas ao redor.
Mas ninguém estava prestando atenção à nossa paquera silenciosa. Em vez disso, as pessoas pareciam notar a tensão palpável entre Thomas e Liis, e Trenton e Camille.
— Peguem suas garotas, meninos — disse Jim. — Estou morto de fome. Vamos comer.
De mãos dadas com Liis, Thomas seguiu o pai, Trenton e Camille.
— O que é isso? — perguntei a Taylor.
— Ah, Liis e Camille?
Fiz que sim com a cabeça.
Ellison se aproximou.
— As duas namoraram o Thomas. Vai ser meio esquisito durante um tempo, mas vai melhorar.
— Bom, vocês duas beijaram o mesmo cara — disse Tyler.
Ellison deu um soco de brincadeira nele, mas o contato fez barulho. Tyler abraçou o estômago, surpreso.
— Ai!
Taylor deu uma gargalhada e entrelaçou os dedos nos meus, e juntos andamos até o Sails, o restaurante que ficava perto do nosso prédio. O pátio era do lado oposto, e os gêmeos ocuparam uma das mesas vazias com uma placa de *Reservado*.
Pouco depois de nos sentarmos, um garçom se aproximou para anotar nossos pedidos.
— Uísque — disse Taylor. — Puro.

— Temos um excelente uísque dezoito anos irlandês.

— Ótimo — disse ele. Taylor estava sorrindo, mas seus olhos não diziam a mesma coisa.

O garçom olhou para mim.

— Só uma água, por favor.

— Sim, senhora. Com ou sem gás?

— Com gás — respondi. Pelo menos, assim eu me sentiria comemorando com todos os outros.

Liis e Thomas estavam do outro lado, sentados com Shepley e America e os pais de Shepley. Parecendo contentes e apaixonados, Camille e Trenton conversavam com Jim a duas mesas de distância, totalmente alheios a Thomas e Liis na outra mesa. Qualquer que fosse a estranheza entre os dois casais, deve ter sido unilateral, mas eu só estava especulando.

Taylor tirou o paletó do smoking e enrolou as mangas da camisa social branca. Ele se aproximou, apontando para a gravata-borboleta, e eu o ajudei a afrouxá-la e a abrir o primeiro botão.

— Caramba, estou feliz de você estar aqui — disse ele, se aproximando e beijando o canto da minha boca. — Eu estava suando de verdade quando você me mandou a mensagem.

— Eu te falei que vinha.

Ele analisou meu rosto e levou o polegar ao meu lábio inferior.

— Eu quero você. Só você. Mais nada. Não estou só contente com isso, Falyn. Você não é parte do que eu quero. Você é tudo que eu quero. Qualquer outra coisa é bônus.

Eu me recostei na cadeira, tentando não o encarar. Seu antebraço ficou tenso quando ele levantou a mão para esfregar a nuca, e tive que cruzar as pernas para controlar a dor entre as coxas. Fazia mais de duas semanas que eu não sentia sua pele na minha, e meu corpo estava me avisando isso.

— O que foi? — ele perguntou, com um sorriso tímido se estendendo pelo rosto.

— Nada — falei, desviando o olhar enquanto tentava não sorrir.

Abby e Travis chegaram. Travis segurou a mão da esposa no alto, enquanto a outra mão dela segurava o buquê. A mestre de cerimônias anunciou a chegada dos dois pelo sistema de som, e todo mundo no Sails bateu palmas e gritou. Uma balada de rock começou a tocar, e Travis puxou Abby para dançar. Ela estava absolutamente linda, os cachos caramelo elegantes quase se misturando à sua pele, bronzeada pelo sol do Caribe. O branco total do vestido só fazia seu bronzeado parecer mais intenso.

Olhei para os meus braços, uma palidez triste do Colorado. Se tivéssemos um tempo livre, eu me comprometi, ali mesmo, a passá-los no sol.

Comemos, dançamos, rimos e ouvimos os discursos do padrinho do noivo e da dama de honra. Os homens deixaram o pátio coberto para fumar os charutos que Jim tinha trazido.

Pouco depois das dez horas, os pais de Shepley decidiram se recolher. Alguns instantes depois, foi a vez de Jim.

Ansiosos para ficarem sozinhos, Travis ergueu Abby nos braços. Ela acenou o buquê enquanto ele a carregava para a escuridão lá de fora, em direção ao prédio cinco. Pensei no que aconteceria quando Taylor e eu chegássemos ao nosso quarto, e meu corpo gritou para eu inventar uma desculpa para irmos embora. Olhei para Taylor se divertindo tanto com os irmãos e ignorei a luxúria devastadora que crescia dentro de mim.

Thomas e Liis foram os próximos a se despedir, deixando os Maddox do meio e o primo deles com suas namoradas.

Uma música animada tocou nos alto-falantes, e Taylor me puxou para a pista de dança improvisada, uma área do pátio sem mesas. Pela décima vez naquela noite, ele me girou, mas tropeçou em seguida, e nós dois caímos no chão. Nos poucos segundos que levamos para cair, apesar dos muitos drinques que ele tinha bebido, ele estendeu a mão e me segurou a centímetros do chão, enquanto seu quadril e seu ombro batiam no concreto.

— Ah! — seus irmãos exclamaram à nossa volta.

Shepley, Tyler e Trenton me ajudaram a levantar.

— Você está bem? — perguntou Shepley.

— Estou — respondi enquanto observava Taylor, que se esforçava para ficar em pé.

— Você está bem? — Taylor me perguntou.

239

— Eu nem bati no chão. Você está bem?

Ele fez que sim com a cabeça, os olhos desfocados.

— Por enquanto não estou sentindo nada.

Tyler deu um tapa com força no ombro do irmão.

— Isso aê.

America balançou a cabeça, virando-se para mim.

— Quer alguma coisa além de água com gás? Ele está bem à sua frente.

— Estou vendo — falei, sorrindo quando os irmãos de Taylor se alternaram, empurrando-o para um lado e para o outro.

— Tá bom, tá bom — disse Shepley. — Estamos todos bêbados. Parem de fazer merda antes que alguém fique puto e comece uma briga. Não quero ser expulso de um hotel quando estamos fora do país.

— Estamos em território americano — disse Taylor, balançando. — Está tudo bem.

— Viu? — disse Ellison, apontando para Taylor. — Ele não está bêbado demais. A festa pode continuar.

Os garotos foram até a grade de proteção para fumar, e America, Ellison e Camille se juntaram a mim na mesa.

America apoiou o braço nas costas de uma cadeira, parecendo exausta.

— Você foi ótima — disse Camille.

— Você planejou isso tudo? — perguntei.

— Cada detalhe — respondeu America. — A Abby não queria nem saber. Se eu quisesse dar à minha amiga o casamento dos sonhos, no qual eu seria a coestrela como dama de honra, teria de planejar tudo. E foi isso que eu fiz.

— Impressionante — comentei.

O barulho da chuva fez os garçons baixarem as laterais de tecido e moverem as mesas para proteger os convidados. Os garotos não se mexeram, felizes na chuvarada da ilha quente.

Camille se levantou num pulo e correu até Trenton, o abraçando. Ele a girou, e ela soltou gritinhos de alegria, deixando a cabeça cair para trás enquanto fechava os olhos.

Um garçom se aproximou dos garotos, lhes oferecendo um copo de água para apagarem os cigarros, e eles voltaram para nós. Gotas de chuva formavam manchas translúcidas nos ombros, no peito e nas mangas das camisas sociais.

Taylor sentou ao meu lado e levou minha mão à boca antes de beijar meus dedos.

— Estou tentando ser educado, mas só consigo pensar em te levar de volta para o quarto.

— Podemos ver todos eles amanhã. Foi um dia longo. Acho que vão entender — falei, sem conseguir fingir que não queria ficar nem mais um segundo.

Taylor se levantou e me levou junto.

— Estamos indo! — gritou.

Andamos numa linha não muito reta do Sails até a calçada que levava ao nosso edifício. As ondas batiam na areia a menos de cinquenta metros do nosso caminho, mas estava escuro, e eu só conseguia ver o brilho das luzes nas colinas do outro lado da enseada.

Em pouco tempo, ouvimos vozes por entre o som da água incansável.

— Você age como se amar alguém pudesse ser desligado com um interruptor de luz. Já tivemos essa conversa várias vezes. Eu quero *você*. Estou com *você*.

Taylor congelou, e eu o atropelei por trás.

— Desculpa — sussurrou Taylor, mas ele não estava tão silencioso quando parecia pensar. — É o Tommy.

— Shhh — falei.

— ... saudade dela — disse Liis —, desejando estar com ela. E você quer que eu mude tudo em que confio por isso?

— Essa situação é impossível — Thomas respondeu.

Eu me encolhi, sentindo culpa e empatia pelos dois.

— Vem — sussurrei. — A gente não devia ficar ouvindo.

Taylor levantou um dedo.

— Sua vingança? — gritou Liis. — Você me fez passar o fim de semana todo acreditando que você estava se apaixonando por mim!

— E estou! Já me apaixonei! Meu Deus, Camille, como é que eu posso enfiar isso na sua cabeça?

— Puta que pariu — disse Taylor. — Ferrou.

— Ele acabou de chamá-la de Camille? — perguntei horrorizada.

Taylor fez que sim com a cabeça, oscilando conforme tentava ficar reto.

— Merda — disse Thomas, com a voz desesperada. — Sinto muito mesmo.

— Podemos ir, por favor? — perguntei, puxando o braço de Taylor.

— Sou tão... burra — disse Liis, com uma dor na voz que podia se estender por todo o oceano.

— Taylor — sibilei.

— Quero ter certeza que ele está bem.

Bem nesse momento, Thomas surgiu vindo da praia, surpreso por nos ver ali. Suas feições ficaram graves.

— Ei, cara. Você está bem? — perguntou Taylor, me usando para se estabilizar.

A expressão de Thomas passou de raiva para preocupação.

— Você bebeu?

— Muito — respondi.

— Não muito — disse Taylor ao mesmo tempo.

Thomas olhou para mim e depois se aproximou do irmão.

— Lembra do que eu falei. Vai dormir. Você sabe como você fica.

Taylor o dispensou com um aceno, e Thomas deu um tapinha no ombro do irmão.

— Boa noite. — Ele olhou para mim. — Carrega ele direto para a cama. Nada de banho. Nem tira a roupa dele. Só coloca ele na cama, para ele poder desmaiar.

Franzi a testa. Eu já tinha visto Taylor bêbado. Ele ficou chapado na noite do Ano-Novo. Eu era a bêbada triste. Taylor gostava de falar muito; tipo, até o amanhecer. Mas eu gostava. Ele ficava sincero e perdia a vergonha em relação a seus pensamentos e sentimentos sobre tudo. Não havia filtros nem impedimentos.

— Falyn? — disse Thomas numa voz autoritária.

— Eu ouvi — falei, sem gostar de receber uma ordem. — Vem, Taylor, vamos embora.

Thomas passou por nós, e eu guiei Taylor até a escada interminável que dava no nosso quarto. Ele se apoiou em mim para chutar os sapatos e tirar as meias.

242

— Que nojo. Acho que preciso jogar esse par no lixo. Estão tão suadas que provavelmente pesam dois quilos cada uma.

— Ãhã — falei —, aí está a honestidade que eu tanto adoro.

Taylor olhou para mim, com alguma coisa brilhando nos olhos, mas desviou o olhar, tentando desabotoar a camisa.

— Deixa eu te ajudar — falei.

Ele não fez contato visual comigo enquanto eu tirava sua roupa, mas não conseguiu tirar os olhos de mim enquanto eu tirava as minhas. Eu me ajoelhei diante dele, mas ele deu um passo para trás.

Deixei minhas mãos baterem nas coxas.

— O que está acontecendo com você?

— Nada — ele respondeu, me puxando para me levantar. E foi andando de costas, me levando para a cama.

— Tem alguma coisa a ver com o que o Thomas falou?

Ele balançou a cabeça.

— Não.

Eu me aproximei para beijá-lo, deslizando as mãos nas suas costas. A cama estava logo atrás dele e, com um leve empurrão, Taylor estava deitado de costas no colchão.

Engatinhei para cima dele, e suas mãos encontraram o caminho até os meus quadris. Ele gemeu quando suguei seu lábio inferior, e sua ereção se formou sob mim enquanto eu o beijava.

— Ai, meu Deus, isso foi tudo que pensei na última semana — ele disse.

Eu me ergui.

— Só essa semana?

— Você me mandou pensar em não ter filhos essa semana, para pensar de verdade, e foi isso que eu fiz.

Eu me abaixei até meus seios pressionarem seu peito quente. Minha boca criou um rastro de beijos ao longo de seu maxilar até a ponta da orelha, mordiscando delicadamente a pele macia antes de me afastar com uma sucção suave.

Ele gemeu, segurando meu maxilar com as duas mãos, forçando minha boca até a dele. Eu me posicionei sobre ele, mas Taylor me soltou e agarrou meus quadris, me acuando.

— Baby — ele disse, ofegante.

Eu esperei, tentando prever o que ele diria.

— Eu te amo.

— Eu também te amo — falei, me dobrando para mais um beijo.

Ele se sentou e, ao mesmo tempo, me empurrou de modo a me sentar o mais longe possível dele, apesar de eu ainda estar no seu colo. Ele engoliu em seco.

— Taylor, que diabos está acontecendo?

Ele soltou uma respiração controlada, seus pensamentos nadando na quantidade de uísque que ele consumira desde o jantar.

— A gente devia dormir.

— O quê? Por quê? — perguntei, minha voz uma oitava acima do normal.

— Porque eu preciso dormir. Eu não devia ter bebido tanto.

Balancei a cabeça, confusa.

Taylor esfregou a nuca.

— Eu não... não quero que você me deixe.

Eu o abracei.

— Estou bem aqui. Não vou a lugar nenhum.

— Jura? — ele perguntou.

Inclinei a cabeça.

— Me promete, Falyn. Promete que vai ficar.

Dei de ombros, meio que me divertindo.

— Para onde mais eu iria?

Ele tocou meu rosto com aquela expressão nos olhos, como se analisasse cada curva, cada linha. Depois suspirou, os olhos ficando vidrados.

— Eu não sabia. Achei que você... Achei que estávamos... Eu estava puto com você, e só queria parar de pensar nisso por uma noite.

Fiz uma pausa.

— De que noite você está falando?

— Semana passada. Quando eu estava em San Diego.

Dei de ombros.

— E daí, você ficou bêbado?

A preocupação que estivera em seus olhos o dia todo, o medo, até mesmo algumas das coisas que ele dissera agora faziam sentido.

Meus lábios se separaram enquanto a ficha caía.

— Baby, eu juro por Deus, eu não sabia que ainda estávamos juntos. Isso não é desculpa, porque eu não devia ter feito isso, de qualquer maneira.

— O que foi que você fez? — perguntei, me afastando dele e me cobrindo com a ponta do edredom. A pergunta tinha dois significados.

— Fui para um bar com Thomas. Eu estava chateado e tomei todas, porra. O Thomas foi embora, e eu fiquei.

— Você foi para casa com alguém.

— Eu... O bar era em frente ao apartamento do Thomas. Ela voltou comigo.

— Então ele sabe — comentei, revirando os olhos com minhas palavras. — Claro que ele sabe. Ele não queria que você me contasse.

— Ele não acreditou que você ia me perdoar.

— Não vou.

A boca de Taylor se abriu de repente, e ele veio na minha direção.

Saltei da cama, puxando o edredom até Taylor se levantar e eu poder levá-lo comigo.

— Admito que o que fiz foi horrível. Não tem desculpa. Foi um jeito péssimo de ter certeza que você sabia no que estava se metendo. Mas você... — Levei a mão à testa. — Você disse que estava pensando no assunto. Você estava pensando no nosso futuro e se queria ficar comigo apesar de eu ser estéril. E você fode alguém? Como exatamente isso ajudou no seu processo?

Ele se levantou, vestiu um shorts e deu um passo na minha direção.

Estendi a mão, a palma para a frente, e apontei para ele.

— Não encosta em mim.

Seus ombros afundaram.

— Por favor, não me odeia. Achei que fosse enlouquecer na semana passada. Não posso passar por isso de novo, Falyn. Não consigo fazer essa merda. — Sua voz falhou.

Sentei na cama, encarando o nada.

— Bom, eu também não. E agora?

Ele sentou ao meu lado.

— Você não consegue o quê?

— Fazer isso. — Olhei para ele. — Não consigo ficar com você agora. Não é justo nem você pedir isso.

— Você está certa. Não é. Mas não dou a mínima, porra. Não posso te perder de novo.

— O Thomas não queria que você me contasse, mas você contou mesmo assim. Por quê?

— Eu ia te contar. Eu tinha que fazer isso antes de...

— Você não usou nada?

— Não consigo lembrar — ele respondeu, envergonhado.

Fiz cara de nojo e sequei uma lágrima que tinha escorrido pelo meu rosto.

— Você prometeu que ia ficar — disse ele.

— Você prometeu que não ia.

— Sou um idiota. Foi burrice fazer isso. Admito. Mas não fui para San Diego para te trair. Apesar de ser um completo babaca e tentar me distrair com a primeira garota que me deu atenção, eu te amo de verdade.

— Nós dois fomos burros.

— Você estava tentando fazer a coisa certa. Eu não entendi no início, mas você estava certa. Teria sido difícil terminar com você se eu decidisse que queria filhos.

Eu me levantei, e ele se assustou.

— O que você vai fazer? — ele perguntou, com pânico na voz.

— Me vestir. Acho que posso dizer que não tem mais clima.

Eu o deixei e fui ao banheiro, arrastando o edredom comigo. Lavei o rosto e escovei os dentes, agradecendo por ele não ter me deixado fazer um boquete. Ele teria que fazer um exame de DST. Bem quando eu pensei que a parte difícil tinha ficado para trás, tudo se tornou mais complicado.

Sequei o rosto com uma toalha, e as lágrimas surgiram. Enquanto eu chorava em silêncio na toalha macia, tudo que ele disse e fez desde que eu cheguei, junto com a mensagem que escrevera quando estava bêbado, fazia sentido. Ele praticamente admitiu isso para mim naquele momento. Ele tinha cometido um grande erro, mas, até agora, ele era o único que tinha perdido a confiança. Eu também consegui partir seu coração, e não precisei dormir com ninguém para isso.

Voltei, vesti uma camiseta de Taylor como camisola, carregando o edredom enrolado nos braços. Ele ainda estava sentado na beirada da cama, com a cabeça nas mãos.

— Vou ficar — falei. — Temos muita coisa para ajeitar. Mas *não* me faz sentir que eu preciso te consolar. Quando você estiver perto de mim, vai ter que se virar.

Ele assentiu e empurrou o próprio corpo até ficar na cabeceira da cama. Ele me observou afastar o lençol, e eu virei a coberta para o meu lado da cama.

— Posso te abraçar? — ele perguntou.

— Não — respondi simplesmente, deitando e virando de costas para ele.

Não consegui dormir. Escutei cada sopro de sua respiração, cada suspiro e cada movimento que ele fez. O ar-condicionado ligou enquanto eu encarava as ranhuras nas paredes e depois no teto. Tínhamos passado noites suficientes juntos para eu saber que ele também não estava dormindo, pelo jeito como respirava, mas ficamos deitados ali, mudos, sem encostar um no outro, nos sentindo torturados.

21

Parecia que eu havia acabado de dormir quando os pássaros lá fora começaram a trinar e guinchar. Taylor inspirou e expirou, sinalizando que ainda estava dormindo.

Saí da cama rastejando, vesti o biquíni e a saída de praia, coloquei um chapéu e peguei os óculos escuros e o celular para sair sorrateiramente.

— Ah. Oi — disse Travis. — Você vai para a praia?

Fiz que sim com a cabeça.

— E você?

Ele balançou a cabeça.

— Estou indo até o quarto do Thomas antes de eles irem embora. O voo deles é cedo.

— Ah. Tudo bem. Talvez a gente se veja mais tarde.

— É.

Antes que eu desse outro passo, Travis perguntou:

— Falyn. Você faz o Taylor muito feliz. Ele não só me falou isso naquela noite, mas está na cara dele. Não deixa que nada idiota atrapalhe isso.

Meu estômago afundou.

— *Todo mundo* sabe?

— Todo mundo sabe o quê? — ele perguntou.

Eu me encolhi.

— Nada. Parabéns. — Passei por ele, tentando não correr escada abaixo.

Eu era a única naquela escada interminável e a primeira na praia. A fileira da frente de espreguiçadeiras estava livre, então peguei uma no meio e relaxei.

Dez minutos depois, outro casal chegou. O céu mudou gradualmente de preto para azul-escuro e azul-claro, depois um borrifo de cores se espalhou pelo céu, revelando o mar e tudo o mais que a luz do sol tocava.

Fechei os olhos e ouvi as ondas e os pássaros, tentando afogar meus pensamentos. Inspirei o ar salgado e denso, fracassando miseravelmente em manter meu foco na beleza que me cercava, e não nas visões horríveis das mãos de Taylor na mulher da Califórnia — seus lábios nos dela, beijando-a e tocando nela como ele fizera comigo tantas vezes antes, como ela deve ter curtido, porque ele era muito, muito bom nessas coisas.

Meu celular apitou, e eu olhei para a tela, deslizando quando vi uma mensagem de Taylor.

> É você aí na praia?

Eu me virei e o localizei rapidamente em nossa varanda.

> Sim.

> Tá bom. Vou te deixar em paz. Só queria ter certeza que você está bem.

> Não precisa.

> Não preciso o quê?

> Me deixar em paz.

Em três minutos, Taylor estava parado ao lado da minha espreguiçadeira na praia, usando nada além de uma sunga e óculos na cabeça. Ele sentou, ainda ofegante.

— Temos muita coisa para conversar — falei.

Ele fez que sim com a cabeça.

— Sei que pedir desculpas não é suficiente. Nada que eu diga vai consertar isso, e eu estou ficando maluco tentando não pensar em alguma coisa... qualquer coisa... para consertar tudo.

Olhei para frente, feliz porque meu chapéu enorme me protegia do seu olhar.

— Você está certo. Mas você também não é o único que fodeu tudo aqui. Eu reconheço isso.

Ele abaixou a cabeça, apoiando a testa na mão.

— Estou aliviado pra caralho de você estar sendo tão sensata em relação a isso, mas tenho que admitir, Falyn — ele olhou para mim —, estou apavorado por você estar tão... zen.

— Não estou zen. Estou magoada, com raiva e me sentindo traída. Nosso voo é às três e, até lá, estamos juntos aqui com a sua família. Surtar com você não vai resolver nada.

Ele me observou por um instante.

— E aí? Você vai me abandonar assim que voltarmos?

— Não sei.

Ele suspirou.

— Sinto muito por te magoar. Sinto muito por te trair. Sinto muito por te deixar com raiva. Se você me der mais uma chance, isso *nunca* mais vai acontecer.

— Acredito em você — falei.

Ele sentou na areia ao meu lado, deslizou os dedos entre os meus e beijou as articulações dos meus dedos.

Depois de meia hora de silêncio, Trenton e Camille se juntaram a nós. Pouco depois, Travis chegou, sozinho. Ele não falou e sentou a duas poltronas de distância, encarando o mar.

— Oh-oh — disse Trenton, se levantando para ir até o irmão.

Taylor apertou minha mão e foi se juntar aos outros dois. Eles conversaram baixinho, mas ficaram sentados em silêncio a maior parte do tempo, todos parecendo encarar o mesmo ponto na água.

— Encontrei Travis hoje de manhã — falei para Camille.

— É? — ela perguntou. — Onde?

— Ele estava indo até o quarto do Thomas. Acha que isso tem alguma coisa a ver?

— Thomas? — Ela fez uma pausa, pensativa. — Não — concluiu. — Acho que não.

Pela objetividade em sua voz, percebi que ela estava mentindo. Ela já tinha namorado o Thomas. Ela sabia de coisas, inclusive o que tinha acontecido naquele quarto.

Travis saiu abruptamente, e Taylor voltou para o seu lugar.

— Ele está bem? — perguntei.

Taylor pareceu preocupado.

— Não sei. Ele não quis falar nada.

Camille fingia não ouvir, então eu disse exatamente o que queria que ela ouvisse.

— Para uma família que parece tão unida, vocês têm muitos segredos — falei.

Taylor caiu para trás.

— Acho que sim.

— Parece que você é o único capaz de dizer a verdade. — Assim que as palavras saíram da minha boca, eu me arrependi.

Taylor estava errado. Eu não estava zen. Agredir verbalmente e dar golpes baixos não eram algo que eu pensava ser capaz de fazer, mas isso não parecia ser o caso, no momento.

Camille virou para mim, irritada.

— Só porque você ama alguém, não significa que tem que falar tudo que você sabe.

— Acho que depende de quem é afetado pelos segredos, não acha? — perguntei, ainda sem conseguir extinguir minha raiva.

A boca aberta de Camille se fechou de repente, e ela encontrou o mesmo ponto no mar que os garotos encaravam antes, trincando os dentes. Não parecia estar com raiva especificamente de mim. Parecia mais frustrada com o segredo que estava guardando.

— Então você sabe por que o Travis está preocupado — falei para Camille. — Mas não contou para o Trenton porque tem a ver com o Thomas?

Taylor olhou para Camille em busca de confirmação, e ela olhou para mim, desesperada para eu parar.

Minha boca se curvou para o canto.

— Desculpa. Não tem nada a ver com você — suspirei. — Todos temos segredos, Cami. Só precisamos ter certeza que guardá-los não vai magoar as pessoas que amamos.

Camille me observou durante muito tempo, depois seus olhos se voltaram para o mar, se enchendo de lágrimas salgadas.

— Que diabos está acontecendo aqui? — Taylor perguntou, a cabeça alternando entre mim e Camille.

— A gente devia tomar o café da manhã e começar a fazer as malas. Temos que sair para o aeroporto... O que você acha? Meio-dia? — perguntei.

— É — respondeu Taylor, ainda preocupado com Camille. Ele se levantou, estendendo a mão para mim.

Eu a peguei e o segui até o Bleuwater, o principal restaurante do resort.

Taylor estava calado, comendo omelete, perdido em pensamentos enquanto mastigava.

— Quem era ela? — perguntei.

Taylor parou de mastigar.

Franzi o nariz e balancei a cabeça.

— Não responde.

— Ela não era você.

— Não — falei, antes de trincar os dentes.

Ele esperou pacientemente enquanto a raiva fervia dentro de mim. Ele sabia tão bem quanto eu o que estava por vir.

— Quatro dias? Sério? — sibilei.

Taylor encarou o prato.

— Fala alguma coisa — pedi.

— Não tenho nada para dizer. Não tem desculpa. Eu errei.

— Você disse uma semana. Foi isso que *você* disse. Você nem conseguiu cumprir seu próprio prazo antes de passar o cartão no buraco de outra pessoa.

Ele fez que sim com a cabeça.

— Não faz que sim com a cabeça para mim, porra. Não fica aí sentado aceitando tudo.

Ele levantou o olhar para mim.

— O que você quer que eu diga? Estou aqui morrendo de medo que você me dê um pé na bunda, e não tem uma maldita coisa que eu possa fazer, porque nós dois sabemos que eu mereço, Falyn. Então vou simplesmente ficar de cabeça baixa.

— Como é que eu devo reagir a isso?

Ele abriu a boca para responder e depois pensou melhor.

Eu me recostei na cadeira, fervendo de raiva, e, ao mesmo tempo, era difícil observar a culpa e a angústia nos olhos dele. Ele já se sentia mal. Ele já sabia que estava errado. Ele já estava arrependido. Eu estava com raiva dele por todas essas coisas, também. Eu merecia um momento de raiva sem culpa, e ele não era capaz de me dar nem isso.

Cobri o rosto, sem conseguir terminar a refeição.

— Você quer que eu peça a conta? — ele perguntou, parecendo arrasado.

Só consegui fazer que sim com a cabeça.

— Meu Deus — ele sussurrou. — Tudo estava tão bem... Como foi que chegamos a esse ponto?

Quando terminamos o café da manhã, voltamos para o quarto, fizemos as malas e concluímos a jornada até o saguão para fazer o check-out. A entrada estava agitada com tanta atividade — pessoas entrando e saindo, empregados ocupados com hóspedes.

— Deve ter um carro esperando a gente lá fora — disse Taylor para a recepcionista.

— Está bem — disse ela. — Tudo certo. Espero que tenham gostado da estadia no Ritz-Carlton e voltem para nos visitar em breve.

— Obrigado — disse Taylor.

Ele carregou nossas malas até o lado de fora e cumprimentou o mesmo motorista que tinha me pegado no aeroporto.

Taylor ficou olhando pela janela a maior parte da viagem até Charlotte Amalie e só falou quando necessário, depois que chegamos ao aeroporto.

— Duas horas adiantados — falei, olhando para o relógio.

Taylor ficou sentado ao meu lado no nosso portão, mas agia como se eu fosse apenas mais uma passageira no terminal. Um voo para Nova

York estava embarcando. Estávamos tão adiantados que o monitor sobre a mesa não mostrava o nosso voo.

Verifiquei o relógio várias vezes, curiosa para saber se ele estava preocupado com a família, comigo, ou com as duas coisas, e se eu devia tentar conversar com ele sobre isso ou deixá-lo com seus pensamentos.

Uma criança berrou em algum lugar atrás de nós, e, como tantas outras vezes em que escutei um recém-nascido, alguma coisa apertou meu peito. Havia famílias por toda parte, mães e pais exasperados, tentando ao máximo distrair os filhos pequenos cansados e entediados.

Eu me perguntei se Taylor um dia veria crianças com um sentimento de nostalgia, como eu fazia, se ele teria que fazer isso por causa do nosso início difícil, e se o fim de semana em St. Thomas era o começo do nosso fim.

— Taylor — falei.

Ele tirou o dedo da boca, cuspindo um pedaço de cutícula roído.

— Desculpa. Não estou tentando te ignorar. Só estou com muita coisa na cabeça.

— Quer conversar sobre o Travis? — perguntei.

— Não. Quero conversar sobre nós. Você está só esperando? Você vai jogar uma bomba quando chegarmos em casa?

Ele olhou para mim, com pânico nos olhos.

— Vai?

Mantive a voz baixa.

— Você transou com outra mulher porque estava com raiva de mim e, pior, você não sabe se usou proteção. Não sei como me sinto em relação a isso. Não sei como vou me sentir em relação a isso hoje, ou amanhã, ou na próxima semana. Essa é uma daquelas coisas que a gente só vai saber com o tempo.

Ele olhou para o chão, o joelho balançando.

— Sobre o que mais você quer conversar? — perguntei.

— Já é o bastante.

Inclinei o pescoço, frustrada.

— O que mais?

— O que você falou, sobre todos nós termos segredos, é verdade. Não gosto disso.

— Vi o Travis hoje de manhã. Ele estava bem.

As sobrancelhas de Taylor dispararam para cima.

— Antes da praia?

— Sim, quando eu estava saindo do quarto, ele estava indo se encontrar com o Thomas.

Taylor pensou no assunto e depois balançou a cabeça.

— Droga. Alguma coisa está acontecendo com eles. Alguma coisa importante. E também não é nada bom.

— Acho que Camille tem uma ideia do que é.

Taylor semicerrou os olhos.

— Ela escondeu do Trenton que estava namorando o Thomas. Ela não contou ao Trent durante muito tempo. Sempre pensei que havia um motivo maior por trás disso. Quer dizer... todos nós conhecemos a Cami. O Trenton foi apaixonado por ela durante anos. Ninguém sabia que o Thomas estava namorando com ela, e eu achei que era para ninguém encher o saco dele. Agora... não sei. Tem alguma coisa a ver com o Travis, e isso não faz sentido.

— O Travis parecia arrasado. O que faria isso com ele?

Taylor balançou a cabeça.

— Perder a Abby. Praticamente só isso. Ele não dá a mínima para o resto. Que porra... você acha que pode ser o meu pai? Talvez ele esteja doente.

Balancei a cabeça.

— Não faria sentido o Thomas só contar para o Travis, certo?

Taylor pensou durante muito tempo, depois suspirou.

— Não sei. Não quero mais pensar nesse assunto. Isso me deixa com medo e com raiva. A Camille não devia saber mais sobre a minha família do que eu ou o Trenton. Isso é foda.

— Você pode pensar nisso. É uma distração — falei.

— De nós? — ele perguntou.

Fiz que sim com a cabeça.

Seus ombros despencaram, e ele se inclinou para a frente, esfregando as têmporas com os dedos.

— Por favor, não.

255

Não consegui mais aguentar a angústia.

— Eu te amo. Uma vez você disse que não é uma frase que você fala por qualquer motivo. Eu também não. Não gostei do que você fez. Mas também não gostei do que eu fiz.

— Só promete que vai tentar.

— Taylor...

— Eu não me importo. Eu não me importo, porra. A gente tem que consertar isso.

— Não vou jogar nenhuma bomba em você. Temos muito o que conversar. Se dermos de cara com uma parede, você vai ver ela se aproximando.

— É. Estou vendo ela se aproximando.

— Não vê, não — falei, exasperada.

— Você não entende — ele sibilou, chegando mais perto, com o músculo do maxilar saltando sob a pele. — Eu nunca tive tanto medo como quando estava dirigindo de volta para Estes, depois de sair do seu apartamento. Nunca me senti tão perdido quanto no corredor diante da porta do Thomas, esperando ele chegar em casa. Achei que ia me sentir melhor quando ele chegasse, mas não aconteceu. Achei que o Tommy pudesse me dizer alguma coisa que explicasse o que eu estava sentindo e os meus medos, mas ele não conseguiu fazer isso. A sensação só piorava, Falyn. Só percebi o que era quando te vi em pé naquele saguão.

Esperei. A agonia em seus olhos me fez querer desviar o olhar.

— Era luto, Falyn. Eu não sentia isso desde criança, mas me lembro da sensação de impotência quando a gente perde alguém. Não importa o quanto você ama alguém, não é possível trazer essa pessoa de volta. Não importa o quanto você grita, ou bebe, ou implora, ou reza... fica um vazio quando a pessoa vai embora. Ele queima e te apodrece de dentro para fora até você parar de chorar para a dor acabar e começar a aceitar que a vida vai ser assim.

Inspirei, horrorizada.

— Não estou dizendo que eu não mereço que você me largue. Mas vou fazer qualquer coisa se você me der uma chance de te mostrar. O Thomas me disse uma coisa em Eakins sobre não dormir com alguém para aliviar a dor. Não é uma desculpa, mas foi um erro, e vou aprender com ele.

Escutei suas palavras e depois as repeti mentalmente.

— Tenho algumas condições — soltei.

— Manda ver — ele disse, sem hesitar.

— Você precisa fazer um exame.

— Já está agendado.

— Preciso de tempo. Não posso fingir que não aconteceu nada.

— Dá pra entender.

— Preciso que você tenha paciência se e quando eu tiver um momento de ciúme, e quando isso me fizer lembrar que fui eu que comecei toda essa história, e que a culpa é sobretudo minha.

Taylor falou devagar, enfatizando cada palavra:

— Você não tem culpa. Nós dois fizemos merda, e nós dois estamos arrependidos.

— Essa é praticamente a única coisa que eu sei neste momento — falei.

— Não. Você sabe que a gente se ama. E por isso eu sei que as coisas vão melhorar.

Quando fiz que sim com a cabeça, Taylor se recostou no assento, apenas um pouco mais relaxado do que antes. Ou ele não acreditava nas próprias palavras, ou ele achava que eu não acreditava. Ele deslizou os dedos entre os meus, e esperamos, num silêncio constrangedor, até anunciarem o nosso voo.

22

— *Não posso fazer isso.*

Eu o ouvi dizendo as palavras, mas treze semanas de trabalho e perdão não me permitiam acreditar nisso. Eu estava sentada em uma poltrona em seu quarto de hotel em Colorado Springs, o carpete e as cortinas bege refletindo minha expressão vazia.

Taylor estava sentado na cama, a cabeça apoiada nas mãos. Ele estava apenas com uma toalha branca ao redor da cintura, a pele ainda brilhando depois do banho.

— Você fez check-in dois dias atrás — falei.

Ele assentiu.

— E vai desistir agora? — perguntei.

Ele me olhou, com frustração nos olhos. Naquele momento eu sabia que o tinha perdido. O desejo, a culpa e a paciência haviam desaparecido.

Eu me levantei, cruzando os braços.

— O que aconteceu com as coisas melhorarem? Como fazer isso funcionar? Com o perdão e o amor um pelo outro?

Ele não respondeu.

— Você me ama — falei.

— Mais do que eu conseguiria te explicar.

— Então eu não entendo! — retruquei, e o volume da minha voz nos surpreendeu. Meus olhos se encheram de lágrimas. — Eu me dediquei a nisso. Passei horas e fins de semana tentando melhorar as coisas, ajeitando na minha cabeça que você colocou as mãos... e outras coisas...

em outra mulher. Estou aqui, arriscando tudo, ignorando os fantasmas que me assombram todas as vezes que estamos na cama. E você simplesmente vai desistir de mim? Não — falei, balançando a cabeça e andando em círculos, inconformada. — Você não pode simplesmente dizer que acabou. Não acabou.

— Eu não disse — ele comentou, se divertindo. — Mas isso... isso está bom. Estou gostando disso.

Parei no meio do quarto, estreitando os olhos para ele.

— Então, do que você está falando?

Ele suspirou.

— Não falei sobre as viagens constantes porque... bom... estávamos lidando com coisas mais importantes, e eu estava sem coragem. — Ele se levantou, segurando meus ombros. — Mas eu ainda quero isso e tudo o que a gente falou antes. Não consigo mais viver longe de você. Quero, pelo menos, estar na mesma cidade.

Caí na cama, abraçando minha cintura.

— Achei que você estava terminando tudo.

Ele se ajoelhou diante de mim.

— Não, nem fodendo. Depois das semanas que eu passei me matando, tentando compensar tudo?

Lancei-lhe um olhar suspeito.

— Se matando?

Ele entrelaçou os dedos nas minhas costas e sorriu.

— Eu não disse que não curti.

Ele beijou meu rosto com carinho. Eu me inclinei em direção aos seus lábios, dando uma risadinha.

O telefone fixo tocou e, depois de um instante de confusão, Taylor se levantou num pulo e levou o fone ao ouvido.

— Alô? Sim, sou eu. Quem? — Quando o reconhecimento iluminou seus olhos, toda a cor se esvaiu de seu rosto. — Eu, humm... já vou descer. — E desligou o telefone.

— Tudo bem? — perguntei.

— A recepcionista disse que tem uma mulher esperando por mim no saguão. Alyssa Davies.

Dei de ombros e balancei a cabeça, sem reconhecer o nome.

— É a mulher que eu... De San Diego.

— Ela está *aqui?* — perguntei, me levantando.

— Acho que sim — ele respondeu, esfregando a nuca.

— Por quê?

Ele balançou a cabeça.

— Não sei, baby.

— Você fez o exame — falei, tentando não demonstrar o pânico intenso que se acendeu dentro de mim.

— É... não, não pode ser isso. Não é isso.

Meu coração martelou, fazendo minha cabeça latejar e meus dedos tremerem.

A preocupação de Taylor desapareceu, e um sorriso forçado suavizou seu rosto.

— Vamos lá. Vamos descobrir juntos.

Peguei sua mão estendida e minha bolsa antes de seguir Taylor até o corredor. Pegamos o elevador até o primeiro andar e encontramos a sala de espera. Taylor não soltou a minha mão quando parou ao ver uma bela mulher sentada sozinha em uma das cabines ao longo da parede.

Ele me empurrou para frente e sentou, deslizando pelo banco. Sentei ao lado dele, olhando para a última mulher que eu esperava conhecer cara a cara.

— Sei que está surpreso de me ver — ela disse. — Peço desculpas por não ter ligado antes. — Ela me olhou, piscando e desviando o olhar para as mãos entrelaçadas sobre a mesa. — Mas o que eu tenho para dizer precisava ser dito pessoalmente.

A mão de Taylor apertou a minha. Eu não tinha certeza nem se ele sabia o que estava fazendo isso.

— Ela... — Alyssa deixou as palavras sumirem.

Taylor fez que sim com a cabeça.

— Essa é minha namorada, Falyn. Ela sabe quem é você e o que aconteceu.

— Bom, ela não sabe disso — retrucou Alyssa, erguendo as sobrancelhas. Ela pegou um papel dobrado que parecia ter sido amassado algumas vezes e o empurrou por sobre a mesa na direção de Taylor.

Ele o abriu, leu e o colocou diante de si. Esperei, encarando a lateral do seu rosto. Seus olhos tinham perdido o foco. Ele estava tão parado que eu não tinha certeza se estava respirando.

Pensei em algumas hipóteses sobre o que estava escrito no papel, mas não queria que nenhuma delas fosse verdadeira.

— Grávida? — perguntou Taylor, engolindo em seco.

Todo o ar sumiu do meu peito, e meus olhos ficaram instantaneamente vidrados.

Alyssa suspirou.

— Amanhã faço quinze semanas. Marquei um aborto para quinta-feira.

— Você... você quer que eu te acompanhe? — perguntou Taylor.

Alyssa soltou uma risada, sem se impressionar.

— Não. Eu cancelei.

— Então... — começou Taylor. — Você vai ficar com o bebê?

— Não.

Esfreguei a testa e baixei o olhar, tentando não gritar. Isso não estava acontecendo conosco, com aquele bebê.

— Você vai dar para a adoção? — perguntou Taylor.

— Depende — respondeu Alyssa, guardando o papel na bolsa. Seu comportamento frio era enlouquecedor. — Não tenho condições de criá-lo. Você tem?

Taylor levou a mão ao peito.

— Você está me perguntando se quero ficar com ele?

Ela entrelaçou as mãos de novo.

— O bebê nasce no dia sete de dezembro. Pouco tempo depois, tenho um caso meio importante cujo processo judicial será iniciado. Estou preparada para ter o bebê e assinar os papéis, como eu faria numa adoção comum.

Ela é linda, confiante, está grávida de Taylor e é advogada? Será que ela poderia ser melhor do que eu de outras maneiras?

— Para — falei. — Você precisa pensar no que está fazendo.

Ela me olhou, furiosa.

— Desculpa. Eu respeito o fato de você estar aqui pelo Taylor, mas não estou pedindo sua opinião.

— Eu entendo — falei. — Mas já estive na sua posição. Isso não é uma transação comercial. É um bebê.

— Você já...

— Abri mão de um filho, sim. Não é uma coisa que um dia você esquece. Só que... espero que você tenha certeza que é isso mesmo que quer antes de decidir.

Ela piscou, vendo nós dois pela primeira vez, depois grudou o olhar em Taylor.

— A decisão é sua. Se você também decidir abrir mão dos direitos, vou começar o processo de procurar candidatos para a adoção. Me recomendaram algumas agências em San Diego.

— Se quiser ficar com o bebê — falei —, sei que o Taylor vai te ajudar.

Ele assentiu, mas parecia estar a um milhão de quilômetros de distância dali.

— Não preciso da ajuda de ninguém — disse Alyssa —, mas agradeço a oferta.

Eu me levantei.

Taylor estendeu a mão para mim.

— Aonde você vai? — ele perguntou.

— Para casa.

— Só... me dá um segundo. Eu te levo.

Minhas próximas palavras ficaram presas na garganta.

— Você devia ficar. Vocês dois têm muita coisa para conversar.

Taylor começou a se levantar, mas eu toquei seu ombro.

— Essa decisão não tem nada a ver comigo, Taylor. E é importante.

Ele me encarou, respirando fundo.

— O que quer dizer com não tem nada a ver com você?

— Quero dizer que a decisão é sua.

Ele se remexeu no assento.

— Só lembra o que você me disse há menos de dez minutos.

— Eu lembro. Eu me lembro de muitas coisas. Fica aqui. Você vai se arrepender se não ficar.

Coloquei o celular que ele me deu sobre a mesa e deixei Taylor e Alyssa para trás.

— Falyn! — ele gritou atrás de mim.

Eu o ignorei.

Saí da sala de espera, atravessei o saguão e passei por Dalton no caminho.

— Oi, Falyn. Você vai sair? — ele perguntou.

Sorri com educação e atravessei as portas, começando minha caminhada até o centro da cidade. Eu esperava fazer uma longa caminhada, mas, a cada passo, ficava mais difícil lutar contra a vontade de chorar.

Mas eu não ia chorar. Eu dissera tantas vezes, para mim e para Taylor, que nos encontramos por um motivo. Achei que era para eu encerrar o meu passado, mas histórias tristes têm um jeito engraçado de terminar, e a ironia da nossa situação não passou despercebida para mim. Eu abri mão da minha filha e agora era estéril. Taylor ia ficar comigo de qualquer maneira e, por uma série de acontecimentos que tinham começado comigo, agora ela teria seu próprio filho.

Os postes de luz zumbiam, piscando ao reagirem à luz fraca. As estrelas começaram a aparecer no céu do crepúsculo, e eu ainda tinha um longo caminho pela frente. Os carros passavam sibilando, alguns cheios de crianças, com música alta e buzinando, e eu andava sozinha absorvendo a cada passo a realidade do que significava a gravidez de Alyssa.

O verão estava no auge, e não chovia havia semanas. O mundo ainda estava verde, mas seco. Os constantes incêndios tinham levado a equipe de Taylor à região.

A caminhada até o centro da cidade levou mais tempo do que eu pensara, e eu estava fora de forma. Um Mercedes G-Wagon escuro diminuiu a velocidade ao meu lado, e a janela escura do lado do carona se abriu, revelando Blaire atrás do volante e mais ninguém no carro. Comecei a andar de novo, mas ela buzinou.

— Falyn? — ela chamou. — Para onde você vai, querida?

Suspirei.

— Ninguém está te ouvindo.

— Você está indo para casa?

— Estou.

— Por favor, me deixa te levar. Não precisamos conversar.

Olhei para a rua e depois para Blaire de novo.

— Nem uma palavra?

Ela balançou a cabeça.

Por mais que eu não quisesse entrar naquele SUV, meus pés já estavam doendo, e tudo que eu queria era me encolher na cama e chorar. Abri a porta e entrei.

Um sorriso vitorioso iluminou o rosto de Blaire, e ela afastou o carro do meio-fio.

Depois de apenas uns duzentos metros, Blaire suspirou.

— Seu pai não está bem. Acho que essa campanha não está sendo boa para ele.

Não respondi.

Ela pressionou os lábios.

— O carro ainda está parado na garagem da nossa casa. Seu pai de vez em quando o dirige, para manter tudo em ordem. Ainda troca o óleo. A gente queria que você ficasse com ele.

— Não.

— É perigoso andar por aí sozinha no escuro.

— Eu raramente saio — falei simplesmente.

— Mas, se acontecer de você sair...

— Você disse que a gente não precisava conversar.

Blaire estacionou em uma das muitas vagas vazias em frente ao Bucksaw.

— Você precisa voltar para casa, Falyn... ou, pelo menos, deixar a gente te arrumar um apartamento, e seu pai pode conseguir um emprego decente para você.

— Por quê?

— Você sabe por quê — ela soltou.

— É sempre uma questão de aparências, né? Vocês não poderiam se importar menos comigo.

— Isso não é verdade. Fico horrorizada de você morar aí em cima, naquela sujeira — disse ela, olhando para o segundo andar da cafeteria.

— Você não vê aonde nossa família chegou só para manter as aparências? Seu marido está doente. Sua filha não quer nada com você. E por quê?

— Porque é importante! — ela sibilou, o cabelo balançando quando mexeu a cabeça.

— Para você. Só é importante para você. Não sou obrigada a viver uma vida que eu odeio tanto só para você se sentir importante.

Ela estreitou os olhos.

— O que há de errado com o nosso modo de viver? Só porque eu quero que você estude? Só porque eu quero que você more num lugar decente?

— Quando você fala assim, parece maravilhoso. Mas você não pode continuar omitindo as partes horríveis. Você não pode simplesmente apagar uma gravidez. Você não pode esconder um bebê. Você não pode fingir que sua filha não é uma garçonete que não quer ser médica. Nossa vida não é um mar de rosas. Já é hora de você parar de fingir que é.

Ela inspirou.

— Você sempre foi extremamente egoísta. Não sei por que eu esperava que hoje fosse diferente.

— Não volta — falei antes de sair do carro.

— Falyn — ela chamou.

Eu me abaixei enquanto a janela do lado do carona descia.

— Esse é o último tapa na cara. Se o seu pai perder essa campanha por sua causa, não vamos te oferecer ajuda de novo.

— Eu não esperava que oferecessem.

Agradeci pela carona e a deixei sozinha, ignorando o som do meu nome.

Quando abri a porta de vidro, já era noite, e eu estava física, emocional e mentalmente exausta.

Os faróis do G-Wagon atravessaram a parede de vidro quando Blair deu ré e depois desapareceram quando ela se afastou.

O salão estava escuro, e eu estava sozinha. Sentei no piso de cerâmica laranja e branca, deitei de lado e me encolhi, antes de chorar até dormir.

Alguém cutucou meu ombro, e eu me retraí. A pessoa fez isso de novo, e eu abri os olhos, levantando a mão para me proteger de outra cutucada.

Minha visão se aguçou, e vi Pete sobre mim, com os olhos preocupados.

Passei a mão no rosto e me sentei.

— Que horas são? — perguntei, sem esperar pela resposta.

Girei a pulseira de couro estreita para ver o mostrador. Eram cinco da manhã de sábado. Chuck e Phaedra chegariam a qualquer momento.

— Merda — falei, tropeçando para me levantar.

Antes que eu conseguisse disparar até a escada, Pete segurou o meu pulso.

Relaxei os ombros, cobrindo sua mão com a minha.

— Estou bem.

Ele não soltou.

— Sério. Estou bem.

Pete levou o polegar aos lábios, levantando o dedo mindinho.

— Não. Eu não estava bebendo. A garota com quem o Taylor saiu em San Diego? Ela está grávida.

As sobrancelhas de Pete dispararam até o couro cabeludo, e ele soltou o meu braço. Corri escada acima, dois degraus de cada vez.

Entrei no chuveiro, afogando as lembranças da noite passada antes que viessem à tona.

Nunca fiquei tão feliz de trabalhar num sábado. Seria um dia agitado, e havia um festival no fim de semana. Não havia distração melhor do que clientes impacientes e famintos. Sem celular, Taylor não teria como entrar em contato comigo, além de ir até o Bucksaw, e eu sabia que ele estava no segundo turno naquele dia e no seguinte.

Eu estava em conflito, tentando não chorar num minuto e lutando contra a raiva no seguinte. Fiquei preocupada, sabendo que ele estava a quilômetros de distância, nas florestas em chamas, com muitas coisas na cabeça. Deixá-lo sozinho para lidar com Alyssa não tinha ajudado em nada, mas eu havia criado a confusão em que todos estávamos. Taylor a tinha piorado. Mas o emprego dele não ia mudar, e nossos problemas também não. Era hora de eu escapar para sempre. Um de nós tinha que fazer isso.

Desci a escada, prendi o cabelo ainda úmido num coque alto e ouvi Phaedra conversando. Empurrei as portas duplas e sentei no meu balcão regular na cozinha, em frente à bancada central.

Hector estava lavando vegetais, com a cabeça baixa, sem dizer uma palavra. Pete estava descascando batatas, fazendo careta para mim enquanto trabalhava.

— Que diabos está acontecendo? — perguntou Phaedra.

Chuck estava parado atrás dela, mas não conseguia acalmá-la. Abri a boca para falar, mas ela levantou a mão.

— E não me diz que não é nada, que não é importante, nem que você simplesmente teve uma noite ruim porque nada que não seja importante faz uma pessoa se encolher toda num chão frio a noite inteira.

Fechei a boca de repente. Phaedra conseguia intimidar qualquer pessoa, mas ela nunca tinha ficado tão irritada comigo.

— Pode cuspir — exigiu Phaedra.

— Quando pedi um tempo para o Taylor, ele foi a San Diego ver o irmão. Ele acabou... com outra mulher enquanto estava lá. Ele me contou em St. Thomas. Estávamos lidando com isso.

— E? — ela perguntou, inabalável.

Inspirei fundo, sentindo um nó se formar na garganta.

— Ela foi ao hotel ontem à noite. Ela está grávida.

Meus quatro colegas de trabalho ofegaram.

Sequei rapidamente algumas lágrimas que teimaram em escapar.

— Ela vai ter o bebê? — Chuck perguntou.

Fiz que sim com a cabeça.

Phaedra se remexeu, tentando manter seu comportamento austero.

— O que o Taylor tem a dizer?

— Não fiquei muito tempo lá depois disso.

Phaedra segurava um molho de chaves e o jogou para mim. Eu o peguei e reconheci o chaveiro.

— Também tem a questão dos seus pais deixando seu carro aí. Você vai ter que tirá-lo de lá. Está no estacionamento de clientes.

— O quê? — perguntei.

— Eu falei para eles que você não queria — disse Chuck. — A chave está na ignição.

Olhei para o metal brilhoso em minhas mãos.

— Meu carro está aqui? Eles simplesmente o deixaram?

— Meu Deus, garota. Você não está ouvindo? — Phaedra perguntou.
— Onde eu devo... estacioná-lo?

Phaedra apontou na direção da rua.

— Perto de onde a Kirby costuma estacionar o dela. E então? Vai lá.

— Por que você está com raiva? — perguntei, secando o rosto com o pulso.

— Não estou com raiva, droga! Estou preocupada. Vai logo. Tenho tortas para fazer. — Ela girou nos calcanhares, secando os olhos enquanto marchava até os fundos.

— Quer que eu tire o carro de lá? — Chuck perguntou.

Balancei a cabeça.

— Eu faço isso.

— Falyn — ele disse, com a voz calma —, o Pete te encontrar no chão desse jeito é preocupante. Conversa com a gente.

— Simplesmente aconteceu. Não tive tempo de conversar com ninguém.

— Você devia ter ligado.

— Devolvi o celular para o Taylor.

— Ele sabe disso?

Fiz que sim com a cabeça.

— Então ele sabe que tudo acabou.

Apertei as chaves, sentindo as pontas cravarem-se na minha mão.

— Ele tem uma coisa bem mais importante para se concentrar agora.

Virei em direção à porta, mas Chuck gritou:

— Falyn?

Parei, mas não virei para trás.

— Você devia deixá-lo decidir se você é prioridade ou não.

— Não acho que ele não me escolheria — falei por sobre o ombro. — Só que eu não ia conseguir viver comigo mesma se ele fizesse isso.

23

Depois do trabalho nas noites de sábado e domingo, em vez de esperar Taylor ir até o Bucksaw depois do seu turno, eu entrava no carro e saía dirigindo. Mantinha o pé no acelerador até ficar cansada demais para continuar, me perdendo e encontrando o caminho de volta.

Na segunda-feira, eu disse a mim mesma que Taylor não teria coragem de aparecer no meu trabalho, mas, às onze e meia, ele e sua equipe chegaram.

Kirby, já sabendo o que fazer, os levou para a mesa dos fundos, e Phaedra anotou os pedidos. Fiz o possível para ignorá-los, mas Dalton fez questão de me cumprimentar.

Fiquei na minha, vendo Taylor apenas de canto de olho. Ele estava me encarando, esperando que eu olhasse para ele, mas passei direto.

— Falyn! Pedido pronto! — gritou Chuck.

Meus pés se moveram ainda mais rápido que o normal na direção da voz de Chuck. Não havia comida no passa-pratos, então eu sabia que ele estava me dando um tempo para me recompor. Passei pelas portas duplas e fugi para o meu balcão, deixando-o suportar meu peso enquanto me apoiava nele.

— Você está bem, querida? — Chuck perguntou.

Balancei a cabeça rapidamente. Respirei fundo e usei as duas mãos para passar de repente pelas portas vaivém. Se eu parecesse insegura na decisão de terminar tudo ou demonstrasse um segundo de fraqueza, Taylor seria incansável até que eu cedesse. Se suas atitudes depois da viagem à ilha eram alguma indicação, ele nunca me deixaria em paz.

Taylor não tentou fazer uma cena. Ele comeu e pagou a conta, depois eles foram embora.

À uma da tarde do dia seguinte, achei que eu não fosse mais vê-lo, mas ele chegou para almoçar de novo — dessa vez, com Trex a reboque. Phaedra os serviu novamente.

Passei pela mesa deles, e Taylor estendeu a mão para mim.

— Falyn. Pelo amor de Deus.

Apesar de o desespero em sua voz me fazer ter vontade de ceder, eu o ignorei, e ele não disse mais nada. Apenas algumas das mesas mais próximas perceberam, mas Phaedra franziu a testa.

— Falyn, querida — disse Phaedra —, isso não pode continuar assim.

Fiz que sim com a cabeça, empurrando as portas duplas, sabendo que Phaedra estava indo para a mesa de Taylor. Quando voltou, olhei para ela de soslaio, envergonhada por fazê-la lidar com os meus problemas.

— Falei para ele que pode continuar vindo, mas só se prometer não fazer cena. Ele concordou em não te incomodar.

Eu assenti, abraçando minha cintura.

— Devo pedir para ele não voltar? — ela perguntou. — Odeio ser má com o pobre garoto. Ele parece um gatinho perdido.

— Acho que ele não aceitaria isso numa boa. É só durante o verão, certo? Ele não pode vir aqui todo dia quando voltar para Estes Park. No próximo verão, se eles voltarem, ele já vai ter superado.

Phaedra deu um tapinha no meu braço.

— Não sei, querida. Pelo que estou vendo, não parece que nenhum de vocês vai superar. — Ela contorceu o rosto. — Tem certeza que você não quer tentar resolver? Eu sei que é complicado, mas é mais fácil consertar as coisas juntos.

Balancei a cabeça e me levantei antes de empurrar as portas da cozinha e servir minhas mesas como se meu coração não estivesse partido.

Fiquei deitada na cama naquela noite, jurando expulsar todas as lembranças de Taylor — o modo como ele me abraçava, como seus lábios aqueciam os meus e como sua voz se suavizava sempre que ele dizia que me amava.

Era melhor do que a agonia de sofrer por ele.

Isso continuou durante dias, e cada vez que ele aparecia eu dizia a mim mesma que ficaria mais fácil vê-lo. Mas não ficou.

Como ele dissera, eu tinha que aceitar que a dor constante fosse parte do meu dia. Eu não podia desperdiçar mais um instante, uma lágrima, pensando nele. A vida dele tinha se desviado do caminho em que estávamos. Se ele não me deixasse esquecê-lo, eu teria que aprender a conviver com a dor.

Maio terminou e junho começou.

O céu ficava mais nebuloso a cada dia, e as reportagens na televisão circulavam o mundo todo. Os incêndios florestais na nossa região estavam no auge, os bombeiros e as equipes de elite atendendo mais ocorrências do que na última década. Mesmo assim, Taylor não perdia um almoço — às vezes, ele chegava tarde, às duas ou três, e em outros dias chegava apressado e coberto de suor e fuligem.

No meio de julho, Chuck e Phaedra pensaram em impedi-lo de frequentar a cafeteria, mas ninguém poderia justificar essa medida. Ele nunca causava confusão, sempre pedia uma refeição, sempre pagava, deixava uma boa gorjeta e era educado. Ele nunca se aproximou de mim nem tentou iniciar uma conversa.

Taylor simplesmente aparecia, esperando pacientemente que eu cedesse.

O Bucksaw estava fechado havia meia hora, e Kirby e eu tínhamos acabado de terminar nossas tarefas noturnas quando Phaedra levantou a questão de como lidar com Taylor.

— Você não pode impedir que ele venha aqui por amar a Falyn — disse Kirby, indignada com a conversa.

— Simplesmente não é normal — disse Phaedra. — E também não é saudável para nenhum dos dois, droga. Ele vai ter um bebê e precisa se preparar para isso.

Concordei.

— Ele é um bom garoto, Phaedra — disse Chuck. — Ele sente saudade dela. Ele vai voltar para Estes depois da estação, o bebê vai nascer em dezembro, e ele vai ficar ocupado.

Kirby fez biquinho.

— Vocês estão sendo cruéis.

— Kirby — alertou Phaedra.

— Eu sempre fui sincera com ele. Não quero nem pensar em adoção — falei.

— Mas o filho é dele! — guinchou Kirby.

— Você não entende — soltei.

— Não, você está certa. Eu não entendo — ela disse. — Mas é porque não faz sentido.

— O filho pode ser dele, mas apresenta os mesmos riscos da adoção... Riscos que não sou emocionalmente capaz de assumir. Ela pode voltar. Pode querer a guarda compartilhada ou a guarda integral. Ela pode ganhar, Kirby, e levar o bebê para a Califórnia. Não estou disposta a perder outro filho.

Ela fez uma pausa.

— O que você quer dizer com... outro filho?

Cobri o rosto.

Phaedra colocou as mãos nos meus ombros.

— A Falyn teve um bebê pouco depois do ensino médio. Ela abriu mão da filha.

Kirby me encarou durante muito tempo.

— Sinto muito. — Depois que o choque passou, sua expressão virou repulsa. — Sinto muito. Muito mesmo. Mas ele estava disposto a abrir mão de uma família por você, e você nem quer pensar na ideia de ter uma família por ele? — ela perguntou. — Você acha que o está salvando ou sei lá o quê, mas está só se protegendo. Você está com medo.

— Kirby! — Phaedra exclamou. — Chega!

Kirby saltou do banco, procurando alguma coisa para limpar. Ela aumentou o volume da pequena televisão alta no canto, olhou para a tela e cruzou os braços.

— Falyn? — disse Kirby, observando a tevê.

— Deixa ela em paz, Kirby — pediu Chuck.

— Falyn? — disse Kirby de novo, procurando o controle remoto e aumentando o volume ao máximo.

Todos nós observamos horrorizados a repórter parada diante de um gramado alto e de árvores em chamas a uns duzentos metros atrás dela enquanto as palavras EQUIPE ALPINA DE BOMBEIROS DE ELITE DESAPARECIDA passavam na parte inferior da tela.

— É isso mesmo, Phil. A equipe de Estes Park que viajou para a região de Colorado Springs para ajudar a controlar esse incêndio não retornou nem fez contato, e as autoridades os listaram como desaparecidos.

Corri até a televisão, parando ao lado de Kirby. No mesmo instante, tudo que jurei esquecer voltou — o modo como a pele dele roçava na minha, a covinha que afundava no seu queixo, sua risada, a segurança que eu sentia nos seus braços e a tristeza nos seus olhos quando eu me afastei dele no hotel.

— Cassandra, as autoridades têm alguma ideia de onde a equipe possa estar? — perguntou o âncora.

— O último contato registrado com a equipe de Estes Park foi às seis da tarde de hoje, mais ou menos no momento em que dois grandes incêndios convergiram.

Peguei as chaves antes de disparar até o carro. No instante em que o cinto de segurança clicou, virei a chave na ignição e pisei no acelerador.

Menos de dez minutos depois, o hotel de Taylor apareceu no meu campo de visão. Estacionei, corri para dentro, e imediatamente vi Ellison parada com um grupo de bombeiros e membros da equipe de bombeiros de elite de todo o estado. Ela olhava para a grande tevê de tela plana, incrédula.

— Ellie! — chamei.

Ela correu para me abraçar, quase me derrubando. Depois me apertou com força, fungando.

— Acabei de saber. Alguma notícia? — perguntei, tentando não entrar em pânico.

Ela me soltou e balançou a cabeça, limpando o nariz com um lenço de papel amassado na mão.

— Nada. Chegamos pouco depois das sete. Tyler dirigiu como um louco. Ele está por aí com as equipes, procurando por eles.

Eu a abracei.

— Eu sei que eles estão bem.

— Porque eles têm que estar. — Ela me segurou de longe, forçando um sorriso corajoso. — Ouvi falar do bebê. Primeiro neto Maddox. Jim está radiante.

Meu rosto desabou.

— Ai, meu Deus. Ah, não. Você... você não está mais grávida?

Eu a encarei, totalmente confusa e horrorizada. Ela espelhou minha expressão.

— Você está certa — disse ela. — Essa não é uma boa hora. Vamos sentar. O Trex está recebendo notícias do pessoal dele a cada meia hora.

— Pessoal dele?

Ellison deu de ombros.

— Não sei. Ele só disse que era o pessoal dele.

Sentamos juntas no sofá do saguão, cercadas de bombeiros, bombeiros de elite e várias autoridades. Conforme a noite seguia, o grupo ficou menor.

Meus olhos pareciam pesados, e toda vez que eu piscava parecia mais difícil abri-los de novo. A recepcionista nos trouxe café e um prato de donuts, mas nem Ellison nem eu tocamos na comida.

Trex se aproximou, sentando na poltrona ao lado do nosso sofá.

— Alguma notícia? — Ellie perguntou.

Trex balançou a cabeça, claramente desanimado.

— E a equipe de resgate? — perguntei.

— Nada — respondeu Trex. — Sinto muito. Meu pessoal só passa contatos aéreos, e eles não veem ninguém há uma hora. Os helicópteros estão no ar com holofotes, mas a fumaça está dificultando a visão. — Ele olhou de novo para a recepcionista e balançou a cabeça. — Vou ligar para eles daqui a dez minutos. Eu aviso assim que tiver alguma notícia.

Ellison fez que sim com a cabeça, depois sua atenção se voltou para a entrada.

Taylor entrou, a pele coberta de sujeira e fuligem. Ele tirou o capacete azul, e eu me levantei, meus olhos se enchendo de lágrimas no mesmo instante.

Eu me inclinei para a frente, não sabendo ao certo se ficava ali parada ou se corria até ele.

Ellison se levantou num pulo e passou correndo por mim, jogando os braços ao redor dele.

Não era Taylor, e sim Tyler. Eu só tinha sentido tanta desolação assim uma vez na vida — quando Olive foi tirada dos meus braços.

Faixas limpas iguais desciam pelo rosto de Tyler enquanto ele abraçava Ellison.

— Não — sussurrei. — Não!

Tyler correu até mim.

— A equipe do Taylor ficou isolada quando os incêndios convergiram. É possível que eles tenham recuado para dentro de uma caverna, mas... as temperaturas estão... O cenário não é bom, Falyn. Eu tentei. Eles me arrancaram de lá. Sinto muito.

Ele me abraçou, e minhas mãos caíram sem vida na lateral do corpo.

Não houve lágrimas, nem dor, nem ondas de emoção. Não houve nada.

Então meus joelhos cederam, e eu caí em prantos.

De manhã, Ellison estava dormindo no colo de Tyler enquanto ele tomava a quarta xícara de café. Seus olhos estavam grudados na televisão, assim como os meus.

Novas equipes desceram, prontas para a segunda missão de busca e resgate. A equipe de Tyler se arrastara até o hotel e subira para descansar.

Trex estava em pé na recepção com a mulher que nos trouxera café a noite toda. Sua equipe tinha voltado duas horas antes, esperando até o dia nascer para voltar à busca aérea.

Eu me levantei, e os olhos de Tyler me seguiram.

— Tenho que ir trabalhar — falei. — Não posso mais ficar aqui sentada. Preciso me ocupar.

Tyler esfregou a nuca, como Taylor fazia quando estava preocupado ou nervoso.

— Eu te aviso assim que tiver alguma notícia.

— Você vai voltar pra lá? — perguntei.

— Não sei se vão deixar. Pode ser que eu tenha socado uma ou duas pessoas antes de me tirarem da área.

— Ele é seu irmão. Eles vão entender.

Os olhos de Tyler ficaram vidrados, e seu lábio inferior tremeu. A cabeça caiu para frente, e Ellison tocou no ombro dele, sussurrando palavras de consolo.

Saí para o estacionamento, me movendo em câmera lenta.

A viagem até o Bucksaw foi um borrão. Não pensei em nada. Não chorei. Tudo era automático: respirar, frear, virar o volante.

Minha vaga estava ocupada, então estacionei em outro lugar, mas, quando pisei na área de refeições, já tinha esquecido.

Eu me arrastei pelo chão usando a mesma roupa do dia anterior, meu avental ainda amarrado na cintura.

— Jesus amado — disse Phaedra, se aproximando rápido e me envolvendo com o braço. Ela me acompanhou até a cozinha. — Alguma notícia?

Kirby passou correndo pelas portas vaivém, cobrindo a boca quando me viu. Chuck, Hector e Pete pararam o que estavam fazendo e me encararam.

— Nada. Eles obrigaram Tyler a... eles desistiram da busca pouco depois da meia-noite. Saíram de novo hoje de manhã.

— Falyn — disse Kirby —, você dormiu?

Balancei a cabeça.

— Tudo bem. Kirby, tem alguns comprimidos na minha bolsa. Leva lá para cima. Vem, bebê, você precisa dormir.

Escapei do abraço de Phaedra.

— Não posso. Preciso trabalhar. Preciso me ocupar.

Chuck balançou a cabeça.

— Querida, você não está em condições de servir mesas.

— Então a Kirby e eu podemos trocar, hoje. — Implorei a Kirby com os olhos.

Kirby esperou a aprovação de Phaedra.

— Falyn... — começou Phaedra.

— Por favor! — gritei, fechando os olhos. — Por favor. Só me deixa trabalhar. Não posso subir e ficar deitada sozinha naquela cama, sabendo que ele está por aí, em algum lugar.

Chuck fez um sinal de positivo com a cabeça para a esposa, e ela cedeu.

— Está bem. Kirby, você vai servir. Eu te ajudo.

Kirby passou pelas portas duplas e foi direto para as mesas. Fui para a recepção, cuidando das mesas e limpando o chão entre um cliente e outro.

Uma família entrou — um pai com os dois braços fechados de tatuagens, a mãe sem tatuagens, e duas meninas e um menino, todos com menos de seis anos. O mais novo, talvez com uns seis meses, estava aninhado na mãe com um sling enquanto dormia, e eu engoli as emoções inesperadas provocadas pela visão.

Eu os sentei na mesa de trás, onde Taylor sentara nos últimos dois meses, e lhes passei os cardápios.

— Kirby será sua garçonete hoje de manhã. Divirtam-se.

Congelei quando reconheci o homem parado em pé ao lado da recepção como Taylor. Coberto numa lama densa, ele ainda estava usando todos os seus equipamentos, inclusive a mochila e o capacete. As rugas perto dos seus olhos eram a única parte da pele do rosto que não estava coberta de fuligem.

Cobri a boca, abafando um soluço.

Ele deu um passo e tirou o capacete.

— Me disseram que você esperou a noite toda no hotel.

Não consegui responder. Eu sabia que, se abrisse a boca, só ia conseguir chorar.

— É verdade? — ele perguntou, os olhos ficando vidrados. E mexeu no capacete.

Todo mundo no salão encarou o homem imundo com cheiro de fumaça, e depois todos olharam para mim.

Assim que fiz que sim com a cabeça, minhas pernas cederam, e eu caí de joelhos, com a mão ainda sobre os lábios trêmulos.

Taylor correu para o chão, caindo de joelhos também.

Ele tocou meu rosto, e eu o abracei, puxando-o para mim, agarrando suas roupas como se ele pudesse ser levado a qualquer momento. Deixei escapar um soluço, e meu choro encheu a cafeteria.

Ele me abraçou pelo tempo que eu precisei, me permitindo abraçá-lo com a força que eu queria. Seu casaco e sua mochila eram difíceis de contornar, mas não prestei atenção a isso. Simplesmente agarrei tudo que minhas mãos encontravam e o puxei para mim.

— Baby — ele sussurrou, me encarando. Então secou meu rosto, provavelmente manchado com as camadas de cinzas que ele carregava na pele e na roupa. — Estou bem. Estou aqui.

— O Tyler sabe?

— Sabe. Foi ele que me disse que você estava no hotel. Quem diria que ele seria um bebezão da porra quando eu tivesse um problema? — Ele sorriu, tentando aliviar o clima.

— Por onde você andou? — perguntei, tremendo descontroladamente.

— Nós fizemos um buraco. Deixamos o incêndio passar por cima da gente. Usamos nossos abrigos de incêndio. E finalmente saímos hoje de manhã.

Eu o abracei de novo e pressionei minha boca na dele, sem me importar se sua pele estava preta de uma fuligem densa. Ele me abraçou, e todos no Bucksaw soltaram um suspiro de alívio e emoção.

Quando finalmente o soltei, seus olhos brilharam.

— Meu Deus, mulher. Se eu soubesse que tinha que passar por uma experiência de quase morte para chamar sua atenção, teria pulado num incêndio meses atrás.

— Não fala isso — comentei, balançando a cabeça, as lágrimas borrando minha visão. — Onde estão o Dalton e o Zeke? Eles estão bem?

Taylor sorriu, seus dentes reluzindo de brancos contra o rosto escuro.

— Todo mundo escapou. Eles estão no hotel. Vim direto para cá quando Ellie me disse que você esperou com eles.

Chuck e Phaedra se aproximaram, ambos aliviados e felizes de verem Taylor.

— Leva ele lá para cima, Falyn, para tomar um banho. Vamos preparar um belo café da manhã para ele. Tenho certeza que o Taylor está morrendo de fome — disse Phaedra.

Ele se levantou, me puxando junto.

— Sim, senhora — ele disse, me puxando escada acima.

Eu o segui, ainda em choque.

Quando entramos no loft, fechei a porta e me recostei nela. Não parecia real. A noite toda eu havia pensado que ele estava morto e ruminei a ideia de realmente perdê-lo para sempre. Agora, ele estava parado a poucos passos de mim e, apesar de as circunstâncias não terem mudado, tudo estava diferente.

— Você pode me dar um saco de lixo? Um bem grande — disse Taylor, com cuidado para não entrar sujo daquele jeito.

Fui até o armário embaixo da pia e tirei um grande saco de lixo preto da caixa. Eu o sacudi antes de lhe entregar.

Taylor soltou a mochila dentro do saco, e ela bateu com força no chão. Tirou a jaqueta amarela, depois as botas. Cada vez que tirava uma peça da roupa de proteção, ele a colocava dentro do saco.

Quando terminou, fechou a parte de cima.

— Não quero que a sua casa fique com cheiro de fumaça.

Balancei a cabeça.

— Não me importo.

Ele sorriu.

— Você vai se importar. Ele não some por um bom tempo. E é difícil tirar o preto do carpete. Pode acreditar. — Usando apenas uma boxer, ele amarrou o saco e o colocou no corredor. — Vou tomar um banho — disse.

Dei uma risadinha. Agora que ele estava sem roupa, a pele só estava suja do pescoço para cima.

Ele seguiu até o banheiro na ponta dos pés, e eu ouvi o chuveiro abrir. Cobri a boca, abafando um choro inesperado. Ele estava bem. Ele estava vivo e no meu banheiro. Pensei no que Kirby dissera — sobre os sacrifícios que ele estava disposto a fazer e como eu tinha sido cruel quando chegou a hora de eu assumir um risco.

Bati na porta aberta do banheiro, o vapor subindo por trás da cortina. O espelho estava embaçado. Tudo estava enevoado de novo.

— Taylor?

— Espera — ele disse. — Eu sei o que você vai dizer. Sei que o que aconteceu ontem à noite não muda nada. Mas eu consegui sua atenção, porra. Quero conversar.

— Sobre o quê? — perguntei.

Taylor fechou a torneira, e, quando abriu a cortina, peguei uma toalha limpa na prateleira e estendi para ele. Taylor secou o rosto, desceu pelo peito e pelos braços e enrolou a toalha na cintura.

— Você não vai fazer isso. Nós nos amamos. Isso não mudou — ele disse.

— *Como?* Como você ainda pode me amar? Se eu merecia isso antes, eu definitivamente não sei — falei, exasperada.

Ele deu de ombros.

— Eu simplesmente te amo. Não paro para questionar se você vale a pena ou não. Mas você não pode continuar me obrigando a fazer escolhas que não são minhas.

Eu o tinha queimado duas vezes. Qualquer outra pessoa já teria fugido, mas ele ainda me amava.

— Você está certo. Você está absolutamente certo. Eu sei que disse que não tinha medo de você, mas menti. Tentei não me apaixonar por você, mas não queria tentar demais. Agora, estamos aqui, e todas as vezes que eu tento fazer a coisa certa, dá errado. Eu te magoei, como eu sabia que ia acontecer.

Ele deu um passo na minha direção, entrelaçando os dedos nos meus. Em seguida roçou os lábios na minha bochecha até sua boca sussurrar no meu ouvido:

— Ninguém podia estar preparado para esses acontecimentos. Não te culpo. Não quero um pedido de desculpas. Só quero que pare com essas besteiras, Ivy League. Você é inteligente, mas nem sempre é mais inteligente que eu.

Olhei para ele, os cantos da minha boca se curvando.

— Temos um bebê a caminho — ele disse.

— *Você* tem um bebê a caminho.

— Não, esse bebê é nosso. Você disse, desde o início, que isso tudo estava acontecendo exatamente como deveria. Você não pode escolher. É o destino ou não é.

— E se ela mudar de ideia? E se ela voltar?
— A gente resolve. Não vamos surtar.
Meus olhos se encheram de lágrimas.
— Estou com medo. Você está me pedindo muita coisa.
— Não estou pedindo. — Ele segurou minha nuca e me beijou, fechando bem os olhos, como se fosse doloroso. Ele segurou o meu rosto e me olhou profundamente. — Você escapou de mim duas vezes, Falyn. Vou voltar para Estes daqui a poucos meses. Vou ser pai em dezembro. Estou apavorado, porra. Mas eu te amo, e isso supera o medo.

Mesmo depois de meses separados, estar nos braços dele parecia normal, como se sempre tivesse sido assim e sempre fosse continuar sendo. Eu não podia partir o coração dele de novo, mesmo que isso significasse partir meu coração depois. Eu não sabia mais qual era a coisa certa a fazer. Eu só sabia que o amava, e que ele também me amava. Isso valia toda a dor anterior e toda a dor que estivesse por vir.

— Tá bom. Tô dentro.
Ele se afastou e analisou meu rosto.
— Você tá dentro? De qual parte?
— Estes Park, o bebê... tudo.
Um sorrisinho cuidadoso surgiu em seus lábios.
— Quando?
— Quando você voltar para lá, eu vou com você.
— Falyn.
— Sim?
— É difícil para mim acreditar em você.
— Eu sei. Mas eu prometo.
— Tenho uma condição.
Soltei um suspiro de alívio, esperando o que ele tinha para me dizer.
— Tá bom. Fala.
Sua boca se curvou para um lado.
— Casa comigo.
Meus lábios se abriram, e minha respiração ficou presa.
Taylor se abaixou, levou o polegar até o meu queixo e inclinou a cabeça.

— Diz que sim — sussurrou em meus lábios.

— Eu... Não é uma boa hora para tomar decisões que mudam a nossa vida. Acabamos de passar por um acontecimento traumático. Achei que você tinha morrido.

— Eu quase morri — ele disse, e sugou meu lábio inferior.

Minha respiração falhou.

— Quando? — perguntei, tropeçando na palavra.

— Por que esperar? — ele emendou, com a voz baixa e suave.

Então deixou um rastro de beijos do canto da minha boca até a pele pouco abaixo da orelha, ao mesmo tempo em que estendia a mão até onde meu avental estava amarrado. Com dois puxões, ele se soltou e caiu no chão. Taylor me fez recuar até a porta, colocando a palma das mãos na tinta branca descascada de cada lado da minha cabeça.

— Você me ama? — ele perguntou.

— Sim.

— Viu? Não é difícil. É só dizer que sim. Diz que vai se casar comigo.

Engoli em seco.

— Eu não posso.

24

Estendi a mão até a maçaneta atrás de mim antes de girar e passar por baixo do braço dele. Escapei para a sala de estar, cruzando os braços na cintura.

Taylor saiu do banheiro e parou no balcão da cozinha.

— Não pode?

Balancei a cabeça, pressionando os lábios.

— Não pode agora ou não pode de jeito nenhum? — ele perguntou. Esperar pela minha resposta foi uma tortura para ele.

— Você está jogando muita coisa em cima de mim ao mesmo tempo. Eu te dou a mão, e você quer o braço.

Taylor relaxou um pouco e soltou uma risada.

— Tá bom. É justo.

— Posso até fugir, mas você não sabe quando parar.

Sua alegria desapareceu.

— Não vou desistir de você. Enquanto você me amar, vou continuar lutando.

— Bem — falei —, somos definitivamente bons nisso.

Ele deu um passo em minha direção.

— Eu não sabia que queria isso até falar. Mas falei e, agora, eu quero.

— Casar? — perguntei.

Ele fez que sim com a cabeça.

— Você não ouviu o que eu disse?

— Foda-se — ele respondeu, dando de ombros. — Quem se importa com a logística, ou com o que os seus livros de psicologia da faculdade disseram, ou com o que aconteceu ontem à noite? Eu te amo, porra. Quero que você seja a minha mulher, quero que tenha o meu sobrenome.

Um sorrisinho passou pelos meus lábios.

— Você tem um ótimo sobrenome.

— Falyn Maddox — ele pronunciou, cada sílaba cheia de amor e admiração.

Franzi a testa.

— Não parece tão bom.

Ele veio devagar até onde eu estava e me abraçou.

— Eu nunca fantasiei de verdade sobre pedir uma garota em casamento, mas com certeza nunca achei que precisaria implorar. — Ele pensou por um instante e depois se ajoelhou.

— Ah, não, por favor, levanta.

— Falyn Fairchild, você é uma mulher teimosa. Você tem a boca de um marinheiro. Você resiste a todas as regras que as pessoas te impõem e você partiu meu coração. Duas vezes.

— Esse pedido está horrível — falei.

— Tudo que aconteceu desde que nos conhecemos levou a este momento. Só existe uma mulher que eu amei antes de você, e nunca haverá outra depois.

— A menos que seja uma menina — falei.

Taylor ficou pálido e se levantou.

— Você acha que pode ser uma menina?

— Cinquenta por cento de chance.

Ele esfregou a nuca, se afastou de mim e voltou.

— Não posso ter uma filha. Vou matar alguém.

Deu uma risadinha.

— Tem razão. Você realmente precisa de mim... no mínimo, como álibi.

— Eu me sentiria muito melhor se oficializássemos a relação.

— Não vou a lugar nenhum.

Seu rosto se contorceu.

— Você já disse isso antes.

Expirei, sentindo que a verdade tinha acabado de me dar um soco no peito.

— Acho que nenhum de nós manteve suas promessas.

— Tem uma promessa que eu sei que vou cumprir — disse ele.
Eu me aproximei, envolvendo delicadamente seu rosto com as mãos.
— Me pede de novo.
Ele piscou.
— O quê?
— Me pede de novo.
Seus olhos ficaram vidrados, e ele envolveu minha mão nas dele.
— Casa comigo?
— Sim.
— É? — ele comentou, radiante.
E veio para cima de mim, beijando cada centímetro do meu rosto. Depois seus lábios pararam na minha boca e se moveram devagar. Quando ele finalmente me soltou, balançou a cabeça, sem acreditar.
— Você está falando sério? Vai se casar comigo?
Eu assenti.
Ele esfregou a nuca.
— O pior dia da minha vida se transformou no melhor dia da minha vida.
— Até agora — falei.
Ele me beijou de novo. Dessa vez, ele me levantou nos braços e me carregou até o quarto antes de fechar a porta.
Passamos o resto do dia na cama, fazendo amor ou traçando planos. Esperei sentir pânico ou arrependimento, mas nenhum dos dois apareceu. Eu tinha ficado sem ele, depois achei que o tinha perdido para sempre. A perda tinha um jeito de deixar tudo muito claro, e todas as coisas com as quais eu tinha me preocupado pareciam insignificantes agora.
Pouco antes do jantar, o celular de Taylor zumbiu, e ele saiu da cama para verificá-lo.
— Droga. Fui chamado para o trabalho.
Fiquei irritada.
— Tão pouco tempo depois do que aconteceu?
Ele deu de ombros.
— É o trabalho, baby. — Ele pegou o saco de lixo no corredor e vestiu as roupas esfumaçadas. — Vem comigo.
— Para esperar no hotel?

— A Ellie vai estar lá. Você pode ficar com ela. A equipe do Tyler também foi chamada. Quero que você esteja lá quando eu voltar.

Fui até o armário e vesti uma camiseta e uma calça jeans, depois enfiei os pés num par de sandálias.

Taylor pareceu feliz enquanto me observava prender o cabelo num coque.

— Só deixa eu... — falei, correndo até o banheiro para pegar uma escova de dentes.

Disparamos escada abaixo, e acenei para Phaedra antes de seguir Taylor até sua caminhonete.

Ele dirigiu meio rápido demais até o hotel. Na entrada, ele me estendeu o cartão-chave.

— Seu celular está na parte da minha mala que tem zíper. Quarto dois-zero-um.

— O mesmo quarto em que você estava quando nos conhecemos.

Ele se inclinou para me dar um beijo nos lábios, e eu saí.

— Se cuida — falei, antes de fechar a porta do carona. — Estou falando sério.

Tyler saiu correndo, com a mochila na mão. Ele beijou o rosto de Ellison, depois entrou no lado do carona.

Taylor deu um soco no braço dele.

— Vou me casar, babaca!

Tyler olhou para mim, chocado, e um sorriso enorme se espalhou pelo seu rosto.

Fiz que sim com a cabeça para confirmar, e Ellison me abraçou.

— Vamos apagar esse incêndio, então. Não queremos deixar sua noiva esperando — disse Tyler, socando o ombro de Taylor.

Eles acenaram, e Taylor saiu com o carro, cantando pneus.

— Ah, esses Maddox — disse Ellison, balançando a cabeça e colocando o braço ao meu redor. — Você disse mesmo sim, é?

— Sou louca? — perguntei.

— Totalmente — ela respondeu. — Por que você acha que eles se apaixonaram por nós?

Olhei para a rua, apesar de os gêmeos terem sumido há algum tempo.

— É por isso que eu sei que vai dar certo — falei. — É impossível alguém se apaixonar se não for meio louco.

EPÍLOGO

As pontas do guardanapo rasgavam com facilidade entre os meus dedos enquanto eu estava no bar, esperando Phaedra me trazer uma fatia de seu famoso cheesecake.

Sorri com o ruído baixo da conversa que me deixara segura por tanto tempo. O Bucksaw sempre seria exatamente isto: meu lar.

— Hannah! Pedido pronto! — gritou Chuck. Quando captou meu olhar, ele piscou. — Como está se sentindo?

— Cansada — respondi. — Mas feliz.

O sino da porta tocou, eu virei e vi Taylor com nosso filho apoiado no quadril, o braço livre agarrando a alça de um bebê-conforto.

Phaedra pousou meu prato diante de mim, mas mal parou antes de ir até a porta.

— Olha só esses bebês! Vem com a vovó! — disse ela, estendendo os braços para Hollis.

Ela o carregou até onde eu estava, e Taylor ajeitou a bolsa do bebê no ombro. Assim que colocou o bebê-conforto no chão, o choro infantil encheu o ambiente.

Arqueei uma sobrancelha.

— Ainda acha que levá-los para o hotel foi uma boa ideia?

Ele beijou meu rosto.

— Os caras ainda não tinham visto ela, e eu achei que seria legal te dar um tempinho para conversar. — Ele se inclinou, tirou o cobertor e soltou a bebezinha. Depois a aninhou por um instante, antes de estendê-la para mim.

— Foi legal. Obrigada — falei, encostando a bochecha macia de Hadley na minha e cantarolando uma música até que se acalmasse.

— Tenho uma confissão a fazer — disse Taylor. — Tirei a tiara do cabelo quando a gente estava lá.

Minha boca se abriu enquanto eu fingia estar ofendida.

— Mas é tão lindo!

Eu a vestira com uma legging xadrez preta e branca, uma blusa pink e meias que pareciam uma sapatilha de boneca. Claro que a tiara era um pouco exagerada, mas não tínhamos muitas oportunidades para arrumá-la. Eu me concentrava mais em deixá-la confortável.

Chuck apareceu e estendeu os braços para Hadley.

— Acabei de lavar as mãos.

Phaedra apertou de leve um pneuzinho de gordura no braço de Hollis.

— Você está alimentando essa pobre criança? — Ela beijou o rosto dele e o balançou um pouco. — Ele está do tamanho de uma criança que já sabe andar!

Hollis esfregou o nariz na blusa de Phaedra, depois os olhinhos, com a mão gorducha.

— Está com sono, filho? — perguntei.

Ele estendeu a mão para mim, e eu dei tapinhas nas suas costas enquanto ele apoiava a cabeça em meu ombro. Ele era a cara do pai, com os mesmos cílios longos e olhos marrons aconchegantes.

Taylor fora a todas as consultas médicas e às ultrassonografias que Alyssa permitiu, e leu todos os livros sobre paternidade e recém-nascidos que conseguiu encontrar enquanto estava de serviço no novo emprego na estação de Estes Park.

O tempo todo em que Alyssa esteve em trabalho de parto e na meia hora depois que Hollis nasceu, Taylor andou de um lado para o outro, e eu o observei da minha poltrona desconfortável na sala de espera, alisando minha barriga redonda. No instante em que entramos no quarto onde o conhecemos, a enfermeira deu a Taylor seu filho, e foi amor à primeira vista para nós dois.

Quatro meses depois que Hollis nasceu, levamos Hadley para casa. Milagres acontecem, e Hadley era nossa filha.

— Aí está ela! — disse Kirby, sorrindo e franzindo o nariz para o bebê no colo de Chuck. Depois, ela se aproximou e alisou as costas de Hollis em pequenos círculos. — O cabelo dele ficou escuro, né?

Beijei a parte de trás da cabeça dele.

— Ele é todo Maddox.

— Que Deus nos ajude — provocou Phaedra.

A porta tocou de novo, e Gunnar entrou correndo, com um grande sorriso no rosto.

— Oi — disse ele, abaixando-se para dar um beijinho em Hollis. Ele olhou para Taylor. — Ele está ficando grande! Quantos meses?

— Seis — Taylor respondeu. Como qualquer pai orgulhoso, estufou o peito. — Ele vai ser uma fera.

— Vai, sim — disse Gunnar, indo parar ao lado de Chuck. — Ah. Ela é adorável! Que arco lindo!

— Viu? — falei para Taylor antes de mostrar a língua.

Estendi a mão para o garfo e cortei um pedaço de torta.

— Ai, meu Deus, como eu sinto falta da sua comida, Phaedra.

— Está aqui para você o tempo todo — ela comentou.

Hadley começou a choramingar, e Chuck a balançou antes de colocá-la nos braços de Taylor. Hadley fechou os olhos, o corpo todo se sacudindo enquanto ela chorava.

— Meu Deus — disse Taylor, abaixando-se para pegar sua chupeta.

Hadley a sugou durante alguns segundos e começou a chorar de novo.

— Acho que ela está com fome, baby. Vamos trocar — disse Taylor.

Peguei Hadley num braço e deixei Taylor pegar Hollis do outro. Hollis já estava dormindo. Taylor me passou uma manta, e eu me cobri com a mão livre.

Chuck e Gunnar desviaram o olhar.

Hadley se acalmou, e Taylor balançava de um lado para o outro enquanto segurava Hollis.

Phaedra balançou a cabeça.

— Caramba. É como ter gêmeos.

— É mesmo — disse Taylor. — Mas eu não trocaria.

Ele piscou para mim, e eu sorri.

Estávamos igualmente exaustos, e, quando Taylor estava na estação e os dois bebês acordavam durante a noite, era desafiador, mas nos tornamos verdadeiros profissionais.

Taylor tinha sido um ótimo namorado, mas era o pai perfeito.

— Então, quando é o casamento? — Kirby perguntou.

— Assim que eu couber no vestido tamanho quarenta que comprei — respondi.

Todo mundo riu, menos Taylor.

— Sabe — ele disse —, achei que fosse impossível você ficar mais linda do que quando estava grávida, mas eu estava errado. Eu me apaixono por você todas as vezes que te vejo segurando nossos filhos.

— Isso não é problema — disse Chuck. — É só ter mais um.

Phaedra, Kirby e Gunnar riram.

— Primeiro o casamento — disse Taylor. — Depois quem sabe?

— Eu sei. Tivemos sorte — falei.

— Tivemos muita sorte — disse Taylor antes de me beijar na testa. E olhou para os outros. — Vamos nos casar em Eakins em outubro. Tem algumas pessoas de lá, além da família, que queremos convidar.

— Tipo quem? — Phaedra perguntou.

— Shane e Liza... e Olive — respondi.

Phaedra e Chuck se entreolharam.

— Então, você vai entrar em contato?

— Vou escrever uma carta para eles — falei. — Tenho que explicar algumas coisas antes.

Phaedra pareceu preocupada.

— Se você acha que é melhor assim.

— Tenho certeza que vai dar tudo certo, querida — comentou Chuck com um sorriso.

Kirby saiu para verificar as mesas restantes, e eu terminei a fatia de torta com uma das mãos, algo com o qual eu tinha me acostumado. Depois que fiz Hadley arrotar, Phaedra a colocou no bebê-conforto.

— Vocês têm que ir tão cedo? — ela perguntou, desolada.

— A gente vai voltar — falei, abraçando-a.

Peguei Hollis dormindo do colo de Taylor, e Phaedra beijou a mão do bebê.

Taylor pegou o bebê-conforto e se aproximou para abraçar Chuck.

— Dirige com cuidado — disse Chuck.

Acenamos um tchau e, depois de prender as crianças nos assentos, sentamos no nosso.

Taylor deu partida na caminhonete e estendeu a mão para mim.

— Tanta coisa mudou desde que eu entrei naquela cafeteria pela primeira vez...

— Isso é um eufemismo.

Ele levou minha mão até os lábios, depois a baixou de novo até o console.

— Uma escolha levou a tudo isso. Se eu não tivesse te conhecido, não teria nenhum dos meus dois filhos. Devo a você tudo que é importante para mim.

Com a mão esquerda, ele engatou a primeira marcha. De mãos dadas durante todo o caminho, fomos nos afastando do lugar onde nos conhecemos, rumo ao nosso novo lar.

AGRADECIMENTOS

Agradeço ao meu marido em todos os livros. Olho para cada agradecimento e vejo o amor e seu apoio ao longo da minha carreira. Jeff me ajuda tanto que às vezes brinco que o nome dele também deveria estar na capa, porque sem ele não haveria livros de Jamie McGuire. Sua presença em minha vida é tão fundamental para concluir meus livros quanto para minha criatividade e minha ética profissional. Ele não só cuida de tudo para que eu me concentre em minha carreira, mas também é o motivo pelo qual eu sei escrever sobre o amor e por que eu sei que os homens têm um lado delicado, doce e gentil. É por causa dele que eu sei que os homens podem ser tão carinhosos e pacientes.

Existem outras três pessoas na nossa casa que demonstram paciência e amor diariamente: meus filhos. É difícil ter uma mãe que trabalha em casa. É necessário ter muita compreensão e respeito, e meus filhos se tornaram profissionais. Obrigada, meus bebês.

Agradeço a duas leitoras que se tornaram irmãs: Deanna e Selena. Vocês foram as primeiras a viajar mais de uma hora até o local de um dos meus primeiros lançamentos, e isso antes de qualquer pessoa saber quem eu era! Fico muito feliz por termos nos tornado tão próximas, e dou muito valor à nossa amizade. Amo vocês duas.

Danielle, Jessica e Kelli, o apoio de vocês tem sido inestimável. Não consigo agradecer o suficiente pelo que fazem. Vocês não só reúnem a galera na hora certa, mas não esperam nada em troca. Prezo muito nossa amizade e aprecio a dedicação de vocês.

MacPack! Todos vocês e cada um de vocês são o máximo. Fico maravilhada de ver como vocês são dedicados à causa e sou eternamente grata. Vocês nunca saberão quantas vezes iluminam o meu dia.

Megan Davis, você nunca me deixou na mão. Sempre esteve disponível, sempre por perto para me ouvir ou ajudar. Você é uma amiga maravilhosa. O lançamento em Vegas não seria possível sem você, e eu nunca me esquecerei da sua gentileza. Obrigada.

Teresa Mummert, minha sanidade lhe agradece. Acho que não existe ninguém que me faça rir ou ficar ansiosa por uma conversa ao telefone como você. Considero você uma das minhas melhores amigas, e agradeço muito por me aguentar.

Impresso no Brasil pelo Sistema Cameron da Divisão Gráfica da
DISTRIBUIDORA RECORD DE SERVIÇOS DE IMPRENSA S.A.